Karin Wimmer

**Dünenherzen**

Karin Wimmer

# Dünenherzen

Roman

**Bibliografische Information der Deutschen Nationalbibliothek:**
Die Deutsche Nationalbibliothek verzeichnet diese Publikation in der Deutschen Nationalbibliografie; detaillierte bibliografische Daten sind im Internet über http://dnb.dnb.de abrufbar.

Umschlagdesign: zero-media.net, München
Bildmotiv: FinePic ©, München

Herstellung und Verlag:
BoD – Books on Demand, Norderstedt

ISBN: 978-3-756-205-691

„Höre auf dein Gewissen,

doch vergiss niemals die Stimme deines Herzens.

Denn dein Gewissen kann nicht lieben!"

# Kapitel 1

Seufzend verberge ich mein Gesicht in den Händen. Auf dem Wohnzimmertisch vor mir liegt ein Vertrag. *Livia Hansen* ist dort in meiner geschwungenen Handschrift zu lesen. Rechtlich gesehen komme ich aus der Sache nicht mehr raus, doch es gibt eine Person, die mir noch einen Ausweg gewähren könnte. Ich greife nach meinem Handy und wähle die Nummer meiner Freundin Sylvie, die im Namen der Stadtverwaltung von Sterenholm meine Vertragspartnerin für das neue Lokal beim eben entstehenden Indoorspielplatz *Aquaria* ist. Es dauert nicht lange, bis sie sich meldet.

»Hey, Livia! Wie geht's?«

Ich hole tief Luft und stehe auf.

»Sylvie, wir müssen noch mal über den Vertrag sprechen.« Wie immer, wenn ich nervös bin, wandere ich mit dem Telefon durch meine Wohnung.

»Nein, nein, nein, das tust du mir nicht an! Ich habe wochenlang gebettelt, damit du Ja sagst. Und jetzt, wo die Bauarbeiten begonnen haben und ich bis zum Hals in der Organisation stecke, machst du einen Rückzieher?«

Sie stöhnt hörbar auf, doch so schnell lasse ich mich nicht beirren.

»Du hast mich in dem Glauben gelassen, dass ich die einzige Beraterin bin, aber in Wahrheit willst du zwei Einzelkämpfer zu einem Team machen. Das geht nicht gut!«

»Pustekuchen!«, wischt sie mein Argument vom Tisch. »Das Konzept ist genial. Das *Fish and Sweets* deckt Herzhaftes und Süßes ab. Und wir möchten, dass der Charme der *Fischkneipe* und des *Leckermäulchens* aus der Stadt dort draußen wieder auftaucht. Die Touristen sollen auch dort das Urlaubsflair von Sterenholm haben.«

Ich lasse meinen Kopf in den Nacken fallen. Das ist schwieriger, als ich dachte.

»Sylvie, es ist mir egal, neben welchen Produkten meine Cupcakes und Kuchen dann im Endeffekt liegen. Ich muss ja nur liefern. Aber ich kann einfach nicht mit Frederik zusammenarbeiten.«

Ich höre, wie sie in ihrer Teetasse rührt.

»Süße, ich brauche euch aber beide, damit wir eure Konzepte in dem alten Bauernhof in den Dünen wieder aufgreifen können. Ende der Woche ist der Rohbau so weit fertig und es müssen Entscheidungen für die Innenausstattung getroffen werden. Aber ich kämpfe immer noch mit Frederik und dir, weil ich euch einfach nicht an einen Tisch bekomme. Kann mir mal jemand sagen, was da los ist, das ich einfach nicht auf dem Schirm habe?«

Scheiße, wie konnte ich mich in diese Lage bringen? Sylvie hat ewig an mir gesägt, damit ich das neue Lokal mit meinen Backwaren beliefere und sie vor allem auch bei der Planung unterstütze und dann setzt sie mir den einzigen Menschen vor die Nase, mit dem ich nicht zusammenarbeiten kann. Erneut fällt mein Blick auf den Vertrag. Darin steht nirgends geschrieben, dass ich die einzige Geschäftspartnerin für das neue Lokal werde. Allerdings ist eindeutig festgehalten, dass ich nicht nur liefere, sondern mich bei der Planung mit meinem Know-how einbringe, damit die örtlichen Gegebenheiten entsprechend gestaltet werden.

»Livia, bitte lass mich jetzt nicht hängen.« Sylvies Stimme ist ein Flehen. Ich schließe resignierend die Augen und lasse mich auf die Couch sinken.

»Also gut! Sag mir, wann ich wo auftauchen muss.«

»Ich schicke dir eine Nachricht, sobald der erste Termin steht. Danke!« Sylvie atmet auf. Ihr fällt offenbar ein Stein vom Herzen, denn das *Aquaria* ist nicht ihre einzige Baustelle. Eigentlich arbeitet sie für die Eventagentur *Strandkorb* unserer gemeinsamen Freundin Lexi. Doch die Stadtverwaltung hat sie für einige Projekte unter Vertrag genommen, sodass ich nicht weiß, wie Lexi die vielen Anfragen für

Hochzeiten, Geburtstagsfeiern, Taufen und andere Events allein gestemmt bekommt.

Das allerdings ist nicht mein Problem, ganz im Gegensatz zum *Fish and Sweets*, für dessen Umsetzung ich mich einer ganz bestimmten Sache erst stellen muss oder besser gesagt einem bestimmten Jemand – Frederik Petersen.

Nachdem ich am nächsten Tag mein Café *Leckermäulchen* gegen fünf Uhr schließe, ziehe ich das Haargummi aus meinen langen blonden Haaren und wuschle sie mit den Händen durch. Meine pink-weiß gestreifte Schürze, die ich während der Öffnungszeiten trage, hängt bereits an ihrem Haken und ich werfe einen Blick in den kleinen Spiegel in meinem winzigen Privatbereich. Hellblaues Sommerkleid und Riemchensandalen mit Keilabsatz – ich finde, dass ich annehmbar aussehe. Nur in meinen blauen Augen spiegelt sich meine Nervosität. Rasch greife ich nach meiner Handtasche.

Seit einigen Jahren ist die *Fischkneipe* nun schon einer meiner Nachbarn am großen Hauptplatz am Hafen von Sterenholm. An schönen Tagen, wenn wir Tische und Stühle vor unseren Läden aufgebaut haben, können sich unsere Gäste sogar miteinander unterhalten. Früher von morgens bis spät nachts geöffnet, wurde vor einigen Monaten die Bar vom Restaurant baulich getrennt, sodass man tagsüber zwar den ganzen Bereich nutzen kann, aber ab zweiundzwanzig Uhr nur mehr das *Watermelon* – also die Cocktailbar – geöffnet hat. Johnny, der Betreiber ebendieser, musste seine Traumbar in seiner Heimatstadt im letzten Sommer leider schließen und bekam von Frederik das Angebot, diese hier neu zu eröffnen und die Nachtgastronomie seiner *Fischkneipe* zu übernehmen. Das pink glitzernde Auftreten des *Watermelon* war zwar für die Sterenholmer ein wenig gewöhnungsbedürftig, aber inzwischen können wir es uns gar nicht mehr ohne Johnny und seine Cocktailkreationen vorstellen, die alle nach Liedern seines Lieblingsfilms *Dirty Dancing* benannt sind. Auch ich fühle mich in der Bar inzwischen sehr wohl und habe in Johnny einen Freund gefunden. Doch ich tauche immer erst dann auf, wenn Frederik nicht mehr da ist und die große Schiebewand zur *Fischkneipe* bereits geschlossen wurde. Denn dieses Lokal habe ich noch nie betreten.

Nun stehe ich jedoch vor genau dessen Tür in einem zweigeschossigen Fachwerkhaus. Vor dem Gebäude ist ein altes Segelboot aufgebockt, das mit Blumen bepflanzt ist. Die Sonne scheint warm an diesem frühsommerlichen Spätnachmittag und ich versuche, mich einigermaßen zu beruhigen.

»Du bist fünfundzwanzig Jahre alt und kein Teenager mehr. Du kannst das!«, mache ich mir selbst Mut. Dann greife ich nach der Türklinke und trete ein. Drinnen dominiert Mobiliar aus dunklem Holz, die Wände sind weiß gestrichen und die Decke ist mit dunkel gebeizten Balken durchzogen. Fischernetze, Rettungsringe und Laternen geben dem großen Raum eine gemütliche Atmosphäre. Die lange Theke ist blitzblank und dahinter entdecke ich ein vertrautes Gesicht, denn Johnny flitzt bereits umher. Als er mich entdeckt, kommt er sofort zu mir.

»Herzchen, welch ungewöhnliche Zeit für deinen Besuch. Darf ich dir schon mal was zu trinken bringen?« Seine lockere Art beruhigt mich etwas.

»Hi, Johnny. Ein Wasser wäre toll. Danke!« Ich nehme am Tresen Platz und wappne mich innerlich für das Gespräch, das ich gleich führen muss. Vorsichtig linse ich in Richtung Küche, wo ich Frederik vermute. Mein Puls steigt beim Gedanken, ihn gleich zu sehen und mit ihm zu reden. Doch dann springt die Jukebox des *Watermelon* an. Einer der Gäste hat einen Song gewählt und schon die ersten Klänge der E-Gitarre lassen mich erstarren. Ich blinzle, rede mir ein, dass ich es aushalte, doch nach 32 Sekunden, als die ersten rau gesungenen Worte ertönen, verursacht der Song mir körperliche Schmerzen. Alles in mir krampft sich zusammen.

»Mach das aus«, stoße ich mühsam hervor, als Johnny mir mein Wasser bringt, doch er sieht mich nur verständnislos an, während Dire Straits mit *Brothers in Arms* mir den Atem rauben. Ich höre, wie eine Tür zuschlägt und Frederik aus dem Lager auftaucht. Unsere Blicke treffen sich, er erkennt die glitzernden Tränen in meinen Augen und ist innerhalb von Sekunden bei der Jukebox, um den Stecker aus der Dose zu ziehen. Die Musik erstirbt sofort. Ich schaffe es, zu blinzeln, doch meine Augen laufen über.

»Kann mir bitte jemand erklären, was hier los ist?«, fragt Johnny in die plötzliche Stille und sieht von Frederik zu mir und wieder zurück.

»Diesen Song hat Frank immer gehört.« Frederiks Worte sind leise und schlicht, doch für mich sind sie der Tropfen, der das Fass zum Überlaufen bringt und ich flüchte aus dem Lokal.

Erst gehe ich noch, dann beginne ich zu laufen. Vom Hauptplatz zum Hafen, dann den Strand entlang. Meine Schuhe füllen sich mit Sand, ich reiße sie mir von den Füßen und lasse sie achtlos fallen. Ich renne einfach weiter, als würde es um mein Leben gehen.

Mein Vorhaben war doch schwer genug für mich. Musste der schlimmste Fall nun auch noch eintreten, dass mich etwas noch mehr an Frank erinnert, als Frederik es ohnehin getan hätte? Ich bekomme Seitenstechen, weil ich gleichzeitig schluchze und laufe. Außerdem beschwert meine Lunge sich eindringlich, dass schon etwas mehr Sauerstoff zum Überleben notwendig wäre. Doch erst als ich den alten Bootssteg mit seinen rauen Brettern unter meinen Füßen spüre, werde ich langsamer und lasse mich schließlich entkräftet darauf fallen.

Es war keine bewusste Entscheidung, hierherzukommen, doch irgendwie war es mir doch klar, wohin mein Bauch mich lenken wird – an Franks Lieblingsplatz. Wenn ich die Augen schließe, kann ich ihn deutlich vor mir sehen, wie er auf dem sonnengewärmten Holz sitzt, den Rücken an den vorletzten Pfeiler gelehnt, einen Fuß aufgestellt, den anderen ausgestreckt, mit Stöpseln in den Ohren, durch die er meistens jenes Lied gehört hat, das mich eben aus der *Fischkneipe* vertrieben hat.

Ich wische mir die Tränen vom Gesicht und setze mich nach vorne an die Kante, baumle mit den Füßen über der Ostsee und versuche, wieder ein wenig zu Atem zu kommen. Ich war lange nicht mehr hier. Der Steg wird nicht mehr genutzt und ist verwittert, aber noch tragfähig. Wir wussten schon früher nicht genau, wem er eigentlich gehört, aber es hat sich nie jemand beschwert, wenn wir hier waren, also war es uns egal. Es ist kein Haus in der Nähe, nur die Ausläufer des Strandes, der links von einer Steilküste abgelöst wird. So lange bin ich diesem ruhigen, friedlichen Platz aus dem Weg gegangen. Das war auch nicht besonders schwer, denn in diese Ecke von Sterenholm verschlägt es mich selten. Ich dachte, dass ich die Erinnerungen an ihn nicht aushalte. Aber das Gegenteil ist der Fall, ich habe das Gefühl, dass nur hier die Wunde heilen kann, die der Song im *Watermelon* gerade aufgerissen hat.

»Livia?« Erschrocken drehe ich mich um. Am Strand steht meine Freundin Anna, die Betreiberin der Gärtnerei *Blatt & Blüte*, die mir zuwinkt.

»Was machst du denn hier?«, rufe ich. Sie deutet an sich hinunter und kommt näher.

»Wie jedes Jahr grabe ich vor dem Sommer meine Laufschuhe aus und bilde mir ein, dass ich mit den wärmeren Temperaturen auch plötzlich Kondition bekommen habe.« Lachend lässt sie sich neben mir auf den Steg sinken. »Und immer ist es eine Fehlannahme.«

Ihr zugegebenermaßen erbärmlicher Auftritt lässt mich lächeln.

»Du schwimmst schon zu Zeiten in der Ostsee, wenn alle anderen sich nur mit Neoprenanzug ins Wasser trauen. Und zwar täglich die ganze Strecke vom Hafen bis zu Lexis Haus und wieder zurück. Und du beschwerst dich über mangelnde Kondition?« Mit hochgezogenen Augenbrauen sehe ich sie fragend an, doch sie zuckt nur mit den Schultern.

»Fürs Laufen bin ich einfach nicht geboren.« Prüfend sieht sie mich von der Seite an. »Und was treibt dich hierher?«

»Ich war spazieren«, antworte ich ausweichend.

»Gehören die Schuhe, die dort vorne am Strand liegen, zufällig dir?«

Ich nicke. »Zufällig!«

Sie fragt nicht weiter.

»Ich wollte ohnehin noch zu dir. Mariella hat sich endlich für einen Brautstrauß entschieden«, lenkt sie dann vom Thema ab. Mariella ist eine gemeinsame Freundin von uns und wird in Kürze ihren Freund Daniel heiraten. Und irgendwie hängt der halbe Freundeskreis in dieser Hochzeit mit drin. Sylvie und Lexi haben natürlich die Organisation übernommen, Anna kümmert sich um die Blumen und ich backe die Hochzeitstorte und noch ein paar Leckereien mehr. Außerdem sind wir alle Brautjungfern.

»Müsste nicht eigentlich Daniel den Brautstrauß aussuchen?« Ich versuche mich daran zu erinnern, wie die genaue Tradition dazu noch mal ist.

»Wenn man es ganz streng sieht, dann ja, aber kaum eine Braut überlässt diese Entscheidung ihrem Zukünftigen. Nicht mal Mariella, obwohl sie als Italienerin viel mehr Wert auf Tradition legt als andere Bräute«, winkt Anna ab. Ich lache auf.

»Welche Blumen sind es denn geworden?« Diese Entscheidung betrifft nämlich auch mich.

»Weiße und rote Rosen – ganz klassisch«, teilt Anna mir mit.

»Und die sollen jetzt auch auf das Fondant der Torte, wenn ich das richtig verstanden habe, oder?« Ganz begeistert bin ich von dieser Idee nicht. Ich mag Blumen, aber auf einer Torte hat das Grünzeug meiner Meinung nach nichts verloren. Mir wäre es lieber, wenn ich die Rosen selbst aus Marzipan zaubern könnte.

»Nur die Roten, als Farbtupfer.« Sie lächelt mich warm an und mit einem Mal bin ich froh, dass Anna es ist, die hier aufgetaucht ist und nicht eine meiner anderen Freundinnen.

Sie hat ein Gespür dafür, wann man reden will und wann man besser Ablenkung braucht. Und sie strahlt eine gewisse Ruhe aus.

»Gut zu wissen, danke! Ich melde mich dann bei Mariella.« Schließlich muss ich mich den Wünschen der Braut fügen. Anna zwinkert mir zu.

»Nachdem ich nun wieder Luft bekomme, trabe ich mal zurück nach Hause. Wir sehen uns bei der Anprobe der Brautjungfernkleider?«

Anna klingt wenig begeistert. Sie ist mehr der praktische Typ und fürchtet sicher, dass sie von Mariella in ein bauschiges Rüschenkleid gepackt wird.

»Ja, ich freue mich schon!« Das ist nicht gelogen. Ich liebe lange, festliche Kleider. Wenn sie nicht so unhandlich wären, würde ich sogar im Laden eines tragen.

»Und lass deine Schuhe nicht zu lange warten, sonst stibitzen sie noch die Krabben«, zieht Anna mich auf, ehe sie sich winkend auf den Weg zurück in die Stadt macht.

Nach einigen Minuten folge ich ihr, sammle meine Schuhe ein und gehe barfuß nach Hause. Eigentlich wünsche ich mir ja schon, seit ich das *Leckermäulchen* eröffnet habe, dass ich in die Wohnung einziehen kann, die genau darüberliegt. Doch darin wohnt Herr Frick, ein älterer Mann, der gar nicht daran denkt, dort auszuziehen.

»Na, bin ich bekloppt?«, war seine Antwort auf meine vorsichtige Frage. »Da wohn ich mitten in der Stadt, kann vom Wohnzimmerfenster aus fast in die Ostsee spucken und die Miete ist auch zu bezahlen. Mich kriegste hier nicht raus. Aber ich hätt noch ein Zimmer, das ich untervermieten könnte. Du bist doch ne hübsche kleine Makrele, dich könnte ich schon jeden Tag beim Frühstück sehen.« Die Worte hätten auch schmierig klingen können, doch er hat sie mit so einem liebenswerten, verschmitzten Lächeln verbunden, dass ich nur herzhaft lachen, ihm aber nicht böse sein konnte.

»Wissen Sie, ich habe eine Menge Schuhe und Klamotten. Ich fürchte, da komme ich mit einem Zimmer nicht aus«, schlug ich sein Angebot höflich aus. »Aber Sie können gerne bei mir im *Leckermäulchen* frühstücken, wenn sie nicht allein bei Ihrem Kaffee sitzen wollen.«

Seither kommt Herr Frick jeden Morgen zu mir ins Café und futtert sich durch mein gesamtes Kuchenangebot.

Ich selbst wohne im ersten Stock eines großen, reetgedeckten, weißen Hauses, dessen Erdgeschoss als Ferienwohnung vermietet wird. Mein Zuhause mit Blick auf die Ostsee und kleinem Balkon gehört der Tante meiner Mutter, die mir einen Sonderpreis bei der Miete macht.

Als ich die Wohnungstür hinter mir schließe, lasse ich die Schuhe einfach fallen und gehe in die Küche. Alle Räume hier sind hell und freundlich. Große Fenster lassen viel Licht herein und die Dachschrägen geben der ganzen Wohnung Gemütlichkeit. Ich greife in den Kühlschrank und trinke ein paar große Schlucke Orangensaft direkt aus der Flasche. Der heutige Versuch mit Frederik zu reden, kann eindeutig als Fehlschlag verbucht werden. Ich wusste, dass es schwer würde, wenn wir einander gegenüberstehen, aber dann muss ausgerechnet noch dieses Lied in der Jukebox laufen und mich so aus der Bahn werfen.

Müde lehne ich meinen Kopf an den Küchenschrank und beschließe, dass es für heute reicht. Ich suche *I Love it (I don't care)* von Icona Pop in der Playlist meines Handys, räume meinen Kühlschrank leer und mache einen meiner berühmten Reste-Salate, während ich lautstark mitsinge. Meine Freundin Sylvie nennt den Song das *Scheiß-drauf-Lied* und ich finde, er passt heute einfach haargenau zu meinem Tag. Mit der Salatschüssel mache ich es mir auf der Couch bequem, öffne eine Flasche Prosecco nur für mich allein und wähle spontan die vierte Staffel von *Sex and the City* aus meiner DVD-Sammlung, um mich abzulenken. Ja, ich bin ein richtiges Mädchen: Ich liebe Pink und Süßes, stehe auf typische Frauenserien, trinke gerne prickelndes Zeug und würde für echte Manolo Blahniks töten. Und wie es sich für Frauen gehört, beschließe ich, dass ich heute keinen Schritt zurück gemacht habe, um zu kneifen, sondern nur, um Anlauf zu nehmen.

# Kapitel 2

Am nächsten Tag lasse ich nach Ladenschluss meine Haare in dem unordentlichen Dutt, den ich schon seit heute Morgen trage. In Jeans-Caprihose und dunkelblauem, lockerem Top gehe ich mit energischen Schritten auf die *Fischkneipe* zu und wage einen neuen Versuch.

Wie bereits gestern erwartet mich Johnny hinter dem Tresen.

»Hi, wie schön, dich zu sehen!«, begrüßt er mich und zieht mich sofort in seine Arme. »Geht es dir heute besser, Schätzchen?« Sein Blick ist besorgt und mir wird warm ums Herz. Doch ich weiß nicht ganz, wie ich ihm meinen Auftritt, oder besser gesagt meinen Abgang gestern erklären soll.

»Ja, danke. Ich …« Johnny winkt ab.

»Du musst mir nichts erklären, Süße. Frederik hat mir gestern schon erzählt, was es mit dem Song auf sich hat.«

Ich sehe ihn an und muss blinzeln.

»Und was hat er sonst noch gesagt?«, bringe ich hervor.

»Gar nichts hat er sonst noch gesagt.« Die tiefe Stimme lässt mich erschrocken herumfahren. Frederik steht hinter mir, in den Händen ein Tablett mit schmutzigem Geschirr. Er ist groß und schlank, doch seine Oberarme verraten, dass man seine Kraft nicht unterschätzen sollte. Sein schwarzes Haar ist etwas länger als das letzte Mal, als ich ihn gesehen habe, doch die blauen Augen in seinem markanten Gesicht strahlen noch so wie in meiner Erinnerung von früher. Jetzt gerade sieht er mich damit vorsichtig an, so als würde er erwarten, dass ich gleich wieder abhaue.

»Hi, Livi«, sagt er dann leise und in mir zieht sich beim Klang meines Spitznamens alles zusammen.

»Hi!« Meine Stimme klingt wie sein Echo, als würde mir nichts einfallen, was ich sonst noch sagen könnte. Betretenes Schweigen macht sich breit. Johnny räuspert sich und wendet sich dann an mich.

»Also … nur damit ich nichts falsch verstehe … Frank ist …«

»… mein Bruder«, vervollständige ich seinen Satz und ernte einen fragenden Blick. Frederik räuspert sich.

»Frank ist vor vier Jahren nach Berlin gezogen.«

Fassungslos weiten sich meine Augen.

»Ja, so kann man es auch sagen«, kommentiere ich seine einfache Aussage und habe damit die Aufmerksamkeit von beiden Männern. Johnny sieht zwischen uns hin und her wie beim Tennis.

»Warum habe ich das Gefühl, dass mehr dahintersteckt?«, fragt er dann vorsichtig. Ich schlucke. Ich hasse dieses Thema. In meiner Familie ist es ein Tabu, weil es bei allen Wunden aufreißt, die einfach nicht verheilen wollen. Aber diesmal komme ich nicht daran vorbei. Das wusste ich jedoch schon, als ich das Lokal betreten habe. Denn Frederik ist unvermeidbar mit dem Thema Frank verbunden.

»Mein Bruder ist zu seiner Urlaubsliebe gezogen und kurz darauf verschwunden«, sage ich leise. Johnnys Augenbrauen schnellen nach oben.

»Ihr meint …«, stößt er hervor und ich nicke.

»Er war in Berlin für einen Städtetrip und als er wiederkam, hat er seine Sachen gepackt und verkündet, dass er zu Simone zieht. Als ich ihn einige Zeit später besuchen wollte, war sein Handy nicht mehr aktiv und er war unauffindbar«, fasst Frederik die Details für Johnny zusammen.

»Oh Gott!«, kommt es über die Lippen des sonst gar nicht so gläubigen Barkeepers. »Wurde nach ihm gesucht? Habt ihr Nachforschungen eingeleitet?«

»Ja klar, aber die verliefen alle im Sand.« Ich kämpfe gegen die aufsteigenden Tränen an. »Die Polizei hat die Suche eingestellt.« Ich lasse diesen Satz so stehen, denn die genaue Aussage der Polizisten war, dass man davon ausgeht, dass Frank nicht mehr am Leben ist. Meine Eltern und ich haben dies akzeptiert. Das bedeutet nicht, dass wir damit klarkommen. Aber Frederik weigert sich strikt, seinen besten Freund als tot anzusehen. Für ihn ist er verschwunden, mehr nicht. Frederik und ich senken beide den Blick.

Johnny versucht noch ein wenig mehr Licht in die Sache zu bringen und wendet sich an Frederik.

»Und du warst sein bester Freund?«

Frederiks Lippen verziehen sich zu einem kleinen Lächeln.

»Frank und ich waren schon im Sandkasten wie Brüder. Da meine Mutter nicht gerade die Fürsorglichste war und mein Vater nur auf meiner Geburtsurkunde existiert, wurde ich auch öfter mal zum Essen oder als Übernachtungsgast bei Familie Hansen eingeladen.« Er starrt wie gebannt auf das Tablett in seinen Händen. Ich weiß, dass er meinen Eltern immer sehr dankbar dafür war, dass sie versucht haben, die fehlende Geborgenheit in seinem Zuhause wettzumachen. Dann sieht er auf und deutet auf mich.

»Und als diese kleine Klette hier alt genug war, hat sie sich an uns drangehängt. Wir wurden sie einfach nicht los.« Er sagt es, um die Stimmung wieder zu lockern und es klappt. Ein Lächeln schleicht sich auf meine Lippen und der Knoten in meiner Brust löst sich. Die Erinnerung an meine Kindheit tut nicht so weh, wie ich gestern nach dem Song befürchtet habe. Ich sehe Frederik mit schmalen Augen an und werfe aufgrund seiner frechen Bemerkung eine Serviette vom Tresen nach ihm.

»Ja, aber das Duo infernale seid immer nur ihr beide gewesen«, verteidige ich mich und Frederik nickt zustimmend.

»Ja, Frank hätte dich nie irgendwo mit reingezogen, wofür du Ärger bekommen hättest oder das gefährlich war.«

Leichte Wehmut überkommt mich, wenn ich an die Fürsorge meines großen Bruders denke, aber es ist okay.

»Duo infernale?«, fragt Johnny nach und ich nicke.

»Die beiden haben eine Zeit lang ganz schön viel Unfug angestellt. Sie haben beispielsweise alle Tretboote vom Bootssteg losgemacht, das Licht im Leuchtturm abgedreht, die Anlegestelle im Hafen in Schmierseife getränkt oder ein Boot für eine nächtliche Spritztour geklaut«, zähle ich nur einige Heldentaten meines Gegenübers auf.

»Die Nachtfahrt war aber auch wirklich cool«, schwelgt Frederik in Erinnerung.

»Fand mein Vater eher nicht, als euch die Küstenwache um halb zwei Uhr morgens nach Hause gebracht hat und er alle Hände voll zu tun hatte, den Bootseigner zu überzeugen, euch nicht anzuzeigen«, halte ich dagegen, obwohl ich die Aktion damals auch unglaublich cool fand.

»Oh Mann, von deiner Sorte gab es also zwei? Hat Frank auch ständig Roger Cicero gehört? Also ehrlich jetzt, wenn man dich so ansieht, denkt man doch, du stehst auf ehrlichen, harten Rock und nicht auf diesen Weichspüler«, zieht Johnny ihn auf.

»Also erstens habe ich gegen guten Rock absolut nichts einzuwenden und zweitens: Gerade dir passt etwas an meinem Musikgeschmack nicht? Wer im Glashaus sitzt, sollte nicht mit Felsbrocken um sich werfen«, rät ihm Frederik lachend und deutet auf den Teil des *Watermelon*, wo in großen pinken Buchstaben *The Time of my Life* an der Wand hinter dem Tresen prangt.

»*Dirty Dancing* ist Kult, mein Freund«, belehrt ihn Johnny mit erhobenem Zeigefinger.

»Und Roger war ein großartiger Sänger und über Geschmack lässt sich ja bekanntlich streiten, oder?«, hält Frederik dagegen.

»Okay, also als Mann hätte ich ihn nicht von der Bettkante geschubst«, gibt Johnny nachdenklich zu. »Aber die Musik ...«

»Frank mochte nur diesen einen Song«, beantworte ich Johnnys eigentliche Frage. Ich überlege angestrengt, aber mir fällt der Titel einfach nicht ein. »Den, wo in jedem Hafen eine andere Frau sitzt.«

»Ach, so einer war er?« Johnny zwinkert mir zu, doch Frederik schüttelt bestimmt den Kopf.

»Frank war grundsolide. Er war früher mit Romy vom *Strandblick* zusammen. Bevor Simone kam.«

Ich merke, dass ihn das Thema rund um meinen Bruder auch noch sehr mitnimmt und möchte nicht, dass sich die beiden Männer deshalb in die Haare bekommen.

»Und Berlin hat ja bekanntlich keinen Hafen«, versuche ich die Stimmung mit einem Scherz zu lockern. »Wie hieß der Song noch mal?«

»*Kein Mann für eine Frau*«, hilft Frederik mir weiter.

»Ja, genau. Da hat er sogar mitgesungen.« Die Erinnerung daran zaubert mir ein Lächeln auf meine Lippen. Gesanglich war mein Bruder nie ein großes Talent.

»Ich flehe dich an, bitte leg ihn jetzt nicht auf.« Johnnys Blick ist panisch und Frederik beginnt zu lachen.

»Keine Sorge, ich habe schon begriffen, dass der gute Roger leider so gar nicht deine Kragenweite ist. Vielleicht eher noch der Song zum Duo infernale, aber nach Livias Flucht gestern spiele ich ihn dir besser erst später vor.«

Vorsichtig horche ich in mich hinein. Ich weiß natürlich, welches Lied er meint. Doch es ist nicht so eng mit Frank verbunden, wie *Brothers in Arms*. Und es wäre ein weiterer Schritt, mich der aktuellen Lage zu stellen.

»Schon gut, ich denke, den Song halte ich aus«, werfe ich dann ein.

»Und du stürmst nicht gleich wieder raus?«, versichert Frederik sich vorsichtig. Seine blauen Augen ruhen fragend auf mir. Ich schüttle mutig den Kopf und er verbindet mit einem Lächeln sein Handy mit den Bluetooth-Lautsprechern des Lokals. Wenig später ertönt *Gegen die Strömung* von Udo Lindenberg und Jennifer Rostock. Ich singe sogar leise mit und bin mir sicher, dass ich den Schmerz diesmal aushalte, den der Song verursacht. Weil ich weiß, dass ich nicht allein damit bin. Mein Blick fällt auf Frederik und ich höre auch seine Stimme, die in den letzten Jahren noch männlicher als früher geworden ist. Sie ist wie schwarzer Samt, wie dunkles Schokoladeneis, sie geht mir unter die Haut.

Als Gäste das Lokal betreten, kümmert sich Johnny um sie und Frederik und ich bleiben allein am Tresen zurück.

»Tut es dir weh, wenn du das hörst?«, frage ich ihn leise. Sein Blick ist auf die Serviette geheftet, mit der seine Finger spielen, seit ich ihn damit beworfen habe.

»Ja, aber es wird mit jedem Mal besser«, gibt er zu. »Ich versuche einfach, an unsere gemeinsame Zeit zu denken und unsere Freundschaft nach wie vor in Ehren zu halten.« Er sieht auf und zuckt mit den Schultern. »Klingt das idiotisch?«

»Es klingt besser als meine Methode, alles, was mich an ihn erinnert, von mir fernzuhalten. Egal, ob es Musik, Essen, Filme oder seine Freunde sind.« Die letzten Worte habe ich beinahe geflüstert, doch ich weiß, dass Frederik mich trotzdem verstanden hat. Ich gehe ihm seit vier Jahren aus dem Weg. Klar sieht man sich notgedrungen mal auf der Straße oder bei gemeinsamen Freunden, aber ich bleibe auf Abstand, tue so, als wären wir entfernte Bekannte. Weil ich Angst davor habe, dass Frank wie ein Schatten neben uns stehen würde, wie das fehlende Bindeglied zwischen uns, das eine unüberbrückbare Lücke hinterlassen hat.

»Du hast seine Lieblingstorte nicht mehr im Sortiment, oder?« Mit dieser Frage holt er mich aus meinen Gedanken und ich zucke mit den Schultern.

»Die Nusstorte mit den drei Cremeschichten konnte er immer besser backen als ich. Er war von Anfang an der begabtere Konditor von uns beiden. Deshalb war er auch die erste Wahl unserer Eltern für das *Leckermäulchen*.«

»Halt, Moment mal!«, stoppt mich Frederik und ich sehe ihn überrascht an. »Er war der Ältere und deshalb wollten eure Eltern den Laden ihm überlassen. Aber die bessere Geschäftsfrau bist garantiert du. Außerdem ist das *Leckermäulchen dein* Baby. Früher war es nur die Zweigstelle der Bäckerei Hansen. Du hast von Grund auf renoviert und dann dem Laden deinen persönlichen Charme eingehaucht. Du hast die Backwaren deinen Eltern dem Hauptgeschäft überlassen und ziehst hier am Hafen mit der Konditorei und dem Café dein eigenes Ding durch.«

Ich bin überrascht, dass er so genau Bescheid weiß. Auffordernd sieht er mich an, bis ich nicke. Dann sehe ich ihm zu, wie er die Getränkebestellung vorbereitet, die Johnny ihm gerade überreicht hat.

»Und so wie es aussieht, sind wir deshalb bald Geschäftspartner«, komme ich nun endlich zu dem Punkt, wegen dem ich überhaupt hier bin. »Ich habe schon versucht, aus dem Vertrag wieder rauszukommen, aber Sylvie …«

Frederik winkt ab.

»Ich weiß, ich habe auch schon deshalb mit ihr gesprochen. Wir wussten wohl beide nicht, dass der andere da auch mit drinhängen wird, hm?«, vermutet er goldrichtig und trocknet sich die Hände ab, nachdem er die Bestellung an Johnny weitergereicht hat.

»Als hätte sie geahnt, dass wir sonst nicht zugesagt hätten«, murmle ich und drehe das Glas in meinen Händen.

»Ach, komm, es geht doch eigentlich nur jetzt um die Bauphase, in der man eben unseren Input haben will. Das kriegen wir hin. Es gab ja keinen Streit zwischen uns.« Er sieht mich fragend an.

»Nein, wir wecken nur schmerzhafte Erinnerungen beim anderen«, flüstere ich. Ohne ihn anzusehen, leere ich mein Wasserglas, das Johnny mir vorhin gebracht hat. Wortlos streckt er mir die Hand entgegen. Verwirrt sehe ich auf.

»Partner?« Irgendetwas an der Art, wie er es sagt, lässt Zuversicht in mir wachsen. Wir kriegen es hin.

»Partner!« Ich nicke lächelnd und schlage ein. Doch als ich ihn berühre, wird mir augenblicklich klar, dass es einen weiteren Grund gibt, aus dem das eine ganz schlechte Idee ist.

# Kapitel 3

Am Tag danach findet einer unserer Mädelsabende statt. Eigentlich finde ich diese Bezeichnung dafür ja etwas unpassend, denn sie klingt nach einem Haufen Teeniemädchen und nicht nach einer Gruppe erwachsener Frauen, die wir eigentlich sind. Aber er hat sich eingebürgert. Diesmal treffen wir uns spontan bei Sylvie auf ihrem Hausboot und genehmigen uns an diesem überraschend lauen Frühsommerabend den einen oder anderen Sundowner. Mit dabei sind Sylvies Geschäftspartnerin Lexi und deren Zwillingsschwester Lilly, die mit ihrem Mann Paul die Pension *L&P* betreibt. Mariella hat dort früher als Kellnerin gearbeitet, ist nun aber beim lokalen Radio. Zumindest noch bis sie in Elternzeit geht, denn ihr Babybauch wächst kontinuierlich. Anna hat mich nach Ladenschluss abgeholt und gemeinsam betreten wir das Hausboot als Letzte. Oben auf dem Sonnendeck ist die Stimmung schon ausgelassen.

»Ich werde jetzt aufhören zu essen bis zur Hochzeit«, verkündet Mariella in dem Moment, als wir das Deck betreten und klammert sich an ihr Saftglas.

»Also das hören wir ja öfter von Bräuten, weil sie bei der Trauung die Figur ihres Lebens haben wollen, aber hallo — du bist schwanger«, erinnert Lexi sie lachend und bietet ihr einen Platz auf einem Liegestuhl an. Doch Mariella winkt ab.

»Ich nehme lieber den Strandkorb, von dem Liegestuhl komme ich nie wieder hoch. Und schwanger hin oder her, ich muss ins Kleid passen.« Theatralisch wirft sie ihre Hände in die Luft und Anna und ich wechseln einen amüsierten Blick, ehe wir zu den Prosecco-Gläsern greifen, die schon für uns bereitstehen. Ihre italienischen Wurzeln kann unsere temperamentvolle Freundin wirklich nicht leugnen.

»Süße, deine Mutter war auch schwanger, als sie geheiratet hat«, beruhigt Sylvie sie. »Das Kleid wird dir also sicher passen.«

»Um das zu wissen, müsste es erst mal ankommen«, jammert Mariella.

»Ankommen?«, frage ich nach und Mariella nickt aufgebracht.

»Meine Mutter hat es mit der Post geschickt. Was ich unverzeihlich finde. Etwas so Wichtiges muss doch zumindest einen Kurierdienst wert sein, finde ich. Und prompt ging es verloren.«

»Das Paket ist etwas länger als üblich unterwegs. Von verloren kann noch keine Rede sein«, versucht Sylvie zu beschwichtigen, doch Mariella ist schon in Fahrt.

»Aber es muss auch noch genug Zeit für Änderungen sein. Habt ihr denn eine Schneiderin gefunden?«

»Noch nicht, aber …«, setzt Lexi an, doch ihre Schwester Lilly unterbricht sie.

»Ich wüsste jemanden. Meine neue Kellnerin hat eine Ausbildung an der Modefachschule gemacht. Da sollte ein wenig Ändern doch ein Klacks für sie sein. Ich gebe euch morgen gleich mal die Kontaktdaten. Sie fängt in zwei Wochen an.«

Sylvie atmet auf.

»Siehst du. Alles wird gut. Bis dahin ist dann auch das Kleid da.«

»Apropos Kleider, wann ist morgen Treffpunkt für die Anprobe der Brautjungfernkleider?«, frage ich.

Sylvie zückt ihr Handy.

»Der Termin ist um halb fünf. Ihr habt doch gesagt, das klappt für alle, oder?« Fragend sieht sie Anna und mich an. Unsere Läden haben eigentlich länger offen, aber wir haben schon versichert, dass wir aus so einem wichtigen Grund gerne mal früher schließen. Also nicken wir.

»Wir kommen dann direkt hin«, versichert Anna ihr.

»Danke, ihr zwei!« Mariella kommt zu uns und drückt uns an sich. Ihre Gefühlsschwankungen zwischen Dramaqueen und Kuschelhäschen fühlen sich an wie eine Achterbahnfahrt. Als sie sich Lilly zuwendet, flüstere ich Sylvie zu: »Mariella macht es dir gerade nicht besonders leicht. Fällt sie eigentlich gerade unter Bridezilla oder unter Hormonopfer?«

Sylvie schmunzelt amüsiert, doch dann sieht sie mich streng an.

»Und welche Ausrede hast du?«

Ich zucke zusammen.

»Wofür denn?«

Die Augen meiner Freundin werden schmal und ihr Ton ist forschend.

»Dein Anruf vor ein paar Tagen? Was genau ist eigentlich das Problem zwischen Frederik und dir, dass ich alle naslang einen von euch an der Strippe habe, der die Verträge, auf denen die Tinte schon lange trocken ist, wieder über den Haufen werfen will?«

Nun haben wir die Aufmerksamkeit aller anderen.

»Was ist denn los?«, fragt Lexi.

»Sowohl Frederik als auch Livia wollten aus dem Vertrag aussteigen, den wir für das neue Lokal im Indoorspielplatz mit ihnen abgeschlossen haben«, informiert Sylvie sie knapp.

»Mit dem ihr uns beide gelinkt habt«, platzt es aus mir heraus. »Keiner von uns wusste, dass es kein Exklusivvertrag ist und wir uns mit einem zweiten Gastronomen absprechen müssen.«

Sylvie blinzelt, überrascht von meiner heftigen Reaktion.

»Weil wir euch das Lokal ja auch nicht verpachten, sondern nur eure Produkte dort verkaufen beziehungsweise herstellen. Der einzige Bestandteil des Vertrages, den ihr gemeinsam erfüllen müsst, ist die Beratungstätigkeit während der Bauphase.«

Ich will eben etwas erwidern, da geht Lexi dazwischen.

»Das ist kein Grund für Streit. Sylvie, es wäre besser gewesen, mit offenen Karten zu spielen. So lag es ja nahe, dass sich jemand auf den Schlips getreten fühlt.« Sie sagt es ihr nicht als Chefin, sondern als Freundin und doch ist sie in diesem Moment beides. Sylvie seufzt.

»Georg und ich wussten, dass wir eine Mischung aus *Fischkneipe* und *Leckermäulchen* haben wollen. Und es waren beide so schwer zu überzeugen. Wir dachten, wenn wir ihnen von der Kooperation erzählen, hätten wir keine Chance, auch nur einen von ihnen an Bord zu kriegen«, gibt sie dann zu.

Aufgebracht stemme ich die Hände in die Hüften.

»Und es ist euch nie in den Sinn gekommen, dass es vielleicht einen Grund hat, wieso wir nicht zusammenarbeiten wollen? Gerade dir, die jahrelang Mrs Geheimnisvoll war?«

Unsere Freundin hat ihre Vergangenheit bis vor einem Jahr vor ihrem gesamten Umfeld geheim gehalten und um ein Haar hätten ihr Freund Georg, der Leiter des Sterenholmer Tourismusbüros und sie nicht zusammengefunden. Sylvie und ich blicken einander in die Augen, während die anderen die Luft anhalten. Der Ausdruck in Sylvies Gesicht zeigt mir, dass sie eingesehen hat, zu weit gegangen zu sein.

»Es tut mir leid«, entschuldigt sie sich dann ehrlich. »Du hast recht, das war unfair. Wenn du möchtest, lasse ich die Verträge morgen sofort rückgängig machen.«

Versöhnlich schüttle ich den Kopf.

»Das ist nicht nötig, Frederik und ich haben beschlossen, dich nicht hängen zu lassen.«

»Danke!« Sylvie atmet erleichtert auf.

»Möchtest du uns erzählen, was das Problem zwischen euch ist oder war?«, fragt Lilly vorsichtig.

Ich überlege einen Augenblick. Vielleicht ist es gut, wenn meine Freundinnen Bescheid wissen. Keine von ihnen wurde wie ich hier geboren und sie kennen die Hintergründe nicht.

»Er war der beste Freund meines älteren Bruders«, erzähle ich dann leise. »Frank ist vor vier Jahren nach Berlin gezogen und war einige Wochen später nicht mehr erreichbar. Meine Eltern haben Nachforschungen eingeleitet und schließlich die Polizei eingeschaltet, aber er wurde nicht gefunden. Frederik und mich hat es sehr getroffen, dass Frank verschwunden ist. Mit jeder Woche, in der man ihn nicht gefunden hat, konnten wir die Anwesenheit des anderen schwerer ertragen, bis wir uns gemieden haben.«

Betretenes Schweigen macht sich breit. Anna und Lilly wechseln einen Blick. Die beiden haben zum Zeitpunkt von Franks Verschwinden ja bereits in Sterenholm gelebt und die Geschichte sicher mitbekommen.

»Und was ist jetzt mit deinem Bruder?«, flüstert Mariella mitgenommen. Sie hat selbst eine große Familie und kann meinen Verlust wohl nachempfinden.

»Man geht inzwischen davon aus, dass Frank einem Verbrechen zum Opfer gefallen ist«, wispere ich mit rauer Stimme. »Es gab zu dieser Zeit in Berlin ein Problem mit Bandenkriminalität und man hat zwei Autos gefunden, die völlig ausgebrannt waren. In beiden wurden menschliche Überreste gefunden, von denen jedoch nicht alle identifiziert werden konnten. Eins der Autos war Franks.«

»Oh Gott!« Alle schlagen sich die Hände vor den Mund oder sehen mich entsetzt an. Nur Anna nimmt stumm meine Hand und drückt sie, um mir Halt zu geben. Einen Augenblick liegt absolute Stille über Sylvies Hausboot und unserer sonst so fröhlichen Truppe. Dann räuspere ich mich.

»Themenwechsel: Ich bin auf der Suche nach einer fähigen Konditorin, denn offenbar habe ich in absehbarer Zeit *zwei* Standorte mit Leckereien zu versorgen. Hat jemand einen Tipp für mich?«, gebe ich mich bemüht fröhlich.

Lexi fängt sich als Erste. »Ich höre mich mal um. Wir arbeiten ja auch mit Personalbereitstellern zusammen. Vielleicht möchte sich da eine der Zeitarbeitskräfte festlegen.«

»Das wäre schön«, bedanke ich mich. »Also, Mariella, gibt es noch etwas, das wir vor dem Termin morgen wissen müssen?«

»Ähm, ja …«, kommt nun auch wieder Leben in unsere Italienerin. »Meine Großmutter hat mich daran erinnert, dass in einer katholischen Kirche die Schultern der Frauen bedeckt sein müssen.«

Sylvie gluckst.

»Wann erzählst du ihr, dass ihr in einer evangelischen Kirche mit katholischem Priester heiratet?«

Mariella saugt an ihrem Strohhalm.

»Gar nicht. Ich hoffe, sie ist so damit beschäftigt, meinen Bauch zu tätscheln, dass sie es einfach nicht merkt.« Sylvie kann sich ein Lachen nicht verbeißen.

»Süße, so wie du von ihr erzählst, ist sie so katholisch, dass sogar der Papst sie bei wichtigen Entscheidungen um Rat fragt. Sie wird schon auf dem Weg zur Kirche riechen, dass etwas faul ist.«

Mariella zuckt mit den Schultern.

»Der Priester ist katholisch, der Boden geweiht und das Kind ist ohnehin schon vorbelastet, weil ich unverheiratet schwanger geworden bin. Also was soll´s!«

Sylvie zaubert noch ein paar Sandwiches hervor, bei denen sie verspricht, dass Georg sie vorbereitet hat und wir sie gefahrlos essen können. Denn in der Küche ist sie leider eine Niete. Das Thema Frank bringen meine Freundinnen nicht mehr auf und ich bin ihnen sehr dankbar dafür. Doch ich weiß, wenn ich Redebedarf haben sollte, könnte ich zu jeder von ihnen gehen und würde ein offenes Ohr vorfinden.

Der Mond steht schon hoch über der Ostsee, als ich mich auf den Heimweg mache. Noch ist es ruhig in Sterenholm. Bis zu den Ferien sind es noch einige Wochen und nur wenige Urlauber haben sich bereits hierher verirrt. Doch schon bald wird unsere kleine Stadt hellwach sein und alle, die sie besuchen, mit ihrem unverwechselbaren Charme bestechen. Der weiche weiße Sand, das durch eine Strömung relativ warme Meer, die einladenden Strandkörbe, die Großzügigkeit, mit der jeder Gast möglichst viel Platz und Privatsphäre bekommt, die Gastfreundschaft der Einheimischen und die bunte Mischung aller Menschen, die hier ihr Zuhause gefunden haben, machen diesen Ort zu etwas ganz Besonderem. Und wir Sterenholmer haben das größte Glück, weil wir da leben, wo andere Urlaub machen. Mit diesen Gedanken

schlendere ich vom Hafen zu meiner Wohnung, die Strick-
weste nun schon fest um mich gezogen, da die Nächte doch
noch sehr kühl sind.

# Kapitel 4

Am nächsten Morgen bin ich früh im *Leckermäulchen*. Neben den üblichen Kuchen und Gebäck, die ich täglich im Sortiment habe, muss ich noch zusätzlich eine Torte für eine Geburtstagsfeier backen. Lexi wird sie gegen zehn abholen, ihre Agentur plant die Feier. Um die größtmögliche Frische zu garantieren, stehe ich schon im Laden, als der Himmel gerade etwas heller wird und Kaffee das Einzige ist, das meine Lebensgeister bei Laune halten kann. Den fluffigen Schokobiskuit mit Vanillefüllung habe ich schon hundert Mal gebacken und brauche kein Rezept mehr. Ich greife nach meiner Küchenmaschine, die ich mir selbst zur Eröffnung des *Leckermäulchen*s geschenkt habe. Es ist keine neue, oh nein. Es ist dasselbe Modell, mit dem meine Großmutter damals immer mit mir gemeinsam Kuchen gebacken hat. Sie ist nicht elektronisch einstellbar, sondern hat nur zwei Geschwindigkeitsstufen: schnell und noch schneller. Man muss sie mit Gefühl behandeln und den Bauch entscheiden lassen, wann es Zeit für die nächsten Zutaten ist. Aber damit gelingt mir einfach alles.

Auch heute wiege ich alle nötigen Zutaten ab und starte das Gerät, doch die Backstube bleibt still. Ich kontrolliere, ob ich den Stecker in die Steckdose gesteckt habe und ob darauf auch Strom ist, aber der Wasserkocher beginnt sofort fröhlich aufzuheizen. Es liegt am Rührgerät. Oh nein, bitte nicht! Ich muss den Auftrag rechtzeitig fertig bekommen und der Teig muss völlig ausgekühlt sein, ehe ich ihn mit der Creme füllen kann. Mir wird ganz heiß und ich öffne rasch das Fenster, damit die frische Morgenluft meinen Kopf wieder zum Denken bringt. Ersatz muss her. Meine Eltern wollten mir schon zum Geburtstag eine neue Küchenmaschine kaufen, aber ich habe abgelehnt.

»So ein Mist! Ausgerechnet heute lässt du mich im Stich. Und das, nachdem ich dich immer vor allen verteidigt habe«, schimpfe ich auf das Gerät, doch es zeigt sich unbeeindruckt.

»Was ist denn los?«, höre ich plötzlich eine Stimme vom Fenster und fahre erschrocken herum.

»Frederik!« Ich presse meine Hand auf meine Brust, um mich vom Schreck wieder zu erholen. »Was machst du denn um diese Zeit schon auf der Straße?«

»Die Fischlieferung vom Hafen abholen. Ich rede am liebsten mit den Fischern selbst und such mir aus, welche Ware ich verarbeiten will.« Also steht Frische bei ihm genauso hoch im Kurs wie bei mir.

»Das verstehe ich gut. Ich kaufe meine Eier auch direkt vom Bauern und das Mehl bei der Mühle im Nachbarort.«

»Wieso schimpfst du denn wie ein Rohrspatz?«, will Frederik wissen.

»Meine Küchenmaschine streikt und ich bin ausgerechnet heute unter Zeitdruck.« Ich deute auf die Arbeitsfläche und er lugt an mir vorbei.

»Damit backst du? Das Ding ist ja noch aus der Vorkriegszeit«, zieht er mich auf.

»Hey, Vorsicht! Beleidige nicht meine Küchengeräte. Damit gelingt mir einfach alles.« Warnend halte ich ihm den Zeigefinger vor die Nase.

»Ersatzgerät?«, schlägt er vor.

»Nur ein Handmixer und mit dem schaffe ich es zeitlich einfach nicht, alles fertig zu kriegen, weil ich nebenbei dann nichts anderes vorbereiten oder verzieren kann. Was mach ich denn jetzt?« Verzweifelt streiche ich eine Haarsträhne hinters Ohr, die immer wieder in mein Gesicht fällt.

»Schließ die Tür auf!«, fordert Frederik mich auf.

»Was? Wieso?« Verwirrt lege ich die Stirn in Falten.

»Hast du vergessen, dass ich gelernter Mechaniker bin?« Natürlich nicht, es war ja Stadtgespräch, dass ausgerechnet er dann eine Kneipe eröffnen wollte als absoluter Quereinsteiger.

»Ja und? Das ist ja kein Auto!«

»Aber etwas mit Motor, auch wenn er kleiner ist. Lass mich mal sehen.« Er deutet auf die Hintertür und ich gebe mich geschlagen. Als ich öffne, weht mir mit der frischen Luft auch sein Duft entgegen und für einen Augenblick stolpert mein Herz. Frisch geduschte Männer sollten einfach einen Warnhinweis vor sich hertragen. Frederik geht an mir vorbei und wendet sich sofort der Küchenmaschine zu. Er versucht zu starten und horcht, ob es klickt oder surrt. Dann kontrolliert er Kabel und Anschluss.

»Ich hole meinen Werkzeugkasten. Wir werden wohl nicht drum rumkommen, sie aufzumachen.« Er sagt es mehr zu sich selbst.

»Du hörst dich an wie ein Chirurg«, scherze ich. Dann greife ich in den Schrank unter der Spüle und ziehe meine kleine Werkzeugtasche hervor. »Kannst du damit was anfangen?«

Anerkennend hebt Frederik die Augenbraue. »Alle Achtung, ich dachte nicht, dass ich so etwas hier finden würde.«

»Glaubst du, ich hole für jedes Bild, das ich aufhängen möchte und jede lockere Schraube gleich einen Handwerker?« Ungläubig sehe ich ihn an und erkenne an seinem Gesichtsausdruck, dass ich mit meiner Vermutung nicht so danebenliege.

»Wenn du mir jetzt noch sagst, dass du sogar Glühbirnen selbst wechselst, bin ich beeindruckt.« Er hat sich schnell wieder gefangen.

»Sogar die kniffligen, bei denen man erst die Lampe abschrauben muss«, kontere ich und ernte ein Lachen.

»Na, dann lass mal sehen, ob deine Ausrüstung brauchbar ist.« Konzentriert sucht er die passenden Schraubenzieher und startet die Operation am offenen Rührgerät. Zehn Minuten später zieht er die letzte Schraube wieder fest und steckt den Stecker in die Dose.

»Drück die Daumen, dass der lockere Draht das einzige Problem war.«

Ich presse die Finger auf meine Daumen und schicke ein Stoßgebet zum Himmel. Frederik betätigt den Schalter und sofort ertönt das vertraute Geräusch. Mein Baby läuft wieder. Ich quieke begeistert und hüpfe durch die Küche.

»Tausend Dank!« Erleichtert atme ich auf. »Schickst du mir eine Rechnung für den Notdienst?«

Frederik lächelt. »Die erste Reparatur geht immer aufs Haus.«

Er räumt das Werkzeug in die Tasche und reicht sie mir. Meine Backstube ist nicht die größte und Frederiks Nähe wird mir mit einem Mal sehr bewusst. Mein Blick gleitet von der Tasche nach oben und bleibt an seinen blauen Augen hängen. Mein Bauch prickelt wie ein Glas Prosecco.

»Aber du könntest es noch mal versuchen«, sagt er dann leise.

»Was versuchen?« Ich flüstere es fast und mein Herzschlag beschleunigt sich. In diesem Moment bin ich mir sicher, dass ich alles versuchen würde.

»Die Nusstorte mit den drei Cremeschichten. Die war nämlich auch meine Lieblingstorte.« Bittend sieht er mich an.

Ich schüttle rasch die Gedanken ab, die nicht hierher gehören – nicht in diese Backstube und nicht zwischen Frederik und mich. Rasch räuspere ich mich.

»Mal sehen. Ich sollte dann mal weitermachen, sonst schaffe ich nicht alles, bis der Laden öffnet.«

»Ich muss auch los, zum Hafen runter.« Er nickt mir zu.

»Danke noch mal!«, rufe ich ihm nach, als er schon fast aus der Tür ist. Dort dreht er sich noch mal um.

»Kein Thema!«, versichert er mir und zwinkert mir zu. Himmel, für diese Augen müsste er einen Waffenschein beantragen. Ich lehne mich gegen die Arbeitsplatte, damit meine Knie nicht nachgeben können.

Als ich wieder allein bin, sinke ich auf den Tritthocker, den ich benutze, um die Formen aus den oberen Regalen zu holen und berge mein Gesicht in meinen Händen. Ich muss mich in seiner Gegenwart zusammenreißen, sonst wird unsere Zusammenarbeit in einer Katastrophe enden.

Annas Wagen hält kurz nach vier vor dem *Leckermäulchen* und ich lasse mich auf den Beifahrersitz sinken. Während sie losfährt, sieht sie mich von der Seite an.

»Schweren Tag gehabt?«

Ich seufze. Meine Begegnung mit Frederik heute früh hat mich ziemlich aus der Bahn geworfen. Seither fällt es mir schwer, mich zu konzentrieren. Ich habe mir Bestellungen nicht gemerkt, Wechselgeld falsch rausgegeben und einer Stammkundin Tee statt Kaffee serviert. Immer wenn ich daran denke, mit welcher Selbstverständlichkeit er mir geholfen hat, kommt mein Herz aus dem Takt.

»Na komm, spuck es aus!«, fordert meine Freundin mich auf. »Du siehst aus, als würden dir die Gedanken gleich bei den Ohren rauskriechen.« Ich schüttle mich, denn ihre Worte hören sich irgendwie ekelig an.

»Ich weiß gar nicht, wo ich beginnen soll ...«, gestehe ich dann. Lange Zeit war alles in einem kleinen Kästchen in meinem Inneren verborgen. Nun kommen alle Gefühle plötzlich wieder hoch. Und zwar nicht nur die rund um Frank.

»Dann lass dir Zeit, bis du einen Anfang gefunden hast.« Anna sieht mich sanft an und ihr Tonfall beruhigt mich etwas. Andere Menschen würden nun versuchen, mich auszuquetschen, aber Anna dreht das Radio ein wenig lauter und lässt mich die restliche Fahrt über meinen Gedanken nachhängen.

Im Brautmodengeschäft angekommen, warten die anderen bereits auf uns. Mariella ist glänzender Laune, denn das Paket ihrer Mutter ist heute endlich angekommen.

»Es muss so gut wie nichts geändert werden«, erzählt sie uns aufgeregt. »Und das Kleid ist noch viel schöner, als ich es in

Erinnerung hatte.« Ihr Gesicht nimmt einen verträumten Ausdruck an.

»Hast du es dabei?« Ich deute auf den Kleidersack.

»Ja, damit ich nicht im absolut gleichen Look wie meine Mutter heirate, möchte ich noch einen Schleier dazukaufen und etwas Leichteres als Mamas Fellstola, um meine Schultern zu bedecken.« Mariella verdreht die Augen.

»Dann schlüpfst du zuerst rein, damit wir es sehen und die Kleider für die Brautjungfern darauf abstimmen können«, entscheidet Sylvie.

Wenig später kommt Mariella aus der Kabine und zeigt uns stolz das Kleid ihrer Mutter, das nun ihres ist. Sie hat recht, es passt bis auf wenige Kleinigkeiten wie angegossen. Es hat schmale Träger und ist rund ausgeschnitten. Unterhalb der Brust ist eine dünne Borte eingearbeitet, darüber sind weiße Blumen und Blätter aufgestickt. Der Rock ist hoch angesetzt, sodass ihr kleiner Babybauch fast nicht auffällt. In Kniehöhe wird das Blumenmuster von oben wieder aufgenommen und vermehrt sich bis zum Saum. Das Kleid hat eine Schleppe, auf der die Stickerei ebenfalls fortgeführt wird. Die Verkäuferin bringt ein paar Schleier und vergleicht die Farbe. Dann reicht sie Mariella einen aus zarter Blumenspitze, der schlicht mit einem Kamm ins Haar gesteckt wird und ihr bis zum Po reicht. Wir sind sofort begeistert und auch die Braut nickt ergriffen. Für die Schultern entscheidet sie sich für eine Stola aus Organza, die hinten am Rücken locker zusammengebunden werden kann.

»Nun zu unseren Kleidern«, wendet Sylvie sich an uns.

»Bitte sag, dass sie nicht pink sind«, beschwört Anna sie.

»Erst mal geht es um das Modell«, vertagt Sylvie die Farbfrage. »Mariella hat beschlossen, dass ihr mitentscheiden dürft, aber alle tragen das gleiche Kleid.«

Gemeinsam durchforsten wir die Kleiderständer und einigen uns auf ein langes Chiffonkleid mit Rundkragen. Die A-Linie hat in der Taille einen breiten Gürtel aus Chiffon, der Brustteil ist gerafft, sodass alle Oberweiten-Größen darin gut aussehen. Das Dekolleté und die Schultern sind nur von Spitze bedeckt, womit das Kleid nicht bieder wirkt, aber auch der Begutachtung durch Mariellas Großmutter standhält.

»Mädels, ihr seht super aus«, haucht Mariella, als Sylvie, Anna, Lexi, Lilly und ich aus den Kabinen kommen. Sie ist mit unserer Wahl einverstanden und wir ziehen uns wieder um. Die Verkäuferin vermisst jede von uns, damit die Kleider in der richtigen Größe und Länge bestellt werden. Dann nehmen wir auf dem riesigen Sofa Platz und trinken unseren Sekt aus. Mariella prostet uns mit ihrem Saftglas zu.

»Was die Farben betrifft, haben Daniel und ich beschlossen, dass die Hochzeit bunt sein soll. Also darf jede von euch selbst wählen, welche Farbe ihr Kleid haben soll«, verkündet sie dann. Erleichterung macht sich unter uns breit. Lilly entscheidet sich für Gelb, Lexi für Rot, Anna wählt Grün, Sylvie Blau und ich möchte meines in Pink.

Mariella wendet sich an ihre Hochzeitsplanerin.

»Sylvie, dann schlage ich vor, dass Lilly die Kirche als Erste betritt, danach Lexi, du, Livia und direkt vor mir Anna.« Sylvie hat bereits ihren Block gezückt und schreibt eifrig mit.

»Alles klar! Du gehst mit deinem Vater, Daniel mit seiner Mutter und die beiden Trauzeugen Lukas und Frederik zusammen, oder sollen wir ihnen deine Schwestern an die Seite stellen?« Sylvie überlegt, doch mich hat der Name Frederik wieder aufhorchen lassen. In meinem Kopf dreht sich alles, wie bei einem Wirbelsturm. Ich sehe sein Lächeln von heute Morgen vor mir, seine geschickten Hände, sein Zwinkern, seine Augen …

»Frederik hat heute früh meine Küchenmaschine repariert«, platzt es ohne Vorwarnung aus mir heraus. Die anderen sehen mich an und versuchen einen Zusammenhang zu erkennen.

»Das … ist nett von ihm«, erwidert Lilly und überlegt wohl gerade, ob ich zu lange in der Sonne war. Annas Kopf arbeitet fieberhaft, um einen Zusammenhang zu finden.

»Der Dornröschenschlaf!«, ruft Mariella plötzlich und sieht mich aufgeregt an. Sylvie wirft ihr einen mitleidigen Blick zu, als wäre sie nun endgültig Opfer der Hormone geworden.

»Was?«, fragt Anna verwirrt.

Mariella wedelt mit den Händen, als könne sie die Gehirnzellen unserer Freundinnen so ankurbeln.

»Bei meinem ersten Mädelsabend mit euch im Spa vom *Strandblick* haben wir über unser Liebesleben gesprochen und Livia meinte, ihres liege schon lange im Dornröschenschlaf. Wir haben gerätselt, welcher Prinz kommen muss, um sie wach zu küssen.« Sie wendet sich an mich und ihr Blick triumphiert, als hätte sie eben eine schwierige Mathematikaufgabe gelöst. »Der Prinz ist Frederik, richtig?«

Ich beiße mir auf die Lippe. Das ist meinen Freundinnen Antwort genug. Alle schnappen nach Luft.

»Wow, so plötzlich?«, fragt Lexi verblüfft. Ich schüttle den Kopf.

»Nicht plötzlich. Schon … immer«, gebe ich schüchtern zu. Lexis Augen weiten sich.

»Ich dachte, er wäre nur der Freund deines Bruders gewesen.«

»Das war er ja auch. Frederik hat keine Ahnung von meiner Schwäche für ihn«, stelle ich richtig.

»Und wieso nicht?«, will Lilly wissen.

»Ich war eben immer nur Franks kleines Anhängsel, die kleine Schwester, die man ab und zu mitspielen lässt. Ich bin zwei Jahre jünger. Als die Jungs begonnen haben, sich für Mädchen zu interessieren, hatte ich nur die Ponys vom Reiterhof im Kopf und als Jungs für mich nicht mehr nur doof waren, hat er längst auf Ältere geschaut, aber nicht auf die kleine Bohnenstange, die ihn heimlich angehimmelt hat.« Ich flüstere es fast, weil es mir peinlich ist. Aber irgendwie bin ich auch froh, dass es jetzt rauskommt, denn meine Gefühlsachterbahn überfordert mich im Moment extrem.

»Also war er dein Teenieschwarm?«, kombiniert Sylvie, doch ich schüttle den Kopf.

»Nicht nur. Auch später noch habe ich alle Männer, mit denen ich mich getroffen habe, mit ihm verglichen. Aber keiner hat es wirklich in mein Herz geschafft.«

»In dein Bett aber schon?«, fragt Lexi, die heute irgendwie den direkten Part übernommen hat, den sonst ich innehabe. Ich grinse schief.

»Man muss die Frösche ja erst küssen, ehe man erfährt, ob sie sich in einen Prinzen verwandeln.«

Sylvie verschluckt sich vor lauter Lachen fast an ihrem Sekt und auch die anderen kichern über meinen Vergleich.

»Und was war jetzt heute mit der Küchenmaschine?«, kommt Anna auf meine eigentliche Aussage zurück. Ich erzähle ihnen von meinem Morgen.

»Schon seit unserem Gespräch in der *Fischkneipe* spukt er mir wieder ständig im Kopf herum, aber seit heute Morgen kriege ich ihn gar nicht mehr raus aus meinen Gedanken.« Ich sehe meine Freundinnen verzweifelt an.

»So ist das eben, wenn man verliebt ist.« Lilly streichelt mir lachend über den Arm.

»Aber ich hatte es im Griff. Ich habe ihn aufgegeben, weil er mich einfach nicht will. Jahrelang habe ich für ihn geschwärmt. Wieso begreift mein dummes Herz denn nicht endlich, dass es sinnlos ist, immer wieder schneller zu schlagen, wenn er mich nur ansieht?«, flüstere ich den Tränen nahe.

»Herzen sind eben nur für eines gut: Blut durch unseren Körper zu pumpen. Alles andere sollten sie bleiben lassen«, pflichtet Anna mir bei.

»Aber einen Versuch könnte es doch wert sein«, hält Lilly dagegen. »Hast du ihm denn irgendwann mal gesagt, was du fühlst?«

Ich schüttle den Kopf.

»Nein, dafür war ich immer zu schüchtern«, gebe ich zu. »Aber meine Freundinnen in der Schule haben alle mitbekommen, wie ich ihn angehimmelt habe, da muss es ihm doch auch aufgefallen sein.«

Mariella beginnt zu lachen.

»Also, was das angeht, kann ich dir aus meiner Erfahrung mit zwei Brüdern verraten, dass die Kerle da eine verdammt lange Leitung haben«, meint sie dann glucksend.

»Also gehen wir mal davon aus, dass er es einfach nicht gecheckt hat. Und selbst wenn er es damals geahnt haben sollte, wird er auf keinen Fall nach all den Jahren davon ausgehen, dass du immer noch was für ihn empfindest«, nimmt Lilly wieder ihren Faden auf. »Wenn er gar nicht weiß, dass er bei dir Chancen hätte, dann wirst du auch nie erfahren, ob da nicht doch mehr zwischen euch sein könnte.«

»Du meinst ...« Unsicher sehe ich sie an, doch sie nickt mir ermutigend zu.

»Mehr als einen Korb kannst du nicht kriegen«, merkt sie diplomatisch an.

»Aber wenn er Interesse hätte, dann wäre er doch längst in die Offensive gegangen«, wehre ich weiter ab.

»Das hast du doch auch nicht gemacht«, wirft Sylvie ein. »Ich bin auch dafür, dass du ihm ein Zeichen sendest.«

Überfahren blinzle ich.

»Stimmt ihr jetzt darüber ab, wie ich mein Liebesleben führen soll?«

»Eher darüber, ob du endlich mal eines bekommst«, meldet sich Mariella zu Wort. »Ich bin allerdings dagegen. Die Dynamik mit den Freunden der Brüder kenne ich und das ist ein schwieriges Terrain.«

»Ich bin auch für Nein«, entscheidet Anna. »Das würde eure Situation noch komplizierter machen. Aber ich bin für dich da, wenn du es versuchen willst.« Ich lächle sie an. Anna ist eine jener Freundinnen, die dir erst sagen, du sollst nicht ins Wasser springen und dich dann ohne einen Vorwurf rausfischen, wenn es doch zu kalt war und dir auch noch ein Handtuch reichen.

»Also, Sylvie und ich sind für Ja, Anna und Mariella für Nein. Lexi, es liegt an dir!«, fasst Lilly zusammen.

»Werde ich gar nicht gefragt?«, unterbreche ich, doch ich werde von einem vielstimmigen *Nein* wieder zum Schweigen gebracht. Lexi überlegt einen Moment.

»Ich bin dafür, weil die Liebe immer einen Weg findet. Du brauchst nur mal Niko und mich anzusehen, Sylvie und Georg oder Mariella und Daniel. Scheiß drauf, probiere es! Wenn es nicht klappt, sind wir da und fangen dich auf.« Die anderen klatschen, doch ich sehe ratlos in die Runde.

»Und wie soll ich das anstellen? Mich nackt in sein Bett legen?«

Murmeln kommt auf, doch Mariella stoppt alle mit einer Handbewegung.

»Hör ja nicht auf diese verrückten Hühner! Was die mir alles bei der Versöhnung mit Daniel geraten haben, war schauderhaft. Du kennst ihn am besten von uns und du weißt, wobei du                                         dich wohlfühlst. Es sollen ein paar Signale sein, kein Freifahrtschein.« Sie zwinkert mir zu und lächelt.

Die Angestellte des Brautmodenladens macht uns höflich darauf aufmerksam, dass der Laden schließt, also treten wir den Heimweg an. Anna setzt mich beim *Leckermäulchen* ab, weil ich meinen Schlüssel in der Backstube vergessen habe. Und als mein Blick dort wieder auf das Rührgerät fällt und ich an heute Morgen denken muss, habe ich eine Idee.

Ich schlage den Weg den Strand entlang ein, der mich zwar auch zu meiner Wohnung führt, aber länger ist. Die Schuhe streife ich von meinen Füßen und lasse mir die kühle Ostsee um die Knöchel spülen. Und mit jeder Welle wird ein wenig Anspannung des heutigen Tages weggewaschen. Meine Schultern werden wieder weicher, meine Nackenschmerzen verschwinden, mein Rücken richtet sich selbstbewusst auf und mein Gang wird federnd und fröhlich. Der Vorschlag meiner Freundinnen kommt mir in den Sinn. Ich weiß natürlich, dass sie es nur gut meinen und es nur ein Schubs in die – ihrer Meinung nach – richtige Richtung ist. Letztendlich liegt die Entscheidung bei mir, ob ich mein Glück bei Frederik versuche oder meine abwartende Haltung beibehalte. Eine Möwe kreist laut kreischend über mir und fliegt dann aufs offene Meer hinaus. Dann stößt sie nach unten ins Wasser und schießt Sekunden später mit einem Fisch im Schnabel wieder in die Luft.

»Willst du mir damit sagen, dass ich ihn mir einfach schnappen soll, du gefiedertes Orakel?«, frage ich in ihre Richtung. Als würde sie mir eine Antwort geben, kreischt sie erneut und ich muss lachen.

»Also gut«, gebe ich mich geschlagen. »Dann setzen wir meine Idee morgen mal in die Tat um.«

# Kapitel 5

Am nächsten Tag beeile ich mich, die Torten für das *Leckermäulchen* fertigzustellen. Als letzten Teig rühre ich noch eine Nussmasse an. Sie wird sorgfältig gebacken und wartet dann den Rest des Tages auf mich. Heute läuft wieder alles wie am Schnürchen und vergessen sind die vielen Patzer von gestern. Nachdem ich abends geschlossen und den Gastraum aufgeräumt habe, greife ich nochmals nach meiner Backschürze. Ich blättere im Rezeptbuch meiner Mutter und finde die Anleitung für die Füllung jener Torte, um die ich seit Jahren einen Bogen mache – die Nusstorte mit der dreifachen Cremefüllung. Ich wiege und rühre, schneide vorsichtig den Teig in vier Teile und verteile die Creme zwischen den Böden und auf der Torte. Dann verziere ich sie mit der Spritztülle und mit Schoko-Mokkabohnen. Mit dem Ergebnis bin ich optisch absolut zufrieden und auch die Creme schmeckt lecker. Vorsichtig hebe ich mein Backwerk in eine Tortenschachtel und verlasse kurz vor sieben damit das *Leckermäulchen*. Mein Weg ist jedoch nicht weit und diesmal nehme ich mir keine Zeit, um vor der *Fischkneipe* lange innezuhalten. Zu groß ist meine Angst, dass ich doch in letzter Sekunde kneife. Schwungvoll öffne ich die Tür und bahne mir einen Weg durch die Tische zum Tresen.

»Hi«, sage ich nervös, als Frederik aus der Küche kommt. Sein Blick ist freudig überrascht.

»Hey, was macht deine Küchenmaschine?«

Ich lächle.

»Läuft wie geschmiert. Da war wohl ein fähiger Mechaniker am Werk. Ich komme mit deiner Bezahlung.« Mit klopfendem Herzen schiebe ich ihm den Karton zu. Fragend sieht er mich an und hebt den Deckel.

»Das glaube ich jetzt nicht«, entfährt es ihm verblüfft. »Das ist ... du hast ... aber du sagtest doch, du backst sie nicht mehr, seit Frank weg ist.«

»Tue ich auch nicht. Aber für dich habe ich eine Ausnahme gemacht.« Meine Stimme ist mehr ein Wispern, doch sein Strahlen zeigt mir, dass er mich verstanden hat. Das Blau seiner Augen hält mich gefangen, ich kann einfach nicht wegsehen.

»Danke!« Frederik senkt seinen Blick erneut auf die Schachtel. Ich räuspere mich.

»Für den Geschmack kann ich nicht garantieren. Ich konnte sie ja nicht kosten«, warne ich ihn vor.

»Das lässt sich ändern!« Mit einem Augenzwinkern verschwindet Frederik in der Küche und kommt Sekunden später mit Tellern, Gabeln und einem Messer heraus.

»Setz dich doch!« Er deutet auf einen Barhocker. »Möchtest du etwas trinken?«

Ich nicke.

»Einen Apfelsaft, bitte.«

»Kommt sofort! Und du schneidest inzwischen die Torte an und kostest vor.« Er reicht mir das Messer. Gekonnt schneide ich die Torte an und hebe zwei Stücke auf die Teller. Dann schiebe ich mir eine Gabel voll Nusstorte in den Mund und schließe sofort genießerisch die Augen. Sie ist perfekt geworden, genau wie bei Frank früher immer. Der Boden fluffig, die Creme geschmeidig, die Süße stimmt, ich bin vollauf zufrieden.

»Dein Gesichtsausdruck reicht mir als Empfehlung«, höre ich Frederiks Stimme. Als ich die Augen öffne, grinst er mich an und nimmt ebenfalls einen großen Bissen. Er kaut und gibt ein leises Stöhnen von sich, das mir eine Gänsehaut verursacht. Unwillkürlich frage ich mich, ob er in anderen Situationen auch solche Laute von sich geben würde.

»Du musst sie unbedingt in dein Sortiment aufnehmen«, rät er mir. »Sterenholm wird dir zu Füßen liegen mit dieser Torte.«

Ich schlucke und konzentriere mich auf mein Tortenstück. Es ist nicht Sterenholm, das ich damit erobern will.

»Und wenn ich sie nur für besondere Menschen backen will?«, frage ich leise und wage es nicht, aufzusehen. Die Stille erdrückt mich fast. Ich weiß nicht, ob er nicht verstanden hat, was ich gesagt habe oder was ich damit sagen will. Oder ob er einfach nicht weiß, was er darauf antworten soll. Mir ist vor lauter Nervosität ganz schlecht. Als ich den Mut gefasst habe, ihn anzusehen, läutet sein Handy. Er zieht es aus der Gesäßtasche seiner Jeans und meldet sich nach einem Blick auf das Display.

»Johnny, alles wartet hier auf dich. Wo bleibst du?«, fragt er mit fröhlicher Stimme und ich sinke auf meinem Hocker zusammen. Der Moment ist vorüber.

»Was? Aber womit denn?« Er sieht besorgt aus. Dann lauscht er.

»Himmel, ich dachte, du hast sie in die Mülltonne geworfen, deshalb habe ich sie doch dort hingestellt«, ruft er fassungslos.

»Johnny?« Er nimmt sein Handy vom Ohr und lässt es sinken.

Besorgt sehe ich ihn an.

»Was ist denn los?«

»Johnny hat heute Morgen die beiden Fischbrötchen gegessen, die ich zum Hinterausgang gestellt habe. Ich wollte sie eigentlich wegwerfen. Sie waren von gestern und standen versehentlich die ganze Nacht ungekühlt in der Küche. Nun kotzt er sich die Seele aus dem Leib.« Frederik lässt seinen Kopf in seine Hände sinken.

»Und jetzt sollst du das *Watermelon* heute Abend übernehmen?« Er lacht voller Sarkasmus und richtet sich wieder auf.

»Ich war eigentlich Johnnys Verstärkung, weil er das Hinterzimmer zusätzlich zum normalen Barbetrieb noch für einen Junggesellenabschied mit Pokerrunde reserviert hat und beides nicht allein schafft. Genauso wenig, wie ich es jetzt allein schaffen werde.« Er fährt mit den Handflächen über sein Gesicht und denkt offenbar fieberhaft nach. »Wenn ich den Jungs so kurzfristig absage, ist das absolut nicht gut für Johnnys Geschäft. Aber Saskia ist bei ihren Eltern zu Besuch.«

Also fällt auch die Aushilfe flach, die Frederik früher immer in solchen Fällen unterstützt hat, wie ich weiß. Ich sehe an mir hinunter. Kurzer Jeansrock, gelbes Shirt und weiße Ballerinas – ja, das wird funktionieren. Ich stehe auf und gehe um die Theke herum, bis ich neben Frederik stehe. Dort greife ich nach einer der Schürzen, auf der das Logo des *Watermelon* prangt und binde sie mir um die Hüfte.

»Womit fangen wir an?«, frage ich.

»Wie, *wir*?« Seine Augen sind riesig und er sieht mich damit an, als hätte er nicht die geringste Ahnung, was ich vorhabe.

»Du brauchst dringend Hilfe, ich bin da und hab heute noch nichts vor. Und du hast Glück, ich hab sogar ein wenig Erfahrung im Kellnern. Mir gehört nämlich ein Café. Also? Was zuerst?« Ein dankbares Lächeln macht sich auf seinem Gesicht breit. Dann beginnt er zu planen.

»Zuerst bringe ich die Torte in den Kühlschrank, trenne das *Watermelon* von der *Fischkneipe* und schließe drüben. Kannst du schon mal im Hinterzimmer durchlüften und den Tisch vorbereiten?«

Ich recke die Daumen nach oben.

»Gibt es auch ein Büfett?«, will ich noch wissen, doch er schüttelt den Kopf.

»Es wird nur Getränke geben. Gegessen wird vorher schon woanders.«

»Alles klar!« Ich mache mich auf den Weg nach hinten, während Frederik die schweren Trennwände zuschiebt, die die beiden Lokale für gewöhnlich ab zweiundzwanzig Uhr trennen, damit die *Fischkneipe* schließen kann. Die Fenster im Hinterzimmer öffne ich sperrangelweit, rücke den Pokertisch in die Mitte und finde in einem der Schränke auch den großen Pokerkoffer. Allerdings ist er schwerer als gedacht. Als ich versuche, ihn herauszuwuchten, höre ich hinter mir ein Lachen.

»Lass mich mal, Livi! Pokern ist eben nichts für Frauen«, zieht er mich auf. Ich verenge die Augen.

»Ach und von wem hast du Pokern gelernt?«, merke ich angriffslustig an.

»Von einem Mann!«

»Von meinem Vater«, entkräfte ich sein Argument. »Der es natürlich auch seiner Tochter beigebracht hat, damit man sie nicht über den Tisch ziehen kann.«

Frederik lacht. »Er hat dich also eingeweiht, um zu verhindern, dass du beim Strippoker verlierst.«

Ich richte mich zu voller Größe auf, sehe ihn offen an und lächle herausfordernd.

»Poker spiele ich nur um Geld. Wenn ein Mann will, dass ich mich für ihn ausziehe, muss er mehr zu bieten haben als ein paar gute Karten in seiner Hand.« Erfreut beobachte ich, dass meine Worte ihn sprachlos machen.

»Ich sehe dann mal vorne nach dem Rechten.« Mit diesen Worten lasse ihn stehen.

Einige Minuten später taucht Frederik bei mir auf und hat sich offenbar gefangen.

»Hinten ist alles fertig vorbereitet. Die Jungs können kommen. Dann müssen sie nur regelmäßig mit Getränken versorgt werden.«

»Das übernehme ich«, schlage ich vor. »Am Cocktailshaker habe ich keine Erfahrung und du kennst Johnnys Rezepte besser. Bleib du hinter der Bar und ich serviere.«

»Einverstanden.« Frederik nickt und will noch etwas sagen, doch ich unterbreche ihn.

»Und könnten wir die Jukebox ausstecken und Musik von unseren Playlists laufen lassen?«, bitte ich ihn.

»Was denn? Keine Lust auf ABBA und *Hungry Eyes*?« Frederik ist sichtlich amüsiert.

»Das hängt ganz davon ab, zu wem die *Hungry Eyes* gehören«, scherze ich und sehe provokant in seine blauen Augen. »Aber eigentlich habe ich eher keine Lust darauf, dass jemand einen falschen Song wählt«, gebe ich leise zu. Frederiks Blick wird weich, dann sieht er auf das Küchentuch in seiner Hand.

»Danke, dass du mir hilfst. Ich weiß, es ist nicht leicht für dich, mit mir zusammenzuarbeiten.« Oh Gott, er hat ja keine Ahnung, *wie* schwierig es für mich ist, aber er denkt dabei an Frank, während mir ganz andere Dinge durch den Kopf gehen. Dass ich meine Hände in seinem Haar vergraben möchte, mich im Blau seiner Augen verlieren will und erfahren will, wie seine Lippen wohl schmecken und wie sich seine Berührungen auf meiner nackten Haut anfühlen würden. Ich atme tief ein und aus, was er sicherlich auch wieder falsch interpretiert und greife nach meinem Handy. Nachdem ich es mit den Bluetooth-Lautsprechern verbunden habe, starte ich meine Playlist. The BossHoss singen mit Mimi & Josy *Little Help.*

»Manchmal braucht man eben ein bisschen Hilfe.« Ich suche Frederiks Blick, während meine Hüften bei dem Beat einfach nicht ruhig bleiben können.

»Also mein Englisch ist ja ein wenig eingerostet, aber so wie ich das verstehe, geht es in dem Song um eine andere Art von Hilfe.« Er zwinkert mir zu und wendet sich den Gläsern zu, die in die Spülmaschine müssen. Ich trete von hinten näher an ihn heran.

»Ich weiß«, raune ich ihm ins Ohr und gehe dann weiter, denn an der Bar haben Gäste Platz genommen. Freundlich frage ich nach deren Wünschen und wage es nicht, in Frederiks Richtung zu blicken.

In der nächsten halben Stunde füllt sich das *Watermelon* und ich habe keine Zeit, mir Gedanken zu machen, wie er meine Aussage aufgenommen hat. Die Männer vom Junggesellenabschied sind ebenfalls schon eingetroffen. Frederik und ich arbeiten Hand in Hand und harmonieren gut. Zu meiner Playlist haben wir auch hinter der Theke viel Spaß. Er mag meine Musik offenbar und ich entspanne mich mit jedem Song mehr in seiner Gegenwart.

Nach zwei Stunden verlagert sich der Pokerabend aus dem Hinterzimmer an die Bar und die Stimmung im *Watermelon* gleicht immer mehr einer Party. Ganz selbstverständlich werde ich weiterhin als Privatkellnerin des Junggesellenab-schieds angesehen. Doch als Frederik den Jungs verklickern will, dass eigentlich er für die Bar zuständig ist, winke ich ab. Sie werden einen Haufen Kohle hier liegen lassen, da sollten wir sie bei Laune halten. Also trinke ich drei *Stay* mit ihnen, in die Frederik mir allerdings nur sehr wenig Alkohol gibt. Zu *Blame it on me* von George Ezra stürmt die Clique unter gro-ßem Alkoholeinfluss die Tanzfläche. Lautstark wird mitge-sungen und mehr schlecht als recht getanzt. Immer mehr Gäste wandern auf die Tanzfläche, Tische werden zur Seite geschoben, um mehr Platz zu haben. Auch der Flirtpegel steigt und ich bin mir sicher, dass nur wenige Teilnehmer des Junggesellenabschieds allein nach Hause gehen werden. *Narcotic* von Liquido treibt die Partylaune an die Spitze. Nachdem ich ein ganzes Tablett Cocktails in eine der hinteren Ecken manövriert habe, werde ich auf dem Weg zurück zur Bar vom Partyvolk auf die Tanzfläche gezogen. Ich mag den Song, also springe ich mit den anderen gelöst herum, wie es sich bei die-sem Lied gehört. Als Nächstes kommt *Salvation* von The Strumbellas und ich finde mich auf Tuchfühlung mit dem braunhaarigen Trauzeugen wieder. Mit einer Drehung bringe ich Distanz zwischen uns, doch er zieht mich wieder an sich. Seine Hände wandern in Richtung meines Hinterns, doch ich entziehe mich ihm lachend mit einem amüsierten Kopfschüt-teln wieder. Plötzlich drängt sich jemand zwischen den Typen und mich. Frederik sieht ihn wutentbrannt an.

»Falls du es nicht kapiert hast, sie will deine Pfoten da nicht haben. Also lass sie in Ruhe, sonst fliegst du raus!« Er brüllt es fast und zieht die Aufmerksamkeit der anderen Gäste auf sich.

»Frederik, was soll das? Lass die Leute Party machen, das ist gut fürs Geschäft. Das muss ich dir als Kneipenwirt doch nicht sagen«, zische ich ihm zu und er dreht sich zu mir.

»Mit der Party habe ich ja kein Problem, aber sie können mit dir nicht machen, was sie wollen.«

Erneut wirft er meinem Tanzpartner einen bedrohlichen Blick zu. Beschwichtigend hebe ich die Hände.

»Ich habe mich gerne überreden lassen, ein oder zwei Songs mitzutanzen.«

»Der Typ hat eine Grenze überschritten!«, regt sich Frederik weiter auf.

Ich greife nach seinem Arm und bin froh, dass er mir sofort folgt. Ist er etwa eifersüchtig? Ich spüre ein leichtes Kribbeln in meiner Bauchgegend und Hoffnung macht sich in mir breit. Hinter der Bar drehe ich mich zu Frederik um.

»Ich habe ihm freundlich, aber bestimmt gezeigt, dass ich das nicht möchte. Ich hatte alles im Griff«, versichere ich ihm.

»Einen Scheiß hast du alles im Griff. Die haben doch vorhin schon versucht, dich abzufüllen, mit dem Hintergedanken, dass einer dich abschleppen kann«, versucht er mir klarzumachen, was ich längst weiß.

»Ich kenne die Tricks von Typen auf Beutezug und ich weiß, wie man mit ihnen umgeht. Das hier ist keine finstere Ecke, wo er mich irgendwohin verschleppen kann, sondern eine volle Tanzfläche.« Doch ich habe mit meinem Versuch, ihn zu beruhigen, nur wenig Erfolg. Immer noch sauer, tigert er hinter der Bar herum. Irgendwie finde ich es ja süß.

»Hast du überhaupt was gegessen vorher?«

Fragend hebe ich meine Augenbrauen. Was soll das denn jetzt?

»Frederik, das Fett und die Kalorien in dieser Cremetorte reichen für ein ganzes Abendessen, vor allem, wenn du meine Cocktails so seicht mischst. Ich bin nicht betrunken. Und ich bin kein Kind.« Meine Stimme klingt ruhig, aber innerlich werde ich wütend.

»Die Nachtgastronomie ist einfach nichts für dich. Ich hätte niemals zulassen dürfen, dass du hier kellnerst ...«

Er redet sich in Rage, doch ich unterbreche ihn sofort.

»Es reicht!« Ich werde laut, denn mir wird klar, dass es keine Eifersucht ist, was aus ihm spricht. Er sieht immer noch die kleine Schwester von Frank in mir. Enttäuschung durchflutet mich und ich funkle ihn wütend an. »Nur zu deiner Information, wenn ich nicht gerade hier arbeiten würde, wäre ich wahrscheinlich als Gast dort auf der Tanzfläche und dann hättest du nichts, aber auch gar nichts zu melden, wenn ich mich amüsiere. Hör auf, mich wie ein kleines Mädchen zu behandeln. Ich bin eine erwachsene Frau, auch wenn es dir anscheinend bis jetzt noch nicht aufgefallen ist.«

Ich drehe mich auf dem Absatz um, reiße mir die Schürze von der Hüfte und verschwinde durch die Tür nach draußen. Kühle Nachtluft umfängt mich. Nach einigen Atemzügen fühle ich mich bereits besser.

Ich gehe das Stück bis zum Hafen und blicke auf die schwarze Ostsee. Das Geräusch des Wassers, das an die Hafenmauer schwappt, beruhigt mich. Ich lasse den Kopf in den Nacken fallen und seufze. Was für ein verrückter Tag! Bis vor Kurzem haben Frederik und ich einander noch gemieden und jetzt überschlagen sich die Ereignisse. Es ist, als wären meine Gefühle in einer Salatschleuder gelandet, wo sie kräftig durchgeschüttelt werden und das Echte sich vom Überflüssigen trennt. Und mit jeder Welle, jedem Plätschern der Ostsee wird mir klarer, dass diese Wut jetzt zum Überflüssigen zählt. Natürlich hat der Typ die Grenze übertreten. Man fasst nicht einfach einer Frau an den Po. Ich dachte nur im ersten Augenblick, dass meine Flirterei bei Frederik angekommen ist und ich doch eine kleine Chance bei ihm hätte. Und als ich meinen Irrtum erkannt habe, habe ich meine Enttäuschung an ihm ausgelassen.

Ein frustriertes Knurren kommt über meine Lippen. Egal, wie mich dieser Abend mitnimmt, das *Watermelon* ist brechend voll und allein kriegt Frederik das niemals hin. Also schicke ich noch ein Stoßgebet auf die See hinaus, dass die Meeresgötter mir beistehen und mache mich dann wieder auf den Weg zurück ins Lokal.

Drinnen empfangen mich die Ärzte mit *Männer sind Schweine* und ich muss lachen, denn der Song wäre absolut undenkbar, wenn Johnny hier wäre. Aber den Gästen gefällt er, denn die Stimmung kocht. Und Frederik hinter der Bar ist mächtig ins Trudeln geraten. Vor der Theke drängen sich die Gäste und winken nach ihm. Noch während ich mir die Schürze umbinde, frage ich die Ersten, was sie trinken möchten, schreibe Frederik Zettel mit der Bestellung der Gäste und schnappe mir das volle Tablett.

»Welcher Tisch?«, frage ich ihn. Überrascht sieht er mich an.

»Die Frauenrunde in der Mitte«, antwortet er, während er schon nach meinen Notizen greift und sich orientiert. Wenig später hat sich der Stau aufgelöst und die ersten Gäste beenden ihren Abend. Ich werfe einen Blick auf die Uhr und spüre, wie meine müden Glieder sich darüber freuen. Doch noch gibt es eine Menge zu tun. Als ich Gläser in die Spülmaschine räume, tritt Frederik zu mir.

»Es tut mir leid!« Ich sehe auf. Damit habe ich nicht gerechnet.

»Mir auch! Du hattest recht, das Verhalten des Typen war nicht okay. Als Inhaber musstest du ein Zeichen setzen.« Er nickt, offenbar froh, dass ich sein Handeln nun verstanden habe.

»Übrigens wenn jemand vom Personal mit den Gästen mittrinkt, wird dessen Drink immer mit weniger oder ganz ohne Alkohol gemixt. Man will ja, dass die Gäste mehr konsumieren und nicht, dass die Mitarbeiter betrunken sind. Johnny mixt seine eigenen Cocktails immer ganz alkoholfrei, wenn er mit Gästen anstößt und ich tue immer so, als würde ich mir einen Wodka-Shot einschenken, dabei ist es nur Wasser.«

Beschämt schließe ich die Augen. Da habe ich mich ja ganz schön blamiert. Ich beiße mir auf die Lippe. Frederik will eigentlich schon zurück zu seinem Arbeitsplatz, da dreht er sich nochmals um. Langsam wandern seine Augen an meinem Körper auf und ab, dann macht er einen Schritt in meine Richtung.

»Und, Liv, mir ist sehr wohl schon aufgefallen, dass aus dir eine Frau geworden ist«, raunt er mir dann zu.

Ich blicke auf und seine Augen sind auf meine gerichtet. Mein Magen fühlt sich an, als wäre dort ein Wespennest auf den Boden gefallen, aus dem die Insekten aufgeregt herausschwirren. Noch während ich versuche, mich daran zu erinnern, wie man atmet, lächelt Frederik mich noch einmal an und kümmert sich dann um die nächste Bestellung.

Als wir das *Watermelon* endlich schließen, ist es fast schon halb zwei Uhr morgens. Doch für uns heißt es noch klar Schiff machen, denn Frederik öffnet morgen Vormittag wieder die *Fischkneipe* und braucht das komplette Lokal. Ich fühle mich wie das Haushaltstuch, das ich gerade auswringe und damit die Tische säubere. Frederik stellt nach mir die Stühle hoch und fegt den groben Schmutz zusammen. Früh am Morgen kommt dann noch die Reinigungskraft. Die Musik läuft immer noch, im Moment hat Frederik sein Handy mit dem Lautsprecher gekoppelt und lässt eine durchgemischte Playlist laufen. Nachdem ich die letzten Gläser ins Regal geräumt habe, nehme ich mir eines davon heraus und halte es Frederik entgegen.

»Du hast doch vorhin was von einem Wodka-Shot gesagt, oder?«

Er grinst mich an und greift nach einem zweiten Glas für sich und nach der Flasche. Wir stoßen an und die Playlist springt zum nächsten Song. Es ist *Savage Love* von Jawsh 685 x Jason Derulo.

»Ich liebe diesen Song«, quieke ich und mit einer Energie, die ich selbst nicht mehr von mir erwartet hätte, umrunde ich die Theke und stürme die Tanzfläche. Mit geschlossenen Augen bewege ich meinen Körper geschmeidig und singe mit. Einfach, weil mir nach diesem langen verrückten Tag danach ist. Als das Lied vorbei ist, gehe ich zurück zur Bar. Frederik steht regungslos dahinter und sieht mich an.

»Willst du heute Nacht hier schlafen?«, fragt er mich dann aus heiterem Himmel. Ich erstarre in meiner Bewegung, doch mein Herz tanzt aufgeregt Boogie. Hat er das eben wirklich gesagt? Ging das jetzt nicht ein wenig schnell? Oder habe ich irgendwas verpasst?

»Was?«, stoße ich hervor, unfähig, einen geraden Satz zu bilden.

Frederik blinzelt und schüttelt dann den Kopf.

»Sorry, ich bin müde, das ist jetzt völlig falsch rübergekommen.« Er reibt sich erschöpft die Augen. »Ich meine … Saskia wohnt nur um die Ecke und bis zu Johnnys Hausboot im Hafen ist es auch nur über die Straße. Du müsstest jetzt noch durch ganz Sterenholm laufen, bis du zu Hause bist und es ist verdammt spät.«

Langsam kann ich seinen Gedanken folgen.

»Du bist doch zu Fuß hier, oder?«

Ich nicke. »Ich besitze gar kein Auto«, gebe ich dann zu. Genau genommen habe ich nicht einmal einen Führerschein, aber das muss ich ihm ja nicht auf die Nase binden.

»Also wenn du möchtest, kannst du bei mir oben schlafen. Du kriegst das Schlafzimmer, ich nehme die Couch«, bietet er mir dann an. Ich fühle mich wie elektrisiert. Es ist nur ein unschuldiges Angebot, aber mein Herzschlag legt trotzdem einen Zahn zu. Frederik deutet mein Zögern falsch.

»Komm schon, wir sind beide todmüde«, versucht er mich zu überreden. »Bis du zu Hause bist, kannst du oben schon im Tiefschlaf liegen. Und Frühstück ist bei der Übernachtung inbegriffen.« Er schenkt mir ein schiefes Grinsen.

»Das klingt vernünftig«, antworte ich, obwohl ich weiß, dass es wohl das Unvernünftigste ist, was ich jetzt machen kann. Ich bin müde und habe Alkohol getrunken, es ist sehr spät, der Tag war lang und die Mischung aus all dem macht mein Urteilsvermögen in etwa so wasserdicht wie ein Nudelsieb.

»Dann lass uns gehen.« Wie kann seine Stimme nur so ruhig klingen? Ich hingegen kann kaum verheimlichen, dass meine Hand zittert, als ich nach meiner Tasche greife.

Er lotst mich durch den Hinterausgang der Bar die Treppe nach oben zu seiner Wohnung, sperrt die Türe auf und macht das Licht an. Der Stil seines Zuhauses gefällt mir auf Anhieb. Viele Möbelstücke sehen aus, als wären sie Handarbeit aus altem Holz. Ich streiche über die Kommode im Flur.

»Ein Kumpel von mir baut die Sachen selbst«, bestätigt Frederik meinen Verdacht. »Bei größeren Stücken helfe ich ihm ab und zu. Dafür bekomme ich dann einen Sonderpreis. Du kannst dich ruhig umsehen, ich habe einiges von ihm hier stehen.«

Auch der Couchtisch, ein Regal im Wohnzimmer und eine Vitrine mit Glaseinsätzen in der Küche sind offenbar von der gleichen Hand gebaut worden.

»Du hast es sehr gemütlich hier.«

Ein erfreuter Ausdruck huscht über sein Gesicht.

»Ich zeig dir das Schlafzimmer und das Bad. Du willst sicher noch duschen, oder?«

Ich nicke, denn ich bin verschwitzt und klebrig. Er geht voraus und legt ein frisches Badetuch für mich bereit.

»Das Schlafzimmer ist gleich gegenüber. Ich wechsle noch rasch die Bettwäsche.«

»Quatsch, doch nicht um diese Uhrzeit«, winke ich ab. »Aber hättest du vielleicht ein Shirt oder so für mich zum Schlafen?«

Himmel, was mach ich hier? Ich hätte nach Hause gehen sollen. Ich werde ohnehin kein Auge zutun, wenn ich in *seinem* Shirt unter *seiner* Decke liege und alles nach ihm duftet. Schon jetzt vibriert mein ganzer Körper förmlich, obwohl er anderthalb Meter von mir entfernt steht und wir uns den ganzen Abend über kein einziges Mal berührt haben.

»Klar, ich leg dir eines aufs Bett. Hast du noch Hunger? Normalerweise mache ich Johnny und Saskia noch was zu essen, bevor die Küche schließt, aber heute ist in der Hektik alles untergegangen«, entschuldigt er sich.

»Nein, danke«, lehne ich ab.

»Gut, dann gute Nacht! Und danke noch mal für heute.«

Ich nicke nur. »Gute Nacht!«

Als ich allein im Bad bin, ziehe ich mich aus und genieße das warme Wasser auf meiner Haut. Ich greife nach dem Duschgel und der Duft macht mir noch bewusster, in wessen Badezimmer ich hier stehe. Es ist die reinste Folter. Er ist so nah und doch so weit weg. In das große, kuschelige Handtuch gewickelt, husche ich ins Schlafzimmer. Auf dem Bett liegt ein weißes Shirt, auf dem ein Schlumpf in einer Hängematte prangt. Ich muss lachen und verschwinde förmlich darin, als ich es überstreife, denn Frederik ist ein ganzes Stück größer als ich. Mein Blick fällt auf sein Bett und mein Magen zieht sich zusammen. Wie oft habe ich mir gewünscht, darin zu liegen? Allerdings mit ihm. Unruhig gehe ich eine Weile im Zimmer auf und ab. Ich kann mich da nicht hineinlegen. Sein Geruch wird mich umfangen und noch mehr in diesen Verliebtheitssumpf ziehen, in dem ich ohnehin schon bis zum Hals stecke. Aber ich kann jetzt auch nicht nach Hause abhauen. Ich lausche. Nachdem vorhin das Wasser in der Dusche gelaufen ist, herrscht nun Stille im ganzen Haus. Frederik ist wohl schon im Wohnzimmer und schläft. Vielleicht kann ich mir noch ein Glas Wasser aus der Küche holen und dann noch einen zweiten Anlauf starten, ebenfalls ins Bett zu gehen.

Leise öffne ich die Tür und blicke in den dunklen Flur. Ich schleiche am Wohnzimmer vorbei, um ihn nicht zu wecken. Erst als ich die Klinke der Küchentüre runterdrücke, sehe ich den Lichtstreif, der durch den Spalt dringt. Aber es ist zu spät für einen Rückzug, ich bin schon halb im Raum. Frederik steht mit dem Rücken zu mir am Herd und kocht. Außer schwarzen, engen Boxershorts trägt er nichts und ich schwöre, dieser Mann hat kein Gramm Fett am Körper. Sein Rücken ist breit und definiert, seine Hüften sind schmal und seit ich ihn zuletzt in Badehosen gesehen habe, ist er um einiges männlicher geworden. Ich schlucke und schließe für einen Moment die Augen, damit ich mich wieder sammeln kann. Da ich mir nicht sicher bin, ob er mich schon gehört hat, kommt es nicht infrage, wortlos wieder zu gehen. Da muss ich jetzt durch. Zumindest weiß ich, wovon ich in dieser schlaflosen Nacht träumen werde. Ich wappne mich.

»Hey!«

Erschrocken fährt er herum. Ich war auf einen nackten Oberkörper vorbereitet, aber nicht auf diesen. Seine Brustmuskeln und sein Sixpack sind ein Fall für den Anatomie-Unterricht. Und das alles, ohne dass er übermäßig trainiert aussieht. Ich zwinge mich zu atmen und zu lächeln.

»Hast du doch noch Hunger?« Frederik deutet auf die Pfanne, in der Fleisch und Gemüse munter vor sich hinbrutzeln. Ich schüttle rasch den Kopf.

»Nein, zu müde. Ich wollte mir nur ein Glas Wasser holen.« Er füllt ein Glas für mich und reicht es mir. Ich achte darauf, ihn nicht zu berühren, denn dann könnte ich für nichts mehr garantieren. Mit einem »Gute Nacht!« verlasse ich die Küche fluchtartig und rette mich ins Schlafzimmer. Dort setze ich mich aufs Bett und nippe an meinem Wasser. Nach einigen Minuten beruhigt sich mein Puls wieder und ich sinke in die Kissen, wo ich augenblicklich einschlafe.

# Kapitel 6

Als ich am nächsten Tag aufwache, schlüpfe ich in meine Sachen von gestern und tapse in die Küche. Es ist zehn Uhr und da die *Fischkneipe* gerade öffnet, ist Frederik schon unten. Ich frage mich, wie er es jahrelang ausgehalten hat, sein Lokal von vormittags bis spät in die Nacht offen zu halten. Schließlich hat er erst im Herbst die Abendgastronomie an Johnny übergeben. Ich schnuppere, doch ich rieche keinen Kaffee. So viel zum Frühstück, das mir versprochen wurde. Ich funktioniere morgens einfach nicht ohne Koffein. Müde schleiche ich die Treppe hinunter in die *Fischkneipe*.

»Herzchen«, empfängt mich Johnny freudestrahlend, doch ich hebe nur müde die Hand. »Ich kann dir gar nicht genug danken, dass du Frederik gestern unterstützt hast. Allein hätte er das nie geschafft.« Ich winke ab.

»Schon okay! Geht es dir wieder besser?«

Johnny verzieht sein Gesicht und schüttelt sich angewidert.

»Ich erspare dir die ekligen Details. Bis fünf hatte ich noch Hoffnung, dass ich endlich alles von mir gegeben habe und arbeiten kann, aber dann musste ich aufgeben. Ich habe nicht mal ein Telefonat durchgehalten, ohne über der Schüssel zu hängen. Aber gegen zehn bin ich eingeschlafen und heute wie neugeboren aufgewacht.« Er lächelt mich strahlend an, als wollte er mich davon überzeugen, dass er wieder topfit ist.

»Wie schön«, sage ich matt. Dann fällt Johnny auf, woher ich komme.

»Hast du oben bei Frederik geschlafen?«

»Es war spät. Gibt's bei dir einen Kaffee?« Hoffnungsvoll sehe ich ihn an, doch da öffnet sich die Küchentür.

»Guten Morgen!« Frederik hat noch weniger Schlaf abbekommen als ich, wie kann er nur so munter aussehen?

»Mit dir habe ich ein Huhn zu rupfen«, erwidere ich statt einer Begrüßung. »Mir wurde Frühstück versprochen.«

Er schenkt mir ein Lächeln und ich bin froh, dass ich sitze, denn auf nüchternen Magen wirft es mich fast um. Sekunden später steht eine große Tasse Kaffee vor mir, außerdem noch ein Croissant mit Butter und Marmelade.

»Woher hast du die Croissants?«, frage ich spitz. Immerhin bin ich hier in der Stadt die Frau für das süße Gebäck. Ich schwöre, wenn er sie von irgendeinem Tiefkühllieferdienst bezieht, nehme ich Käp´n Iglo auf in meine Karte.

»Deine Eltern liefern sie mir tiefgefroren, damit ich sie nach Bedarf aufbacken kann, wenn jemand zum Frühstück vorbeikommt. Normalerweise ist das ja nicht mein Hauptgeschäft, da sich in meiner Nachbarschaft ein tolles Café befindet, weißt du?«

Da hat er ja noch mal Glück gehabt, dass er die Bäckerfamilie Hansen nicht übergangen hat. Statt einer Antwort setze ich den Kaffee an meine Lippen und nehme einen großen Schluck.

»Ist sie morgens immer so grummelig?«, fragt Johnny ihn leise.

»Keine Ahnung, aber ich schätze schon«, antwortet Frederik mit einem Zwinkern.

»Woher willst du das wissen?«, murre ich.

Er zuckt mit den Schultern.

»Frank war früher genauso.«

»Ach und von meinem Bruder kann man sofort auf mich schließen, Schlaubi Schlumpf?« Meine Anspielung auf sein Shirt zaubert ein Grinsen in sein Gesicht.

»Vielleicht hat mir das auch der Jumbo-Becher mit Kaffee vorgestern Morgen verraten, als ich mich um dein Rührgerät gekümmert habe«, gibt er zurück. Johnny beginnt zu lachen.

»Ist Rührgerät eine Metapher für irgendetwas?« Er wackelt mit den Augenbrauen.

»Nein!«, rufen Frederik und ich gleichzeitig.

»Außerdem ist es nicht Schlaubi Schlumpf«, fügt Frederik noch hinzu.

»Er hat eine Brille!«

»Es ist eine Sonnenbrille!«

»Wer ist es dann?«

»Hefty Schlumpf.«

»Sicher nicht, da war kein Herztattoo auf seinem Arm.«

»Aber er passt zu mir.«

»Zu dir würde eher Handy Schlumpf passen.«

»Telefoniert der ständig?«, fragt Frederik lachend.

»Nein, es ist der, der alles baut und repariert.« Das klingt nun irgendwie wie ein Kompliment, dabei wollte ich ihn doch aufziehen.

»Danke«, erwidert Frederik auch prompt.

»Vielleicht ist es auch Fauli.«

»Da er in einer Hängematte pennt, wäre das naheliegend«, gibt Frederik mir recht. »Ich könnte ja mal nachsehen, ob es für dich eins mit Torti gibt.«

»Also wenn ich ein Schlumpf wäre, dann Schlumpfine«, stelle ich klar.

»Man kann ihr nichts recht machen.« Frederik wirft gespielt entrüstet die Hände in die Luft.

»In Momenten wie diesen weiß ich wieder, wieso ich nichts mit Frauen anfange«, gluckst Johnny, doch Frederik winkt ab.

»Weißt du, das mit den Frauen ist eigentlich ganz einfach.« Johnny und ich sehen ihn aufmerksam, aber etwas spöttisch an.

»Und wieso hast du dann keine? Oder wieso kommt dann nicht wenigstens öfter eine morgens durch diese Tür?«, zieht Johnny ihn auf und irgendetwas in mir entspannt sich. Frederik schleppt also nicht regelmäßig willige Frauen in seine Wohnung ab?

Frederik wirft Johnny einen genervten Blick zu und tippt auf seinem Handy herum. Roger Cicero ertönt und erklärt uns mit *Wenn sie dich fragt*, wie man mit Frauen umgeht, sodass alles funktioniert. Ich lausche dem Text.

»Du weißt schon, dass das ziemlich machomäßig ist, was der da singt?« Ich sehe Frederik mit nach oben gezogenen Augenbrauen an, doch er schüttelt den Kopf.

»Eher weise.«

»Sexistisch!«

»Von Sex ist doch gar nicht die Rede!«

»Frauenfeindlich!«

»Frauenfreundlich!«

Ich schnappe nach Luft.

»Was denn?« Frederik hebt die Hände, als würde er sich ergeben. »Welche Frau würde nicht gerne hören, dass keine andere an sie rankommt, dass es egal ist, was sie trägt, solange sie ihr Lächeln beibehält und dass man sich nicht entscheiden kann, was einem an ihr am besten gefällt?«

Hm, wenn man es von dem Standpunkt aus betrachtet …

»Aber er gibt nur ausweichende Antworten, um seine Freundin

ruhigzustellen«, beschwere ich mich.

»Er deeskaliert, bevor es zu einem Streit kommen kann. Seien wir mal ehrlich. Bei der Frage: *Habe ich zugenommen?* oder *Welches Kleid ist schöner?* kann ein Mann nur verlieren. Also ist es besser, sich gar nicht erst auf die Diskussion einzulassen, sondern der Frau zu sagen, dass sie wunderschön ist, egal, welches Kleid sie trägt.«

Nach dieser Erklärung gehen mir die Argumente aus und ich schüttle seufzend den Kopf. Frederik singt mit und sieht dabei sehr selbstzufrieden aus. Doch Johnny verdreht leidend die Augen, weil der Schmusesänger läuft. Dieser Anblick gibt mir den Rest und ich beginne zu lachen.

»Siehst du«, meint Frederik dann zu Johnny. »Spiel die richtige Musik und du kriegst den tasmanischen Teufel wieder gezähmt.«

»Ha, ha, ha! Gerade war ich noch Schlumpfine.«

»Torti«, korrigiert mich Frederik. Er lächelt und deutet dann auf mein Handy, das am Tresen liegt.

»Hat Sylvie dir auch schon geschrieben?«

Ich zucke mit den Schultern.

»Keine Ahnung, mein Akku hat in der Nacht aufgegeben. Was will sie denn?« Wenn er so fragt, klingt es nach etwas Geschäftlichem.

»Weil das *Leckermäulchen* heute geschlossen hat, möchte sie am Nachmittag mit uns raus zum Bauernhof zur Erstbesichtigung. Hast du Zeit?«

Ich nicke. »Ich schon, aber was ist mit deinem Laden?«

»Ich mache nach dem Mittagessen dicht. Johnny öffnet dann nur die Bar am Abend. Ist vier für dich okay?«

»Ja klar, gibst du ihr gleich von uns beiden Bescheid?«, bitte ich ihn.

»Mach ich.« Er schiebt mir einen Block zu. »Schreibst du mir noch deine aktuelle Nummer auf? Falls sich etwas ändert?«

Rasch kritzle ich meine Handynummer auf den Bestellblock und grinse ihn dann an. »Oder falls du noch mal eine Kellnerin brauchst?«

»Du warst die perfekte Aushilfe, vor allem, wenn man bedenkt, dass du bei Ladenschluss über zwanzig Stunden auf den Beinen warst.« Er tut so, als würde er seinen Hut vor mir ziehen.

»Und da speist du sie mit einem läppischen Frühstück ab?«, entrüstet sich Johnny und wir lachen.

Nachdem ich mein Croissant verputzt habe, mache ich mich auf den Weg nach Hause. Kaum habe ich mein Handy angeschlossen, piept es auch schon.

Frederik: »Vier Uhr passt für Sylvie. Ich bin gegen halb vier bei dir und hol dich ab.«

In mir breitet sich ein Gefühl aus wie heißer Tee, den man an einem kalten Tag trinkt. Er hat nicht vergessen, dass ich kein Auto habe.

Ich lege mich noch mal kurz hin, damit ich bei dem Termin fit bin und verschlafe fast das gemeinsame Mittagessen mit meinen Eltern, das sonntags bei uns Tradition hat. Danach schaffe ich es gerade noch nach Hause und unter die Dusche. Meine nassen Haare drehe ich zu einem unordentlichen Dutt hoch, schlüpfe in Shorts und ein Top und werfe schnell Handy und Geldbörse in meine Handtasche. Pünktlich um halb vier stehe ich mit steigender Nervosität im Flur und warte auf Frederik. Als die Türglocke ertönt, schrecke ich zusammen.

»Nach gestern Abend und letzter Nacht könntest du dich aber wirklich langsam im Griff haben, wenn er in der Nähe ist«, rüge ich mich selbst. Nach einem weiteren tiefen Atemzug verlasse ich die Wohnung und laufe die Treppe hinunter.

»Hi«, sage ich, als ich zu ihm ins Auto steige.

»Wieder fit?«, fragt er augenzwinkernd und ich mache eine vage Handbewegung. Dann piepen unsere beiden Handys gleichzeitig. Überrascht sehen wir einander an.

»Sylvie verspätet sich etwas«, informiere ich Frederik, der nickt und sein Telefon hochhält. Er hat dieselbe Nachricht erhalten.

»Fahren wir trotzdem schon mal los?«, schlägt er vor.

»Klar, worauf warten. Übrigens danke, dass du mich abgeholt hast.«

Frederik startet und fädelt den Wagen sicher in den Verkehr ein.

»Wieso hast du eigentlich kein Auto? Du wohnst ja doch eher am Stadtrand und dein Laden ist im Zentrum. Das würde sich doch lohnen, oder?«

Ich zucke mit den Schultern.

»Ich gehe gern zu Fuß. Vom Frühling bis zum Herbst meistens am Strand entlang, da kommt man nach einem Arbeitstag gleich wieder ein wenig runter.«

Frederik runzelt die Stirn.

»Ja, aber im Winter ist es sicher weniger entspannend. Und morgens bist du ja auch sehr früh schon unterwegs.«

Ich seufze.

»Ich kann nicht Auto fahren«, gebe ich dann leise zu.

»Na, na, so schlimm wird es schon nicht sein. Du musst ja in keiner Großstadt fahren, sondern nur hier in Sterenholm.« Frederik sieht mich aufmunternd an.

»Ich meine nicht, dass ich schlecht fahre, sondern dass ich wirklich nicht weiß, wie es geht«, stelle ich klar. Ich sehe, wie ihm ein Licht aufgeht.

»Du hast keinen Führerschein?«, fragt er noch mal nach, um sicher zu sein. Ich schüttle den Kopf.

»In den Sommerferien nach meinem achtzehnten Geburtstag habe ich mir ja das Bein gebrochen und musste den Kurs absagen. Dann war ich so mit dem Abitur beschäftigt und danach mit der Ausbildung und dem Laden, dass ich es nie nachgeholt habe.«

Frederik überlegt einen Augenblick.

»Das kannst du ja immer noch. Bei einem Führerschein-Crashkurs werden die Inhalte gebündelt vermittelt. Mehrere Theoriestunden pro Tag und auch die vorgeschriebenen Praxisstunden, alles komprimiert in einer Woche. Du brauchst nur vorab einen Erste-Hilfe-Kurs und einen Sehtest.«

»Ohne zusätzliche Fahrstunden werde ich es trotzdem nicht packen, ich hab noch nie hinterm Steuer gesessen«, werfe ich ein.

»Noch nie? Du bist noch nie mit einem Auto gefahren?« Frederik kann es nicht glauben. »Aber jeder ist doch vor dem Führerscheinkurs schon mal mit dem Auto gefahren. Verbotenerweise auf einem Parkplatz oder so.«

Ich lache auf und sehe ihn herausfordernd von der Seite aus an.

»Nicht jeder ist so wie Frank und du. Ihr musstet eure Übungsfahrt ja gleich bis zur nächstgrößeren Stadt machen, nachdem ihr den Wagen unseres Vaters geklaut habt.« Frederik verstummt und ich merke, wie sein Gehirn arbeitet.

»Gott sei Dank hatten wir keinen Unfall und wurden auch nicht erwischt. Nach dieser Erfahrung hat dein Vater natürlich nie angeboten, dir die Grundlagen mal zu zeigen, oder?«

Ich senke den Blick. So habe ich es nie betrachtet. Aber vermutlich liegt Frederik da gar nicht mal so falsch. Wir schweigen eine Weile, bis wir die Stadtgrenze von Sterenholm hinter uns gelassen haben. Plötzlich setzt er den Blinker nach links.

»Zum Bauernhof müssen wir hier aber geradeaus.« Ich deute die Straße entlang, doch er lässt sich nicht davon abhalten, abzubiegen. Nach etwa hundert Metern wird die Seitenstraße zu einem Feldweg und Frederik stoppt den Wagen. Argwöhnisch sehe ich ihn an.

»Was hast du vor?«

»Na, was wohl? Du bist allein mit einem Mann, der seinen Wagen auf einer Nebenstraße irgendwo in der Pampa angehalten hat.« Er sieht mich ernst an. Ich halte seinem Blick stand, bis er schließlich grinst.

»Du lernst Autofahren!« Er öffnet die Fahrertür und steigt aus.

»Ich soll was?« Ich rühre mich nicht vom Fleck, bis er an der Beifahrertür ist.

»Ich fühle mich schuldig«, gibt er ohne Umschweife zu. »Mir wurde das Fahren von deinem Vater beigebracht. Wegen unserer illegalen Spritztour hat er das aber bei dir nicht gemacht. Also lernst du es von mir. Sylvie verspätet sich ohnehin, da kriegen wir die erste kurze Fahrstunde hin.«

Er reicht mir seine Hand, um mich aus dem Auto zu ziehen. Etwas widerwillig folge ich ihm, umrunde den Wagen und setze mich hinters Steuer. Frederik lässt die Tür offen und geht neben mir in die Hocke. Geduldig erklärt er mir alle Hebel und Pedale und die Sache mit dem Einkuppeln und Auskuppeln, also was dann im Motor passiert.

»Muss ich das jetzt schon wissen?«, frage ich überfordert.

»Ich finde, ja, denn wenn du den Hintergrund verstehst, ist es einfacher zu verinnerlichen, dass man die Kupplung langsam loslassen muss.« Als Mechaniker muss er es ja wissen. Ich versuche seinen Erklärungen zu folgen und nicke schließlich.

»Dann setze ich mich jetzt neben dich und wir versuchen vorsichtig, wegzufahren.«

»Du meinst, *ich* versuche es.« Unsicher sehe ich ihn an.

»Beim ersten Mal stellt sich jeder etwas blöd an«, versucht Frederik mich zu beruhigen und ich bekomme einen Lachkrampf. Dadurch wird Frederik erst die Zweideutigkeit seiner Aussage bewusst.

»Los jetzt, Schlumpfine!«, unterbricht er mein Gelächter.

Als ich wieder normal atmen kann, konzentriere ich mich. Frederik gibt mir vor, was ich tun soll. Schon als ich den Zündschlüssel umdrehe, bekomme ich schweißnasse Hände.

»Kupplung treten, ersten Gang einlegen und dann etwas Gas geben und zeitgleich ganz langsam die Kupplung loslassen. Es kann gar nichts passieren.« Ich tue wie mir geheißen. Das Auto macht einen Satz nach vorne, dann würgt der Motor ab.

»Los, gleich noch mal. Etwas langsamer mit der Kupplung«, erklärt Frederik mir. »Du spürst dann den Moment, wo du ganz loslassen kannst.«

Wenn er wüsste, was ich alles spüre, wenn er so nah neben mir sitzt. Aber ich versuche, mich zu konzentrieren. Murmelnd wiederhole ich alle Schritte und erneut hoppeln wir kurz, ehe wir zum Stehen kommen.

»Vielleicht bin ich einfach nicht fürs Autofahren gemacht.« Beschämt berge ich das Gesicht in meinen Händen.

»So ein Unsinn«, schimpft Frederik. »Anfahren ist am schwierigsten. Danach läuft alles wie von selbst, du wirst es sehen.« Er besteht darauf, dass wir es noch mal versuchen und dann noch mal, bis ich ein Gefühl dafür bekomme und das Auto sich langsam in Bewegung setzt.

»Oh, mein Gott, wir fahren«, rufe ich panisch. »Was mach ich denn jetzt?«

»Du gibst vorsichtig mehr Gas«, kommt vom Beifahrersitz.
Ganz sachte senke ich den rechten Fuß und das Auto wird schneller.

»Jetzt runter vom Gas, mit dem rechten Fuß auf die Bremse und mit dem linken wieder die Kupplung treten«, gibt Frederik weitere Kommandos. Ich trete die Bremse zu fest und wir werden durchgeschüttelt, aber wir stehen.

»Von Gefühl hast du noch nicht viel gehört«, zieht Frederik mich lachend auf.

»Vielleicht mehr, als du denkst«, flüstere ich zu mir selbst.

»Wir sollten dann langsam zum Bauernhof fahren, sonst fragt sich Sylvie, wo wir bleiben«, füge ich laut hinzu. Frederik nickt und wir tauschen wieder die Plätze.

»Aber für den ersten Versuch war es ganz gut«, lobt er mich auf der Weiterfahrt. »Wenn du willst, können wir gemeinsam ein wenig üben.«

Einerseits jubelt mein Herz, weil es bedeuten würde, dass wir uns öfter sehen. Aber mein Kopf kennt den wahren Grund dafür.

»Lieb gemeint, aber du musst das nicht tun. Ich bin sicher, wenn ich mich entschließe, den Führerschein noch zu machen, wird mein Vater sich von eurer Aktion genug erholt haben, sodass er ein paar Mal mit mir übt, damit ich mich in der Fahrschule nicht blamiere.«

»Und wenn ich es tun *will*?«, fragt er leise. Überrascht sehe ich ihn an. Er sieht so gelassen aus, wie er in seinem roten Shirt und Jeans am Steuer sitzt, am linken Handgelenk eine große Uhr mit Lederband, seine Augen auf die Fahrbahn gerichtet. Ich bin unfähig, etwas darauf zu antworten, weil ich Angst habe, seine Worte falsch verstanden zu haben.

»Wir sind da!«

Er parkt das Auto vor dem alten Bauernhof und Sylvie stürmt sofort auf uns zu.

»Es tut mir so leid, aber das Telefonat mit meinen Eltern hat länger gedauert. Niemand hat mir etwas davon gesagt, dass meine Mutter im Krankenhaus liegt«, entschuldigt sie sich sofort und ich sehe alarmiert hoch.

»Warum das denn?«

»Sie ist von der Leiter gefallen und hat sich einen komplizierten Beinbruch zugezogen. Nicht weiter schlimm, aber doch etwas, das man als Tochter lieber gleich erfährt als fast eine Woche später.« Man merkt ihr die Entrüstung immer noch an. »Sorry, dass ich den Termin so kurzfristig verschoben habe.«

Frederik winkt ab. »Kein Problem, so hatten wir die Gelegenheit, etwas Wichtiges zu erledigen.« Er lächelt mich an und ich senke den Blick, weil mich seine Aussage von vorhin immer noch verunsichert. Sylvie schaut von einem zum anderen und räuspert sich dann.

»Jetzt sind wir ja alle da. Die Elektroinstallationen beginnen in dieser Woche und vorher möchte ich euch gerne alles zeigen, falls noch etwas verändert werden muss. Und natürlich brauche ich alle Wünsche für Steckdosen und so weiter, die ihr noch habt und die noch nicht im Bauplan verzeichnet sind. Wollen wir uns alles gleich vor Ort ansehen?«

Wir nicken und folgen ihr. Der alte Bauernhof, der auf einer Düne erbaut wurde, liegt wie im Dornröschenschlaf vor uns, doch als wir durchs Tor in den Innenhof treten, zeigen die Bagger, dass hier etwas Neues entsteht. Sylvie gibt uns eine kleine Führung. Neben dem Wohnhaus befindet sich auch noch eine große Scheune auf dem Gelände, die gerade zum Indoorspielplatz umgebaut wird. Alle Gebäude sind Backsteinbauten mit Reetdach. Frederik deutet auf das Haupthaus.

»Was habt ihr damit vor? Ein Restaurant mit Zimmern zum Übernachten?«

Sylvie wiegt den Kopf.

»Vielleicht ein wenig später. Jetzt wollen wir erst mal den Indoorspielplatz eröffnen, dazu noch einen Abenteuerspielplatz auf dem Strand. Und dazwischen dann das *Fish and Sweets*, bei dem ihr beide mitmischen sollt.«

Sie führt uns durch die Scheune, die von innen nicht mehr an ihre ursprüngliche Bestimmung erinnert.

»Wow«, entfährt es mir.

»Ja, es ist wirklich groß und hell hier drinnen.« In ihrer Stimme klingt Stolz mit. »Einen Teil haben wir mit einer Zwischendecke versehen, da kommt ein Rückzugsort hinauf. Beim Rest brauchen wir die Höhe für die Softplayanlage. Aber erst mal kommt der Boden und dann die Einrichtung.«

Sie führt uns mittendurch bis zum Ausgang Richtung Strand.

»Und das hier wird das *Fish and Sweets*.« Sie macht eine ausladende Handbewegung. »Hier bleibt ein kleiner Durchgang, damit die Kids nicht immer durchs Lokal müssen, wenn sie zwischen drinnen und draußen wechseln. Rechts davon kommen Eingang und Garderobe, links geht es ins *Fish and Sweets*. Es gibt einen Innenbereich und eine Terrasse, die teilweise windgeschützt und überdacht ist. So sollte jeder ein passendes Plätzchen für sich finden. Durch große Fenster Richtung Scheune kann man die Kids drinnen im Auge behalten und von der Düne aus sieht man auch Richtung Strand.«

Wir wenden uns nach links und folgen ihr in den neuen Zubau, der noch im Rohzustand ist.

»Kann man hier dann auch baden?«, erkundigt sich Frederik. Sylvie schüttelt den Kopf.

»Bisher wurde der Strandabschnitt nicht dafür genutzt. Und vorerst lassen wir es auch dabei. Wir werden zum Strand einen Zaun aufbauen, damit die Kids nicht ausbüxen können. Sonst müssten wir uns um Strandaufsicht und so weiter kümmern. Sollte aus dem Haupthaus allerdings wirklich eine Pension werden, wäre baden hier dann für deren Gäste möglich.«

»Das klingt alles gut durchdacht«, erwidere ich anerkennend.

»Mal sehen, ob ihr das gleich immer noch sagt.« Augenzwinkernd rollt Sylvie den Plan aus.

»Sag mal, wieso machst du hier denn auch die Bauleitung? Das ist doch gar nicht dein Bereich«, erkundigt sich Frederik.

Sylvie lässt sich auf eine der Kisten sinken, die hier herumstehen und nickt müde.

»Die Bauleitung liegt nach wie vor bei Reinhard Klein von der Stadtverwaltung, aber der hatte einen Autounfall. Da ich eng mit ihm zusammengearbeitet habe, vertrete ich ihn, bis er wieder auf dem Damm ist. Eigentlich sollte mir ja noch jemand vom Fach zur Seite stehen, aber ihr kennt das ja. Es ist immer zu wenig Personal da und der Bau der Umgehungsstraße ist für die Stadt eindeutig das größere Bauprojekt und braucht deshalb auch mehr Aufmerksamkeit.« Sie hebt resignierend die Hände.

»Dann schauen wir mal, ob wir dir helfen können«, erwidert Frederik und wir beugen uns zu dritt über den Plan.

Zwanzig Minuten später stehen wir wieder bei den Autos. Bis auf zwei zusätzliche Steckdosen haben Frederik und ich keine Änderungswünsche.

»Soll ich dich nach Sterenholm mitnehmen?«, fragt mich Sylvie. »Ich würde gerne privat noch was mit dir besprechen.«

Ich nicke. »Klar, gerne.«

Frederik hebt grüßend die Hand.

»Na dann, gute Fahrt! Sylvie, melde dich, wenn du wieder etwas brauchst.«

»Mach ich.«

Er fährt als Erster vom Parkplatz und ich steige zu meiner Freundin ins Auto, die direkt zur Sache kommt.

»Wieso habe ich das Gefühl, dass du das Projekt *Frederik erobern* schon gestartet hast?« Ich muss lachen und erzähle ihr von den letzten beiden Tagen, die so viele Überraschungen bereitgehalten haben.

»Da mischen Zufall und Schicksal aber ganz schön mit bei euch«, kommentiert sie die Vorkommnisse fröhlich. »Und es klingt nicht so, als wäre er total abgeneigt.«

»Das nicht, aber wirkliches Interesse an mir konnte ich auch noch nicht erkennen«, gebe ich zu bedenken.

»So viele Runden sind ja noch nicht gespielt. Apropos spielen … Ich habe da noch eine große Bitte.«

Mit einer leisen Vorahnung sehe ich sie von der Seite an.

»Und zwar?«

»Johnny hatte doch im Winter mal die Idee, im *Watermelon* Spiele vor Publikum zu spielen.«

»Ja und wir haben es ihm ausgeredet, wenn du dich erinnern kannst«, betone ich. »Activity in der Öffentlichkeit ist peinlich.«

»Unsere Idee ist ja ein wenig anders«, wendet Sylvie ein.

»So wie du das sagst, planst du mit Georg schon wieder etwas Neues für die Restaurant-Olympiade.« Seit Sylvie in der Stadt ist, gestaltet sie die Gästeanimation mit, bei der den Sommer über die ansässigen Beherbergungsbetriebe in verschiedenen Disziplinen gegeneinander antreten, um die Gäste damit zu unterhalten. Im Vorjahr hat sie eine Mitmach-Olympiade eingeführt. Immer samstags waren die Pensionen und Hotels dran und sonntags durften die Gäste zeigen, ob sie es besser gemacht hätten.

»Wir möchten erst mal ausprobieren, ob es überhaupt klappt. Und dafür bräuchten wir ein paar Leute, die unseren Plan mal auf Tauglichkeit testen.«

Vorsichtig sieht sie mich von der Seite an.

»Wann geht es los?«, frage ich grinsend, denn ich habe längst begriffen, dass ich eines der Versuchskaninchen sein soll.

»Um acht im *Watermelon*. Johnny schließt früher für uns, damit wir ein wenig Privatsphäre haben. Und als Entschädigung lade ich euch alle zum Essen ein.«

»Du kochst?«, stoße ich entsetzt hervor.

»Himmel, nein!«, beruhigt mich Sylvie. »Ihr seid meine Freunde, das würde ich euch niemals antun.« In unserem Freundeskreis ist allgemein bekannt, dass Sylvies Kochkünste unterirdisch sind und nicht über das Aufbacken einer Fertigpizza hinausgehen.

»Johnny bezirzt gerade Frederik, ob er für uns seine Küche anschmeißt.«

Beim Gedanken, Frederik heute noch mal zu sehen, stiehlt sich ein Lächeln auf meine Lippen.

»Also bist du dabei?«, erkundigt sich Sylvie.

»Ja, klar. Bis später.« Wir sind bei meiner Wohnung angekommen und ich steige mit einem Winken aus dem Wagen.

Frisch geduscht und mit knurrendem Magen betrete ich kurz vor acht das *Watermelon*. Mein blondes Haar fällt offen über meine Schultern und ich trage ein weißes Leinenkleid und Sandaletten. Lexi und Niko sind wohl kurz vor mir angekommen und werden gerade von Johnny, Sylvie und Georg begrüßt. Mariella hat heute einen späten Kontrolltermin bei ihrer Ärztin. Deshalb sind sie und Daniel heute nicht dabei. Hinter mir öffnet sich die Tür und Anna tritt ein. Sie umarmt mich kurz und sieht mich fragend an.

»Du hast in den letzten Tagen gar nichts von dir hören lassen«, raunt sie mir dann leise zu. »War alles ruhig?«

Ich lache auf.

»Ganz im Gegenteil. Ich bin gar nicht dazu gekommen.«

Annas Gesicht erhellt sich.

»Dann komm ich dich morgen in der Mittagspause besuchen, damit du mich auf Stand bringen kannst«, verspricht sie und wir begrüßen die anderen.

»Lilly und Paul kommen gleich, die Babysitterin hat sich verspätet«, erklärt Lexi gerade das Fehlen ihrer Zwillingsschwester.

»Kein Stress, setzen wir uns alle mal und fangen mit dem Essen an«, schlägt Georg vor.

»Frederik hat Fischburger vorbereitet und dort am Büfett kann sich jeder an Saucen und Beilagen selbst bedienen.« Johnny deutet auf eine Ecke.

»Für Livia wären Fischbrötchen die bessere Wahl gewesen«, neckt mich Sylvie.

»Wieso?« Die dunkle Stimme von der Bar verursacht mir eine Gänsehaut. Wie kann es denn sein, dass ein einziges Wort von ihm genügt und ich bin mir seiner Anwesenheit so stark bewusst, als wäre er eine Cobra, die mich fixiert? Ich wage es nicht, mich umzudrehen, denn ich fürchte, dass meine Reaktion auf Frederik sonst auch den anwesenden Männern verrät, dass er mein Herz zum Stolpern bringt. Die Frauen wissen ja ohnehin schon Bescheid.

»Wir haben vor einer Weile *Ich habe noch nie* gespielt und dabei kam raus, dass Livia noch nie Fischbrötchen bei dir gegessen hat«, erklärt Lexi, die sich wohl auch noch daran erinnern kann. Na ja, genau genommen habe ich überhaupt noch nie bei Frederik gegessen. Als ich schließlich doch den Blick hebe und ihn ansehe, erkenne ich genau diese Erkenntnis auch in seinen Augen.

»Das kann man ja noch nachholen. Jetzt lasst euch die Fischburger mal schmecken. Nach Johnnys kleinem Irrtum neulich dachte ich mir, dass er sich wohl mal für eine Weile von Fischbrötchen fernhalten wird.« Er zwinkert uns zu und wendet sich Richtung Küche. In diesem Augenblick stürmt Lilly durch die Tür.

»Es tut mir leid, dass ich zu spät bin und noch dazu allein komme. Unser Babysitter hat eine Magen-Darm-Grippe. Also ist Paul bei Lucy geblieben.« Atemlos setzt sie sich zu uns. Sylvie zählt durch.

»Frederik, hast du heute Abend schon etwas vor?«, ruft sie unserem Gastgeber zu. Frederik dreht sich um und sieht sie fragend an.

»Kommt drauf an!«

Sylvie schenkt ihm ihr überzeugendstes Lächeln.

»Wir probieren eine Art Gesellschaftsspiel für die Restaurant-Olympiade aus und nun sind wir ein Teilnehmer zu wenig, um zwei gleich große Teams zu bilden. Könntest du einspringen?«, bittet sie ihn. Er greift nach hinten und löst die Schleife der Schürze in seinem Rücken. Sein Blick streift mich, als er um die Theke herumgeht, sich zu uns setzt und ebenfalls nach einem Burger greift.

»Na, dann lass mal hören!«

Sylvie räuspert sich, wir anderen verstummen.

»Also es soll eine Art Brettspiel werden. *Mensch ärgere Dich nicht* mit Fragen. Jedes Team der Restaurants wählt vier Spieler aus, die als lebende Figuren spielen und je eine Farbe zugeordnet bekommen. Gewürfelt wird wie gewohnt, aber die Felder darf man nur dann vorrücken, wenn man eine Frage richtig beantwortet. Der zweite Würfel zeigt an, welchen Mitspieler des eigenen Teams die Frage betrifft. Würfelt man die eigene Farbe, gibt es eine Frage zum jeweiligen Betrieb, bei Weiß eine allgemeine Wissensfrage«, erklärt sie. Wir versuchen, die Spielregel zu verstehen, aber so ganz klappt es nicht. Erst als alle fertig gegessen haben und wir eine Fläche für das provisorische Spielfeld aus Stoff frei machen, wird einiges klarer. Sylvie lost die Teams aus. Ich spiele mit Georg, Niko und Frederik zusammen. Anna, Johnny, Lilly und Lexi bilden das zweite Team. Sylvie leitet das Spiel. Georg und Anna erhalten ein gelbes Armband, Johnny und ich ein rotes, Niko und Lilly ein grünes und Frederik und Lexi ein blaues. Dann stellen wir uns alle beim Start auf und würfeln.

»Jetzt sind es noch normale Würfel, für die Olympiade würden wir große Schaumstoffwürfel besorgen, damit die Zuschauer besser sehen können, was vor sich geht«, erklärt Sylvie. Wir würfeln reihum, bis einer eine Sechs gewürfelt hat. Georg schafft es als Erster. Dann kommt der Farbwürfel zum Einsatz. Er zeigt Grün und Sylvie zieht eine Karte vom grünen Stapel.

»Georg, kennst du Nikos Geburtsdatum?«, formuliert sie dann die Frage. Georg lacht.

»Zufällig ja, weil sein zwanzigster Geburtstag ja mit dem After-Season-Fest vor zwei Jahren zusammengefallen ist.« Er nennt das Datum und Niko bestätigt es. Somit darf Georg die sechs Felder vorrücken. So geht es weiter in der Runde. Wenn zwei auf demselben Feld landen, verdrängt der Zweite den Ersten, der dann wieder von vorn anfangen muss. Die Fragen sind schlicht gehalten und lassen sich auf jeden ummünzen. Lexi errät Johnnys Lieblingsspeise. Niko scheitert an Frederiks unbeliebtester Tätigkeit im Lokal. Lilly weiß, wie lange Anna schon ihren Laden hat. Johnny kennt Lexis Kleidergröße. Und ich weiß, dass Georg zugezogen ist und nicht in Sterenholm geboren wurde. Als Frederik meine Farbe würfelt, macht mein Magen einen Salto und schubst mein Herz hinauf zu meiner Kehle.

»Frederik, welches Auto fährt Livia?«, will Sylvie wissen. Ich muss unweigerlich lächeln und Frederik erwidert es.

»Keines«, antwortet er dann wahrheitsgemäß. Ich nicke bestätigend. Immer öfter würfle ich Frederiks Blau und er mein Rot. Und bei den meisten Fragen raten wir richtig. Okay, seine Schuhgröße habe ich in seiner Wohnung gesehen, als ich meine Schuhe neben seine riesigen gestellt habe. Unsere Geburtstage kennen wir noch von früher. Und als ich bei seinem Lieblingsessen mit meiner Nusstorte herausplatze, bejaht er lachend. Am Ende gewinnt unser Team und Johnny verschwindet hinter der Bar, um uns allen Cocktails zu zaubern. Sylvie führt eine rege Diskussion mit Anna, Lexi, Lilly, Georg und Niko über die Spielregeln und die Anzahl der Fragen, während Frederik das Geschirr vom Essen stapelt.

»Ich helfe dir.« Noch bevor er abwehren kann, bin ich aufgestanden und sammle die Schalen und Körbchen vom Büfett ein. Schweigend bringen wir alles in die Küche. Da sich gestern alles im *Watermelon* abgespielt hat, kenne ich diesen Raum noch nicht und sehe mich interessiert um.

»Sie ist nicht groß, aber mir reicht sie«, verteidigt Frederik sein kleines Reich.

»Wenn du kochst, wer kümmert sich dann draußen um die Gäste?«

»Ich bereite alles vor, aber in den Stoßzeiten habe ich Andi hier in der Küche, der die Bestellungen nach meinen Rezepten zubereitet. Am Anfang hatte ich es andersrum versucht, aber mir fehlt der Kontakt zu den Gästen, wenn ich nur in der Küche stehe.« Ich nicke.

»Das verstehe ich. Deshalb backe ich auch alles schon frühmorgens, bevor das *Leckermäulchen* öffnet. Ich mag das

Treiben im Café zu sehr, um mich nur in der Backstube zu verstecken.«

Frederiks Blick findet meinen und die Geräusche von draußen verschwinden. Dafür poltert mein Herz mit einem Mal so laut, dass die anderen es sicher auch noch hören können. Wir sagen nichts, sehen einander nur an. Und ich fühle, dass sich zwischen uns etwas verändert hat, seit ich vor ein paar Tagen zum ersten Mal durch die Tür seines Lokals getreten bin. Dann gleitet sein Blick tiefer, verweilt kurz an meinem Mund. Ich wage es nicht einmal zu atmen. Doch seine Augen bleiben nicht dort, tauchen noch weiter nach unten. Ich folge ihnen mit meinen, bis er seine linke Hand vorsichtig nach mir ausstreckt. Meine Haut beginnt zu kribbeln, noch bevor er mich berührt hat.

»Ich finde, du solltest …« Seine Stimme ist rau. Was? Ihn küssen? Mich in seine Arme werfen?

»… mir das Messer geben«, vervollständigt er seinen Satz und ich blinzle verwirrt. Dann merke ich, dass ich das große Messer zum Aufschneiden der Brötchen immer noch in der Hand halte und es regelrecht umklammere. Frederik nimmt es mir vorsichtig aus der Hand und ich spüre, dass ich rot anlaufe.

»Ja und gehen«, murmle ich beschämt. Ich wende mich zum Gehen.

»Livia? Ist alles in Ordnung?« Sorge klingt in seiner Stimme mit.

»Natürlich.« Ich bemühe mich um einen fröhlichen Tonfall. »Aber das Wochenende war anstrengend und ich muss morgen früh raus. Gute Nacht.«

Rasch verabschiede ich mich noch von meinen Freunden und bin froh, als sich die Tür hinter mir schließt und ich in die kühle Nachtluft hinaustrete. Eine Pause wäre jetzt gut. Die letzten Tage waren so verrückt und so voller Auf und Abs in Bezug auf Frederik. Ganz automatisch schlage ich den Weg zum Bootssteg ein. Ich habe vor einigen Tagen dort zur Ruhe gefunden, also wird es heute hoffentlich auch klappen.

Das Meer ist schwarz, die Wellen schwappen laut an den Strand und das Wasser läuft höher als sonst. Draußen auf See dürfte es windig sein, denn Seegras und Treibholz liegen zuhauf am Strand herum. Beim Steg angekommen, setze ich mich gleich auf die ersten Bretter beim Ufer, denn weiter vorne peitscht das Wasser dagegen und durchnässt alles und jeden. Heute ist es alles andere als ruhig hier, doch eigenartigerweise erdet mich gerade das. Die Gewalt der Natur mitanzusehen, zeigt mir, was für ein kleines Sandkorn ich in dieser Welt bin. Und dass es im Prinzip egal ist, ob meine Gedanken vorhin so laut waren, dass Frederik sie gehört hat. Und wenn schon? Der Plan war doch, ihm Signale zu senden.

Als ich schließlich zu frösteln beginne, mache ich mich auf den Weg nach Hause und falle todmüde ins Bett.

# Kapitel 7

Am nächsten Tag hält Anna ihr Versprechen und schlägt zum Mittagessen bei mir auf. Im Schlepptau hat sie Lexi und Sylvie.

»Hey, was macht ihr denn alle hier?« Erstaunt sehe ich die drei an.

»Tut mir leid, tut mir leid!«, unterbricht mich Mariella, die aufgeregt über den Hauptplatz läuft. »Komme ich zu spät?«

»Langsam, du hast heikle Fracht dabei«, erinnere ich sie und deute auf ihren Bauch. »Wozu zu spät? Es ist noch genug von der Fruchtschnitte da, keine Sorge. Ich stell dir schon immer morgens ein Stück zur Seite.« Ich lächle meine Freundin an, die seit ihrer Schwangerschaft eine Vorliebe für diesen Kuchen entwickelt hat.

»Danke, aber heute brauche ich eine Sahnetorte.« Mariella schließt genießerisch die Augen.

»Bringe ich dir«, verspreche ich. »Aber was macht ihr hier? Habe ich etwas verpasst?« Ich sehe verwundert von einer zur anderen. Lexi grinst.

»Du nicht, aber wir offenbar. So schnell, wie du gestern abgehauen bist, nachdem du kurz mit Frederik in der Küche warst.«

»Ich war müde«, versuche ich mich herauszureden. Die vier folgen mir nach drinnen.

»Livia, spuck es aus!«, fordert Sylvie mich auf. »Auch auf der Baustelle war zwischen euch irgendwas im Busch.«

»Ich habe Gäste.« Ich deute um mich, doch heute ist es ausnahmsweise sehr ruhig. Außer meinen Freundinnen sind nur noch zwei Stammgäste hier, die schon versorgt sind.

»Wie wäre es, wenn du uns Kaffee und Tee bringst und ein großes Stück Torte für Mariella? Und dann setzt du dich kurz zu uns«, schlägt Anna vor. Ich gebe mich geschlagen und sitze schon wenige Minuten später mit am Tisch. In der Mitte steht eine Platte mit einer Auswahl an verschiedenen

Kuchen. Und dann bringe ich die anderen auf den neuesten Stand.

»Aber das klingt doch gut.« Mariella scheint sich da sehr sicher zu sein. Ich zucke mit den Schultern.

»Ich weiß nicht. Er ist nett zu mir, aber wirklich interessiert scheint er nicht zu sein. Manchmal habe ich das Gefühl, da ist was, aber dann ist der Moment jedes Mal so schnell vorbei, dass ich glaube, es mir einzubilden.«

»Er wusste gestern sogar deinen Geburtstag«, wirft Sylvie ein.

»Ja, weil er bei meinen Feiern meist dabei war. Frank und er waren ja unzertrennlich.« Ich finde, das ist eine plausible Erklärung. Anna verengt nachdenklich die Augen.

»Und die Sache mit dem Autofahren?«

»Schlechtes Gewissen!« Ich erzähle von Franks und Frederiks Spritztour und den Konsequenzen.

»Aber er mag dich. Das konnte gestern jeder sehen, der Augen im Kopf hat.« Lexis Worte sind eine Feststellung. Ich spüre, dass ich wieder rot werde und senke den Blick.

»Ich ihn auch«, entgegne ich leise. »Also schon immer, aber seit ich ihn jetzt als Erwachsenen näher kennenlerne, da …«

Ich weiß nicht, wie ich es beschreiben soll. Mariella lächelt.

»Brausepulver im Bauch?«

Ich nicke nur. Das trifft es ziemlich gut. Lange habe ich diese Gefühle erfolgreich unterdrückt, aber in den letzten Tagen sind sie stärker denn je aufgeflammt. Es genügt schon, an ihn zu denken, damit es in mir kribbelt. Dieser Kontrast zwischen den blauen Augen und dem dunklen Haar, dieses Grinsen, bei dem er seinen Mundwinkel auf einer Seite ein wenig höher zieht als auf der anderen, seine Hände, die alles bewusst und nichts nebenbei machen – oh Gott, mich hat es endgültig voll erwischt. Ich stöhne und schlage die Hände vor die Augen. Die vier lachen.

»Ihr seid mal ganz still. Das ist alles eure Schuld. Ich wäre nie auf die Idee gekommen, offensiv auf ihn zuzugehen.«

»Moment mal«, schaltet sich Lexi ein. »Erstens hättest du dann auch nie rausgefunden, ob aus euch etwas werden kann.«

»Das tu ich doch jetzt auch nicht«, unterbreche ich sie.

»*Noch* nicht.« Sylvie macht eine Handbewegung, als würde sie mein Argument vom Tisch fegen.

»Und zweitens«, fährt Lexi unbeirrt fort. »War das alles nicht offensiv, was du bisher gemacht hast. Und das ist auch okay, wenn du es so willst. Aber erwarte doch nicht, dass er sofort checkt, dass er dein Traumprinz ist, nur weil ihr miteinander redet und wie zivilisierte Menschen miteinander umgeht.« Sie lässt ihre Worte einen Moment wirken. »Irgendwann kommt ein Moment, in dem ihr euch fragt, ob da mehr ist zwischen euch. Und dann zeigt sich, wie er reagiert.«

Sylvie gluckst.

»Und Lexi weiß, wovon sie spricht. Niko und sie waren Experten für solche Momente.«

»Oh ja«, gibt Lexi ihr recht. »Und wir haben gefühlte hundert vergehen lassen, bis wir es endlich verstanden haben.«

Ich lache auf. Irgendwie fühle ich mich nach diesem Gespräch besser.

Die Klingel über der Tür ertönt und neue Gäste betreten das *Leckermäulchen*. Damit ist meine kurze Mittagspause vorüber und ich begebe mich wieder hinter die Kuchentheke. Wenig später verabschieden sich meine Freundinnen winkend von mir und mir wird wieder einmal klar, wie froh ich bin, sie zu haben.

Die nächsten Tage sind stressig. Tortenbestellungen häufen sich und das schöne Wetter lockt Einheimische und Touristen in die Fußgängerzone. Die Tische, die ich auf den Hauptplatz gestellt habe, sind durchgehend besetzt. Auch Frederik hat schon Außenbetrieb. Ab und zu sehen wir einander von Weitem, wenn jeder von uns auf seiner Seite des Hauptplatzes seine Gäste bedient. Früher haben wir das ignoriert, nun lächeln wir einander zu und winken morgens kurz zur Begrüßung. Und ich muss zugeben, dass es mir gefällt.

Ich räume gerade einen Tisch, als Frederik quer über den Platz zu mir läuft.

»Hi!« Verlegen sieht er mich an.

»Hi!« Mir wird ein wenig flau im Magen. Seit der Sache in der Küche am Sonntag haben wir uns nur von Weitem gesehen.

»Also«, beginnt er und kratzt sich am Hinterkopf. »Johnny meinte ja, dass ein Frühstück als Danke für deine Hilfe etwas dürftig war. Hättest du vielleicht Lust, morgen Abend mit mir essen zu gehen?«

Ich bin so überrascht, dass mir eine Tasse aus der Hand rutscht und auf dem Pflaster zerschellt. Verdammt, das war eine von meinem Lieblingsgeschirr. Aber … hat er da gerade … also wird das … Ich blinzle nur stumm und sehe sicher aus wie der letzte Idiot.

»Lilly und Niko wollen ein paar neue Gerichte ausprobieren, deshalb öffnet das *L&P* ausnahmsweise morgen Abend«, erzählt er, während er sich bückt und mir beim Aufsammeln der Scherben hilft. »Niko würde sich freuen, wenn ich ihm meine Meinung sage. Kommst du mit?«

Also der erste Teil klang nach einem Date, der zweite klang danach, dass er nicht allein zu dem Probeessen auftauchen will. Mein Herz hämmert, mein Kopf versucht auf Hochtouren, rauszukriegen, was diese Einladung genau sein soll und mein Mund hat keine Ahnung, was er tun soll.

»Also, ich meine natürlich als Freunde«, betont er dann und beantwortet damit zumindest diese Frage.

»Ja, klar! Klingt gut. Ich mag das Essen im *L&P*.« Ich versuche möglichst neutral zu klingen, obwohl sich Enttäuschung in mir ausbreitet. Ein Date wäre ja auch zu schön gewesen.

»Dann hole ich dich so gegen sieben ab?«, schlägt er vor und ich nicke. Er schenkt mir ein Lächeln und kümmert sich dann rasch wieder um seine Gäste.

Als ich abends nach Hause komme, öffne ich den Gruppenchat mit meinen Freundinnen.

»Frederik hat mich morgen Abend zum Essen eingeladen«, tippe ich aufgeregt.

»Heureka, er hat es gerafft!«, schreibt Mariella mit einem sternchenstrahlenden Smiley.

»Als *Freunde*, wie er betont hat«, wiegle ich ab.

»Wo geht ihr hin?«, erkundigt sich Lexi.

»Ins *L&P*. Niko hat ihn gebeten, die neuen Gerichte zu probieren«, tippe ich.

»Dann ist es ein Date«, beschließt Sylvie.

»Er will nur nicht allein dort sitzen«, antworte ich.

»Aber er will mit *dir* dort sitzen und nicht mit einer anderen«, hält sie dagegen.

»Ist das denn so eine Sache wie der Spieleabend im *Watermelon*, bei dem etwas unter Bekannten und Freunden ausprobiert wird?«, erkundige ich mich.

»Nein, wir haben ganz regulär das Restaurant geöffnet. Und es ist eine Reservierung nötig. Wir haben niemanden eingeladen zum Probeessen. Mag sein, dass Niko und Frederik etwas besprochen haben, aber mir ist nichts bekannt«, erklärt Lilly.

»Also ist es ein Date«, kommt nun erneut von Sylvie.

»Bin auf Sylvies Seite«, textet nun Lexi.

»Da liest man einmal eine Nachricht nicht sofort und schon ist hier die Hölle los«, beschwert sich Anna. »Nun macht sie doch nicht völlig verrückt. Livia, du gehst einfach hin und siehst, wie es läuft.«

»Hast du denn überhaupt zugesagt?«, erkundigt sich Mariella.

»Ja«, tippe ich und werde nun tatsächlich nervös.

»Dann zieh was Hübsches an und genieß den Abend«, rät mir Lexi. Oh, mein Gott, daran habe ich ja noch gar nicht gedacht.

»Ich habe noch keine Ahnung, was ich anziehen soll«, gebe ich zu.

»Das kurze pinke Kleid«, meint Mariella.

»Quatsch, kein Kleid«, hält Anna dagegen.

»Schon ein Kleid, aber das pinke ist zu eng und kurz. Du willst ja nicht wirken, als hättest du es nötig«, meint Sylvie.

»Na ja, nicht nötig, aber verkehrt wäre es auch nicht«, beharrt Mariella.

»Süße, deine überschießenden Hormone sollten jetzt mal die Füße stillhalten«, kommt von Anna.

»Was haltet ihr von dem gelben Kleid mit dem weiten Rock?«, schlägt Lexi vor.

»Sagt mal, habt ihr eine Kamera in meinem Kleiderschrank installiert?«, frage ich, total verblüfft, wie gut meine Freundinnen meine Klamotten kennen.

»Ich bin für die schwarze enge Hose und das hellblaue Top. Das steht dir super, betont deine Augen und ist verführerisch. Außerdem musst du nicht ständig am Saum zupfen wie bei dem pinken Kleid«, gibt nun Lilly ihren Senf dazu.

Oh Mann, die fünf sind sich ja heute überhaupt nicht einig. Rasch tippe ich: »Die Klamottenfrage entscheide ich morgen spontan.« Sonst kommen sie noch auf die Idee, über meine Frisur zu diskutieren.

»Das ist der beste Plan«, meint Anna mit einem Zwinker-Smiley. Auch die anderen schicken nach oben gereckte Daumen oder applaudierende Hände.

Am nächsten Abend schlüpfe ich in ein langes blauweiß gemustertes Kleid und weiße Sandaletten. Mein Haar stecke ich hoch und lasse nur ein paar Strähnen in mein Gesicht fallen. So wirke ich nicht zu sehr zurechtgemacht. Dann versuche ich mein wild pochendes Herz zu beruhigen und lege etwas mehr Make-up auf, als ich tagsüber trage. Gerade, als ich alle notwendigen Dinge in meine weiße Handtasche packe, läutet es an der Tür. Meine Hand zittert, als ich öffne und Frederik fast schüchtern ansehe.

»Hi!« Er mustert mich strahlend. Offenbar gefällt ihm, was er sieht.

»Hallo«, flüstere ich fast. Gott, das ganze Gerede meiner Freundinnen, dass es ein Date ist, hat mich furchtbar nervös gemacht.

Frederik trägt dunkle Jeans und ein hellblaues Hemd, dessen Ärmel er hochgekrempelt hat. Auch ich erlaube mir, ihn eingehend zu mustern. Für einen Moment verfangen sich unsere Blicke ineinander.

»Wollen wir los?«, erkundigt er sich nach einigen Sekunden und ich nicke.

Im Auto schweigen wir beide und ich befürchte schon, dass es den ganzen Abend so bleiben könnte und alles einfach verkrampft ist.

»Johnny und Andi sind übrigens über deine Nusstorte hergefallen wie die Wölfe.« Ich atme auf, dass er ein Gesprächsthema gefunden hat. »Ich musste mich mit Zähnen und Klauen gegen sie zur Wehr setzen, um noch ein Stück zu ergattern.«

»Freut mich zu hören«, sage ich lachend.

»Was? Dass sie den beiden geschmeckt hat oder dass ich noch etwas abbekommen habe?« Grinsend sieht er mich von der Seite an.

»Beides, denn schließlich soll ich sie ins Sortiment aufnehmen. Da ist es doch gut, wenn die Torte auch anderen Leuten in Sterenholm schmeckt und nicht nur dir«, antworte ich, ganz die Geschäftsfrau.

»Rede keinen Unsinn! Du freust dich, dass du sie inzwischen genauso gut hinbekommst wie Frank«, zieht er mich auf und erwähnt zum ersten Mal meinen Bruder, ohne dass es mir wehtut.

»Ja, das stimmt«, gebe ich ihm recht. »Das Rezept ist aber auch wirklich nicht einfach.«

»Aber die Mühe wert!«

»Gut, gut, du hast gewonnen«, gebe ich mich geschlagen. »Ab sofort gibt es die Torte einmal in der Woche als Tagesangebot.«

»Wenn du weißt, an welchem Tag, gib mir Bescheid.« Frederik zwinkert mir zu.

»Du warst doch noch nie bei mir im Laden.«

»Erst vorige Woche habe ich deine Küchenmaschine repariert«, erinnert mich Frederik.

»Noch mal vielen Dank dafür, aber das zählt nicht. Da warst du kein Kunde.«

»Back diese Torte und ich werde Stammkunde«, verspricht er lachend.

»Der Rest von mir ist auch nicht schlecht«, erwidere ich, um meine Backwaren zu verteidigen. Erst dann fällt mir auf, was ich gerade gesagt habe und ich beiße mir auf die Lippe. Frederik parkt das Auto vor dem *L&P* und stellt den Motor ab. Er verharrt einen Augenblick regungslos und ich sehe ihm an, dass ihn meine Aussage beschäftigt. Als er mich ansieht, liegt ein leichtes Lächeln auf seinen Lippen.

»Wir sollten reingehen«, meint er schließlich und etwas in mir triumphiert.

Paul nimmt uns im *L&P* in Empfang und bringt uns zu einem Tisch an der großen Glasfront, von wo aus man auf die Ostsee blicken kann.

»Ich lasse euch schon mal die neue Karte da zum Schmökern. Darf ich euch inzwischen etwas zu trinken bringen?«, erkundigt er sich freundlich. Wir bleiben beide bei Wasser, denn Frederik muss ja noch fahren und mein Kopf ist von seiner Nähe schon genug benebelt. Als wir allein sind, öffnen wir beide die Karte.

»Das klingt alles toll«, stelle ich fest, als ich das Angebot des Tages gelesen habe. »Was nimmst du denn?«

»Auf keinen Fall den Fisch.« Frederik grinst mich an.

»Dabei könntest du gerade bei diesem Gericht deine fachliche Meinung kundtun.«

»Schon, aber ich esse in der Kneipe die ganze Woche über so viel Fisch, dass mir bald Flossen wachsen«, scherzt er. »Ich denke, ich werde den Rinderbraten nehmen.«

»Und ich das Huhn«, beschließe ich. Als Paul unsere Getränke bringt, bestellen wir den Hauptgang.

»Wirst du denn in diesem Jahr beim Hafenfest auch wieder einen Stand aufmachen?«, erkundigt sich Frederik dann. Ich nicke.

»Ja, ich fand das Event im vorigen Jahr richtig gut gelungen. Und das, obwohl es eigentlich nur eine Notlösung war. Und du?«

»Mir hat es auch gut gefallen. Vor allem die Idee mit der Hüpfburg fand ich klasse«, betont er. Ich hebe eine Augenbraue.

»Ja, die Kids hatten ihren Spaß.«

Frederik lacht.

»Nicht nur die. Die Idee von Georg war großartig, das Ding auch noch abends in Betrieb zu lassen, damit die Erwachsenen ebenfalls auf ihre Kosten kommen.« Für einen Augenblick sitzt mir wieder der Teenager gegenüber, der gemeinsam mit meinem Bruder keinen Unsinn ausgelassen hat. Ich hatte in den letzten Tagen nur mit der erwachsenen und vernünftigen Version von ihm zu tun, sodass ich mich schon gefragt habe, ob da noch was von dem Frederik in ihm steckt, den ich von früher kenne. Fassungslos hebe ich die Hände.

»*Du* warst in der Hüpfburg?«

»Na klar, ist noch genauso toll wie als Kind«, verrät er mir flüsternd. Ich schüttle den Kopf und wir müssen beide lachen.

»Das heißt, du bist auch in diesem Jahr wieder dabei?«, schlussfolgere ich und er nickt.

»Ja, aber ich würde gerne mal etwas anderes anbieten als meine Fischburger.«

»Aber die sind doch der Renner«, platze ich heraus. »Mehr als die Hälfte meiner Kunden im Vorjahr hatten vor meinen süßen Leckereien einen deiner Burger.«

»Schmecken sie dir denn auch?«

Überrascht lasse ich das Glas sinken, das ich gerade zum Mund führen wollte. Es interessiert ihn wirklich, das merkt man an der Art, wie er mich ansieht.

»Ja! Sie haben eine perfekte Konsistenz und du würzt sie sehr raffiniert.« Offenbar freut ihn mein Lob, denn er lächelt.

»Das ist gut, denn im *Fish and Sweets* teilen sie sich ja die Aufmerksamkeit mit deinen Backwaren.«

»Was wird dort von deiner Karte noch angeboten?«, erkundige ich mich.

»Fischbrötchen und eine Fischsuppe«, informiert mich Frederik. »Und was lieferst du?«

»Ich weiß es noch nicht. Vermutlich fürs Erste Muffins, zwei oder drei Klassiker aus dem Sortiment der Torten und Kuchen und vielleicht den Tageskuchen. Genau wird sich das dann im Laufe der Zeit zeigen, wenn der Laden eröffnet hat. Im Sommer könnte ich mir auch Eis vorstellen.«

»Das klingt lecker. Georg sucht übrigens für das Hafenfest noch jemanden, der in diesem Jahr die Ballontiere für die Kinder drehen kann. Daniel und Mariella fallen ja wegen Hochzeit und Baby diesmal aus«, erzählt Frederik.

»Ich werde mich mal umhören und Sylvie Bescheid geben, wenn mir jemand einfällt. Auf jeden Fall freue ich mich, dass das Fest auch in diesem Jahr Bestandteil der Restaurantolympiade sein wird.«

»Und wir können sehr gespannt sein, was Sylvie und Georg noch alles Neues einfällt. Ich habe so das Gefühl, dieses menschliche *Mensch ärgere Dich nicht*, das wir im *Watermelon* ausprobiert haben, ist noch nicht alles.« Frederik macht eine wedelnde Handbewegung.

»Da kannst du recht haben. Es wird sicher wieder spannend, zuzusehen.« Ich freue mich schon auf die Aktion im Sommer.

»Schade, dass nur große Lokale teilnehmen können«, bedauert Frederik. »Wir kleinen Läden könnten die Werbung auch gebrauchen. Und es wäre ein Riesenspaß.«

»Dann sollten wir mal mit Sylvie und Georg reden. Vielleicht ist es ja denkbar, dass sich einige kleinere Läden zusammentun«, schlage ich vor.

»Das ist eine super Idee! Du und ich haben ja beim Spieleabend schon bewiesen, dass wir ein gutes Team sind.« Er sagt es leichthin, aber ich verschlucke mich beinahe an meinem Wasser. Ich erlaube mir einen Blick in sein Gesicht, um herauszufinden, wie er das gemeint hat. Doch in diesem Augenblick serviert uns Paul das Essen. Einige Minuten sind wir mit den Gerichten auf unserem Teller beschäftigt, dann nehme ich das Gespräch wieder auf.

»Aber bevor ich an die Restaurant-Olympiade denke, muss ich erst mal die Hochzeit überstehen.« Ich drehe meine Augen zum Himmel, doch Frederik winkt ab.

»Ach, so schlimm ist das doch nicht.«

Ich sehe ihn voller Sarkasmus an.

»Ich muss *echte Blumen* in die Verzierung einer Torte einarbeiten«, erwidere ich anklagend. »Auf eine Torte gehören Marzipanblumen, aber keine echten, das ist meine volle Überzeugung.«

Frederik lacht schallend.

»Wenn es aber die Braut so will. Und der Wille der Braut geht über alles«, antwortet er altklug. Ich knurre nur vor mich hin, was ihn noch mehr belustigt.

»Ja, ihr im Team Braut habt es nicht einfach«, lenkt er dann ein. »Kleider, Schuhe, Frisur, dann hängt jede von euch noch beruflich irgendwie mit drin. Wir im Team Bräutigam haben uns einen Anzug gekauft und das war´s.« Er grinst mich breit an.

»Du hast sicher sogar deine Rede schon geschrieben«, stelle ich wie selbstverständlich in den Raum.

»Rede?«, verschluckt sich Frederik fast. Ich lasse meine Gabel sinken.

»Klar, also ich bin ja nur Brautjungfer und habe damit nichts zu tun, aber für dich als Trauzeugen ist das doch Tradition.«

»Verdammt!« Frederik sackt in sich zusammen. »Kann das nicht jemand anders machen? Mit Reden habe ich gar nichts am Hut.«

»Du redest doch mit mir auch die ganze Zeit«, ziehe ich ihn auf.

»Das ist doch etwas ganz anderes.«

»Warum?«, frage ich und lasse meinen Blick auf mein Huhn gerichtet. Die darauffolgende Stille lässt mich schließlich doch aufsehen. Frederiks Augen ruhen auf mir und sein Gesichtsausdruck ist unergründlich. Er lächelt leicht und doch liegt viel Wehmut in seinen Zügen.

»Weil du es bist.« Die Worte kommen leise, aber deutlich über seine Lippen. Mit einem Mal kribbelt es in mir wie verrückt und ich spüre, wie leichte Röte meine Wangen überzieht. So sitzen wir einige Augenblicke bewegungslos da, lächeln einander an und schweigen. Dann räuspert sich Frederik.

»Wie ist dein Huhn?«

»Lecker und dein Rind?«

»Auch sehr gelungen. Ich denke, wir sollten später in der Küche vorbeischauen und den beiden Köchen unser Feedback persönlich überbringen«, schlägt er vor und ich nicke.

Die Restaurant-Olympiade bleibt weiter Gesprächsthema. Während Frederik den Geschicklichkeitsparcours am liebsten mag, kann ich mich nicht zwischen dem Sommerball und dem Karaoke-Abend entscheiden.

»Ich habe nie verstanden, wieso die Teampartner einen Song aussuchen müssen, den sie mit dem anderen verbinden. Ja, bei Lexi und Niko machte das Sinn, aber wenn der Koch mit dem Zimmermädchen ein Team bildet und die beiden einfach nur Kollegen sind, was soll er denn bitte für sie singen?« Frederik hebt ahnungslos die Hände und bringt mich damit zum Lachen.

»Gib es zu, dir gefällt der Geschicklichkeitsparcours doch nur, weil jedes Jahr dabei einer auf die Nase fällt.« Feixend sehe ich ihn an.

»Quatsch, dabei geht es um Vertrauen. Da sieht man doch wenigstens, wer wirklich gut zusammenarbeitet.«

»Also würdest du dich lieber von mir über einen Schwebebalken führen lassen, als für mich zu singen?«, frage ich spöttisch.

»Oh nein, auf keinen Fall«, kommt sofort zurück und ich sehe ihn entrüstet an. »Ich weiß noch, wie schlecht du als Kind beim Topfschlagen warst oder bei Blindekuh«, erklärt er rasch.

Ich sollte sauer sein wegen seiner Aussage, doch leider muss ich ihm absolut recht geben.

»Möchtest du noch Nachtisch?«, fragt mich Frederik dann.

»Ich weiß nicht. Ich bin schon ganz schön satt.«

Er wirft einen Blick in die Karte.

»Es gibt einen warmen Schokokuchen mit flüssigem Kern«, lockt er mich dann.

»Oh Mann, du quälst mich«, jammere ich.

»Komm schon! Wir könnten uns eine Portion teilen«, schlägt er vor. Sofort kommen mir Bilder in den Sinn, wie wir uns gegenseitig füttern, doch ich verscheuche sie rasch. So wird das nicht laufen.

»Überredet«, gebe ich mich dann geschlagen. »Es klingt einfach zu lecker.«

Frederik lacht und gibt Paul unsere Bestellung weiter. Kurz darauf steht das Schokoküchlein mit zwei Gabeln in der Mitte des Tisches.

»Du zuerst!« Frederik schiebt mir den Teller zu.

»Dir ist schon klar, dass du das Risiko eingehst, doch nichts abzubekommen, oder?« Fragend sehe ich ihn an.

»Das ist mir bewusst, aber das Dessert kannst du nun mal besser beurteilen als ich.«

»Quatsch! Du isst doch genauso gern Süßes wie ich.« Ich deute auf seine Gabel. »Wir essen gleichzeitig!«

Ich steche ein Stück des Kuchens ab und schiebe es in meinen Mund. Wie immer schließe ich die Augen, weil ich dann einfach besser schmecken kann. Der Kuchen ist köstlich, der Teig ist fluffig, zergeht aber dann auf der Zunge und die Süße ist gerade richtig. Als ich meine Augen wieder öffne, merke ich, dass Frederik mich beobachtet.

»Es ist immer wieder faszinierend, wie dein Gesichtsausdruck beim Kosten mehr aussagt, als du es dann mit Worten tun könntest. Der Kuchen schmeckt hervorragend, oder?«

Verlegen winke ich ab.

»Das ist wohl eine Nebenwirkung meines Berufes. Kosten gehört bei mir einfach dazu. Was mir nicht schmeckt, setze ich meinen Kunden nicht vor. Und ja, es schmeckt toll. Probier selbst!«

Er tut wie ihm geheißen und gemeinsam verputzen wir das Dessert in kürzester Zeit.

»Möchtest du noch etwas trinken?«, fragt Frederik zuvorkommend, doch ich schüttle den Kopf.

»Wir müssen morgen beide früh raus!«

Er schenkt mir ein Lächeln und winkt Paul zu sich, um die Rechnung zu begleichen. Bevor wir gehen, werfen wir noch einen Blick in die Küche und geben Lilly und Niko die Rückmeldung, dass unser Essen hervorragend war und empfehlen, die Gerichte in die Karte aufzunehmen. Danach verabschieden wir uns.

Als Frederik vor meiner Wohnung hält, stellt er den Motor aus und sieht mich an. Überrascht erwidere ich seinen Blick, denn ich habe eher damit gerechnet, dass der Abschied sehr schnell über die Bühne gehen wird. Er kämpft mit sich, das ist ihm deutlich anzusehen. Ich spüre, dass er irgendetwas sagen will. Vermutlich etwas, das unser Treffen auf die rein freundschaftliche Basis verbannt. Doch das will ich gerade nicht hören, denn ich habe mich die ganze Zeit über sehr wohlgefühlt mit ihm und hatte den Eindruck, dass es vielleicht kein Date war, aber doch mehr als nur ein Essen unter Freunden.

»Danke für den schönen Abend«, sage ich deshalb schnell, schenke ihm noch ein strahlendes Lächeln und steige aus, ohne auf seine Antwort zu warten.

In meiner Wohnung öffne ich den Chat mit meinen Freundinnen.

»Es war ein angenehmer Abend ohne besondere Vorkommnisse«, teile ich den anderen mit.

»Aber es wurde sehr viel gelacht an eurem Tisch«, kommt sofort von Lilly.

»Das ist immer gut. Oft verlieben sich Männer in das Lachen einer Frau«, meint Mariella.

»Und es ist besser als betretenes Schweigen«, fügt Anna hinzu.

»Niko hat mir geschrieben, dass ihr sehr vertraut gewirkt habt, als ihr in der Küche gewesen seid«, textet nun Lexi.

»Mädels, ich sagte ja, dass es ein schöner Abend war«, unterbreche ich die Spekulationen. »Ja, wir gehen inzwischen unbeschwerter miteinander um, aber ein richtiges Date war es auch nicht. Ich wollte euch nur Bescheid geben, weil ich wusste, dass ihr auf euren Handys sitzt. Aber klüger als vorher bin ich jetzt auch nicht. Mal sehen, was die Zeit bringt. Gute Nacht euch!«

Danach stelle ich mein Telefon auf stumm und gehe duschen und ins Bett.

# Kapitel 8

Am Donnerstag klingelt mein Handy, als ich zu Mittag aus dem Fenster des *Leckermäulchens* in den trüben Himmel hinaufsehe. Schon seit dem Morgen regnet es immer wieder. Ein Blick aufs Display verrät mir, dass Sylvie anruft.

»Hallo, Sylvie!«

»Livia, ich brauche eure Hilfe.« Meine Freundin fällt sofort mit der Tür ins Haus und klingt irgendwie anders als sonst.

»Wer ist *eure*? Soll ich die Mädels zusammentrommeln?«, frage ich alarmiert. Vor einigen Monaten musste ich einen Notruf an die anderen absetzen, weil Mariella einen Zusammenbruch erlitten hat, der mich allein überfordert hat.

»Deine und Frederiks«, stellt Sylvie klar.

»Oh«, entfährt es mir. »Worum geht es denn?«

»Georg und ich sind gerade auf dem Weg zu meinen Eltern. Lange Geschichte, meine Mutter liegt nun wohl doch länger im Krankenhaus und ich muss für ein paar Tage nach Hause.«

»Oh Gott, geht es ihr gut?« Sylvies Eltern waren im Vorjahr zu Besuch und wir haben sie alle kennengelernt. Es sind sehr nette, herzliche Menschen und es tut mir sehr leid, dass ihre Mutter nun im Krankenhaus liegt.

»So weit ja, Näheres weiß ich noch nicht. Aber warum ich anrufe: Die Lampen für das *Fish and Sweets* wurden geliefert, aber laut Aussage der Elektriker vor Ort stimmt die Artikelnummer nicht mit der Bestellung überein. Könnt ihr bitte hinfahren und das noch mal kontrollieren? Und falls er recht hat, packt sie aus und seht, ob sie trotzdem passen könnten«, bittet sie.

»Aber wir wissen doch gar nicht, wie sie aussehen sollen und …«

»Ich schicke dir den Link zu den richtigen Lampen«, unterbricht mich Sylvie. »Ich weiß, laut Vertrag betrifft die Beleuchtung euch noch nicht, aber im Nachhinein gesehen wäre ich froh, wenn ihr doch auch in diesem Punkt mitredet. Wenn die falschen Lampen geliefert wurden und die nicht zum Lokal passen, müssen wir sie schnellstmöglich zurückschicken und Ersatz anfordern. Die Lieferzeiten der Firma sind extrem lang und wir können es uns nicht erlauben, das Eröffnungsdatum nach hinten verschieben zu müssen oder mit nackten Glühbirnen zu eröffnen. Könnt ihr bitte hinfahren?«

Ihre Stimme ist ein Flehen.

»Klar! Gibst du Frederik Bescheid?«

»Mach ich! Danke, danke, danke!« Ihre Erleichterung lässt mich lächeln. Ich konnte einer Freundin noch nie etwas abschlagen.

Wenige Minuten, nachdem ich aufgelegt habe, erhalte ich eine Nachricht.

»Johnny übernimmt um fünf. Dann können wir los«, schreibt Frederik.

»Ich komm einfach zu dir rüber, wenn ich das *Leckermäulchen*

dichtgemacht habe«, antworte ich.


Ich bin etwas aufgeregt, da Frederik und ich uns nach unserem Abendessen nicht mehr gesehen haben. Aber meine Befangenheit, als ich die *Fischkneipe* betrete, ist sofort verschwunden, sobald ich Johnny hinter dem Tresen sehe.

»Manchmal frage ich mich, ob du eigentlich auch noch etwas anderes tust als arbeiten. Ich sehe dich immer nur hier im Lokal.« Ich lache und Johnny grinst mich an.

»Früher war das wirklich so. Ich habe buchstäblich im *Watermelon* gewohnt. Aber seit ich hier in Sterenholm bin, habe ich etwas mehr Freizeit. Ist ungewohnt, aber ich probiere gerade ein paar Dinge aus, um die Zeit zu füllen«, berichtet er.

»Was denn?« Ich nehme das Glas Wasser entgegen, das er mir ganz selbstverständlich reicht.

»Also mit Sylvie habe ich Yoga versucht, aber dafür fehlt mir die Ruhe.« Er schüttelt den Kopf.

»Soll Yoga einem nicht Ruhe bringen?«, überlege ich.

»Dann bin ich einfach unbegabt. Mit Georg war ich joggen, aber ich habe einfach keine Kondition«, beschwert er sich.

»Die kommt ja auch erst, wenn man es regelmäßig macht.«

»Niko wollte mir ein paar Griffe auf der Gitarre beibringen, aber ich höre Musik lieber, als sie zu machen.«

»Also hast du das Richtige für dich noch nicht gefunden?« Mitfühlend sehe ich ihn an.

»Wenn Sylvie wieder da ist, wollen wir zum Windsurfen. Das stelle ich mir cool vor«, schwärmt er.

»Aber auch schwierig.« Warnend hebe ich die Hand.

»Wenn es mir Spaß macht, ist mir das egal.« Er zwinkert mir zu. »Oh, und den kleinen Buchladen hier um die Ecke will ich in den nächsten Tagen mal stürmen. Ich habe mir einen eigenen Strandkorb für das Oberdeck des Hausboots gekauft und ein wenig Lesestoff für entspannte Stunden kann nicht schaden.«

»Was liest du denn so?«, erkundige ich mich interessiert.

»Bisher lese ich kaum, also werde ich ein wenig herumexperimentieren. Ich kaufe einfach einen Krimi und ein Kochbuch und irgendwas mit Liebe«, beschließt er.

»Liebe?«, hake ich nach, denn er erscheint mir nicht als die typische Zielgruppe eines Liebesromans.

»Ja, davon kann man doch nicht genug haben, oder?« Er wackelt mit den Augenbrauen und bringt mich damit zum Lachen. Wie aufs Stichwort kommt Frederik aus der Küche. Er trägt Jeans, ein weißes Shirt und Chucks. Eigentlich ganz gewöhnliche Kleidung, aber er sieht darin einfach umwerfend aus und meine Körpertemperatur steigt augenblicklich.

»Hi«, sagt er lächelnd.

»Hi.« Innerlich schüttle ich den Kopf über mich, weil ich immer noch verlegen werde, wenn ich ihn sehe.

»Von mir aus können wir los«, meint Frederik.

»Na dann! Wir sehen uns, Johnny!«, rufe ich dem Barkeeper zu und dieser winkt.

Als wir im Auto sitzen, breitet sich Schweigen zwischen uns aus.

»Vielleicht sollte ich Johnny begleiten«, überlege ich laut. Frederik sieht mich fragend an.

»Wohin?«

»In den Buchladen. Er will sich dort ein wenig Lesestoff besorgen und ich habe schon lange kein Buch mehr in einem Geschäft gekauft, sondern meistens online.«

»Du liest?« Seine Augenbrauen schnellen überrascht nach oben.

»Wenn es nicht zu stressig ist und mir abends die Augen noch nicht zufallen, dann ja.«

»Und was liest du?«, erkundigt er sich interessiert.

»Romantische Unterhaltung. Ich brauche ein Setting, das zum Träumen einlädt und ganz viel Gefühl«, gebe ich zu.

»Wer ist dein Lieblingsautor?«

»Hm …« Angestrengt denke ich nach. »Ich kann mich da unmöglich festlegen. In den letzten Jahren habe ich mich oft durch Buchblogger in den sozialen Medien inspirieren lassen und einige Newcomer ausprobiert.«

Er wirft mir einen neugierigen Blick zu. »Und wie lautet dein Fazit?«

»Dass ein bekannter Name oder ein großer Verlag dahinter nicht zwingend bedeutet, dass mir der Roman auch gefällt. Dass Selfpublisher oft wirklich gute Geschichten erzählen. Und dass ich einige Blogger gefunden habe, bei denen ich mich auf die Empfehlung absolut verlassen kann, weil sie einfach meinen Geschmack teilen. Das erspart mir viel Zeit, in der ich mich durch Onlineshops wühle und mich frage, ob dieses oder jenes Buch wohl etwas für mich wäre.« Nach dieser langen Erklärung sehe ich auf. Er hat jedem Wort gelauscht und denkt nun offenbar darüber nach.

»Dann sollte ich mich auch mal vertrauensvoll an Bookstagram wenden.«

»Du liest auch?«, stoße ich hervor und ernte ein Lachen.

»Nächstes Mal zeig ich dir alles von meiner Wohnung. Denn wenn du die Bibliothek gesehen hättest, würde sich diese Frage erübrigen«, erklärt er augenzwinkernd. Innerlich schnappe ich nach Luft. Hat er eben *nächstes Mal* gesagt? Wenn ich das nächste Mal in seinem Bett schlafe? Also bei aller Liebe zu Büchern, aber sollte das wirklich noch mal vorkommen, hoffe ich, dass uns etwas Besseres einfällt als eine Wohnungsbesichtigung.

»Die ist mir wohl entgangen.« Ich versuche meine Stimme ruhig klingen zu lassen.

»Nachdem im Wohnzimmer die Regale voll waren, habe ich das frühere Gästezimmer umgebaut. Erst wollte ich ja den Fernseher rauswerfen, aber einige wenige DVDs besitze ich ja doch. Und mit diesen E-Readern kann ich mich einfach nicht anfreunden«, gibt er zu.

»Ich bin inzwischen fast völlig auf E-Books umgestiegen. Billiger, platzsparender, leichter mitzunehmen und ich kann die Schriftart und Größe bei allen Büchern gleich einstellen. Ich hasse nichts mehr als ein Taschenbuch, das so klein gedruckt ist, dass ich fast eine Lupe brauche, um es zu lesen.« Genervt verdrehe ich die Augen.

»Da gebe ich dir völlig recht«, stimmt er mir zu. »Deine Argumente klingen einleuchtend. Vielleicht sollte ich den Teilen doch mal eine Chance geben. Auch wenn der Duft von gedrucktem Papier mir fehlen wird.«

»Ja, man sollte Lufterfrischer mit diesem Duft herstellen.« Ich lache wissend. »Was liest du denn so?«, erkundige ich mich dann.

»Krimis, Thriller, Science-Fiction, Fantasy, wenn sie gut gemacht sind, sogar Jugendromane. Also querbeet alles, außer …« Er sucht nach der richtigen Beschreibung.

»Außer dem, was ich lese«, helfe ich aus und zwinkere ihm zu.

»So könnte man es sagen«, entgegnet er lachend.

Wir sind am Bauernhof angekommen und Frederik stellt das Auto ab. Der Parkplatz ist leer, die Arbeiter, die derzeit hier beschäftigt sind, haben alle schon Feierabend. Frederik zieht einen Schlüsselbund aus seiner Hosentasche hervor und bemerkt meinen fragenden Blick.

»Den hat vorhin noch jemand von der Stadtverwaltung bei mir vorbeigebracht.«

Wir betreten den Bauernhof.

»Sylvie meinte, alles, was bereits geliefert wurde, aber noch nicht benötigt wird, befindet sich im Lagerraum.« Frederik kann sich noch erinnern, wo dieser sich befindet und wir machen uns auf den Weg.

Nach kurzem Suchen finden wir die Lampen und vergleichen, ob alle die gleiche Artikelnummer haben. Dann packen wir eine aus. Ich suche auf meinem Handy den Link von Sylvie und öffne das Foto. Einige Sekunden sehen Frederik und ich Bild und Original an und beginnen dann gleichzeitig zu lachen.

»Die beiden haben nichts, aber auch gar nichts gemeinsam«, bringe ich irgendwann japsend hervor.

Vor uns liegt eine sechsflammige Deckenleuchte mit beweglichen Seitenarmen in einem schrecklich aufdringlichen Kupferton. Der Link bringt uns zu einer runden Deckenleuchte aus Milchglas mit Holzrahmen, die sehr stylisch wirkt. Frederik schüttelt den Kopf.

»Ich denke, du kannst Sylvie schreiben, dass die Lieferung morgen sofort zurückgeschickt werden soll. Ich persönlich wäre ja für ein Seilsystem mit Spots. Die kann man auch leicht versetzen, wenn die Tische mal umgestellt werden müssen, zum Beispiel für eine Feier. Bei den großen Deckenleuchten ist man gebunden.«

Ich nicke nachdenklich.

»Das klingt gut. Und wenn man die Befestigung verstärkt, könnte man zusätzlich auch Dekoration an den Seilen anbringen.« Ich schließe die Augen, um es mir besser vorstellen zu können. »Was hältst du von zarten Fischernetzen, in denen Muffins gefangen wurden? Um auszudrücken, dass sich Fisch und Süßes nicht ausschließen, sondern in diesem Fall zusammengehören.«

Fragend sehe ich ihn an und merke augenblicklich, dass sich die Stimmung verändert hat. Sein Blick ruht ernst auf mir, er wirkt traurig. Für einen Moment glaube ich, dieselbe Sehnsucht darin zu erkennen, die auch in mir schmerzt. Doch dann ist der Augenblick vorüber und Frederik schenkt mir ein kurzes Lächeln, das jedoch seine Augen nicht erreicht.

»Die Idee klingt toll«, antwortet er ausweichend. Doch ich gehe nicht weiter darauf ein. Mein Blick sucht seinen und hält ihn fest. Wie ein Magnet zieht es jede Zelle meines Körpers in seine Richtung. Alles an und in mir verlangt nach seiner Nähe, seiner Wärme. Ich forsche in seinen Augen nach einem Zeichen, nach einer Einladung, denn ohne wage ich mich keinen Zentimeter an ihn heran. Frederik holt Luft, öffnet den Mund, um etwas zu sagen, als jäh ein schrilles Piepen die aufgeladene Stimmung zwischen uns durchdringt. Wir erschrecken beide und der Blickkontakt reißt ab.

»Was war das?«, bringe ich außer Atem hervor. Er hebt die Hand und deutet mir, ruhig zu sein. Da ertönt das Geräusch erneut.

»Ein Defibrillator!« Er sieht sich suchend im Raum um. Ich schüttle den Kopf.

»Was soll denn ein Defibrillator hier?«

»Sylvie hat doch bei unserem Rundgang erzählt, dass die Stadtverwaltung ihn angeschafft hat, weil der Hof außerhalb liegt und die Ambulanz nicht so schnell hier sein kann, sollte es einen Notfall geben«, erklärt er und es piept erneut.

»Das Geräusch kommt aus dieser Ecke«, rufe ich und deute nach vorne. Gemeinsam durchforsten wir die Kartons.

»Eigentlich sollte der Akku gar nicht eingesetzt sein, solange er nicht in Betrieb ist«, murmelt er. Fragend sehe ich ihn an. Woher weiß er so was?

»Hier«, rufe ich, als der Ton noch mal ertönt und halte triumphierend einen Karton hoch. Mit zwei langen Schritten ist

Frederik bei mir und öffnet die Verpackung. Kurz sieht er sich das gelbe Gerät an und montiert ein Teil ab.

»Halt mal«, sagt er und reicht es mir. Damit erstirbt das Piepen. Er hantiert noch weiter herum.

»Wir müssen Georg sagen, dass man ihn neu laden muss, ehe die Anlage hier in Betrieb gehen kann«, meint er sachlich und greift wieder nach dem Ding in meinen Händen. Dabei berühren seine Fingerspitzen für einen Moment meinen Handrücken. Es fühlt sich an wie ein Stromschlag, aber ich bin mir sicher, dass es nicht an dem Gerät in meinen Händen liegt, sondern an dem Mann vor mir. Ein Kribbeln breitet sich von dieser Stelle über meinen ganzen Körper aus und die kleinen Härchen auf meiner Haut stellen sich auf. Mein Herz klopft plötzlich kräftiger, als wolle es aus meiner Brust springen und zu Frederik fliegen. Automatisch halte ich den Atem an. Dann erst merke ich, dass auch Frederik in seiner Bewegung innegehalten hat.

Seine Hand schwebt nur Millimeter von meiner entfernt, als hätte auch er einen Schlag bekommen. Sein Blick ist auf mich gerichtet – forschend und abwartend. Oh, mein Gott, hat er es auch gespürt? Die Zeit steht still, während jeder von uns versucht, mit den Gefühlen fertigzuwerden, die diese harmlose, zufällige Berührung ausgelöst hat. Denn genau so sieht Frederik gerade aus. Als würde er mit sich selbst kämpfen, nein, als würde in seinem Inneren ein Krieg toben. Ich habe keine Ahnung, worum es geht, deshalb möchte ich ihn auch nicht stören. In seinen Augen versuche ich zu lesen, wie er sich fühlt. Wieder erscheint dieser Ausdruck wie schon vorhin, den ich nicht zuordnen kann. Ist es Sehnsucht, ist es Schmerz oder bloß Verwirrung? Dann lässt er seine Hand sinken, den Blick jedoch wendet er nicht ab. Ich halte es kaum aus, dass er nun wieder weiter von mir entfernt ist.

»Rick«, flüstere ich seinen früheren Spitznamen und mache wie von selbst einen kleinen Schritt auf ihn zu. Damit erwacht er aus seiner Starre und es kommt Bewegung in ihn.

Doch nicht jene, die ich mir erhofft hatte. Frederik blinzelt, senkt den Blick und weicht vor mir zurück. Mit einem Ruck dreht er sich um, legt den Defi beiseite und flüchtet aus dem Raum.

Enttäuschung und Unverständnis machen sich in mir breit. Ich spüre, dass da etwas ist zwischen uns und dass er es auch fühlt. Weshalb können wir nicht gemeinsam herausfinden, was es ist und wohin es uns führt? Ich lasse den Kopf hängen und sehe aus dem kleinen Fenster. Frederik steht unten am Strand. Dunkle Wolken haben sich über dem Meer aufgebaut und geben der ganzen Situation einen noch dramatischeren Ausdruck. Er hebt ein paar Steine auf und schleudert sie ins Wasser. Die Zuneigung zu ihm kocht in mir auf, als wäre ich ein Schnellkochtopf. Nein, ich gebe noch nicht auf.

Der Schlüssel steckt noch im Schloss. Langsam folge ich ihm nach draußen und schließe alle Türen hinter mir ab. Sobald ich in der frischen Luft bin, nehme ich einen tiefen Atemzug salziger Meeresluft. Dann nähere ich mich ihm. Ich bin sicher, dass er meine Anwesenheit bemerkt hat, doch er dreht sich nicht um. Schweigend greife ich nach einer Muschel, die vor mir im Sand liegt und drehe sie zwischen meinen Fingern.

»Woher weißt du eigentlich, wie ein Defibrillator piept?«, frage ich, um das Eis zu brechen. Überrascht dreht Frederik sich zu mir.

»Sechzehnstündiger Erste-Hilfe-Kurs und zusätzliche Defibrillator-Ausbildung.« Als er meinen fragenden Blick sieht, fügt er hinzu: »Frank und ich wollten ein freiwilliges Soziales Jahr beim Roten Kreuz machen. Aber dann wurde nichts draus.«

Seine Worte werfen mich aus der Bahn.

»Frank wollte *was*?«, stoße ich fassungslos hervor. Das höre ich zum ersten Mal.

»Wir wollten nach dem Abi eigentlich beide ein FSJ einlegen, aber deine Eltern waren nicht begeistert davon. Frank wollte sogar so weit gehen, dass er mit der Ausbildung zum Konditor auf dich wartet und ihr sie dann gemeinsam macht, aber …«

»Aber meine Eltern wollten *ihm* das Geschäft übergeben«, führe ich seinen Gedanken fort. »Deshalb musste er auch als Erster mit der Ausbildung fertig werden.«

»Ich wollte eigentlich sagen, dass sie davon nichts hören wollten, aber so betrachtet würde es auch Sinn ergeben.«

Ich lasse diese Information einen Moment lang sacken.

»Eigentlich waren die beiden dagegen, dass ich Konditorin werde«, sage ich dann leise. »Aber es war immer schon mein Traum und davon ließ ich mich nicht abbringen. Also sollte Frank – ihrem Wunsch nach – eine Lehre zum Bäcker machen. Er hätte dann die Backwaren herstellen können und ich das süße Gebäck. Aber Frank wollte nicht sein Leben lang Brötchen und Brot backen, also wurden wir beide Konditoren. Er hatte ein Händchen für filigrane Verzierungen und war ein Künstler mit dem Spritzbeutel.« Meine Bewunderung ist aus jedem Wort deutlich herauszuhören. Frederiks Blick geht erneut Richtung Meer.

»Du weißt, ich bin deinen Eltern unendlich dankbar, dass sie immer für mich da waren, als wäre ich ihr drittes Kind. Aber in dieser Sache haben sie mächtig Mist gebaut. Ich finde, man sollte seine Kinder in ihrer Berufswahl unterstützen und ihnen nicht reinreden. Klar kann nicht jeder Astronaut werden, aber wäre es so schlimm gewesen, wenn Frank in seinem FSJ vielleicht entdeckt hätte, dass er einen sozialen Beruf ergreifen will? Vielleicht hätte er dann ja Medizin studieren wollen, wer weiß?«

»Das kann niemand wissen und ich am allerwenigsten.« Auch ich schaue auf die Ostsee hinaus und eine Traurigkeit überkommt mich. »Ich dachte immer, Frank und ich standen uns nahe und ich kannte meinen Bruder. Aber in Wahrheit hast du ihn tausendmal besser gekannt als ich.«

Frederik schweigt. Wir wissen beide, dass ich mit dieser Aussage recht habe. Nach einer Weile räuspert er sich.

»Ein Bootssteg würde sich hier gut machen.«

Ich schenke ihm ein dankbares Lächeln, auch wenn ich seinen Trick durchschaue, mich auf andere Gedanken zu bringen. Ich will gerade etwas erwidern, da öffnet der Himmel seine Schleusen und ein Platzregen bricht über uns herein. So schnell wir können, laufen wir zu Frederiks Auto, doch als wir ankommen, sind wir beide klatschnass. Frederiks Shirt klebt an ihm und lässt meine Erinnerung an seinen nackten Oberkörper aufflammen. Aber auch mein weißes Oberteil verhüllt nun meine Kurven nicht mehr so, wie es sollte. Ich streiche mir das nasse Haar aus dem Gesicht und erwische Frederik, wie sein Blick meinen Körper entlangwandert. Der Regen trommelt laut auf das Autodach und verschleiert den Blick nach draußen. Es ist, als würde die Welt untergehen und wir beide sind hier im Auto in einer eigenen kleinen Blase. Ich spüre, wie die Luft zwischen uns knistert.

»Besser, wir machen uns auf den Weg.« Frederik startet und dreht die Heizung auf, damit wir uns nicht erkälten. Dann lenkt er den Wagen langsam auf die Straße. Schweigen liegt schwer zwischen uns. Um es zu füllen, dreht Frederik das Radio lauter, doch durch den Regen empfangen wir nur Rauschen. Also drücke ich auf die Taste für den CD-Player. Roger Ciceros Stimme ertönt und die letzten Akkorde eines Liedes. Das nächste beginnt mit einem schnellen Swing und hebt meine Laune. Dann singt Roger von einer Frau, wie so oft. Ich lausche dem Text und ein Lächeln umspielt meine Lippen. Im Refrain von *Die Liste* heißt es dann, dass die Frau ganz oben steht, auf seiner Liste der noch zu küssenden Frauen. Man müsste sich nur mal trauen.

»Darauf warte ich schon lange«, rutscht es mir heraus. Sofort schließe ich die Augen, denn das war wohl mehr als nur ein Signal.

»Worauf?«, fragt Frederik wie erwartet nach. Ich beschließe, mutig zu sein, denn er ist nicht dumm und wird eins und eins ohnehin zusammenzählen.

»Darauf, dass du dich traust«, antworte ich leise. Sein Blick schnellt so rasch zu mir, dass ich Angst habe, wir könnten im

Straßengraben landen. Er hat sofort verstanden, was ich gemeint habe. Etwas flackert in seinen Augen auf, dann erkenne ich Wehmut.

»Liv«, flüstert er, als wolle er so vieles sagen, bringt jedoch nur die Koseform meines Namens über die Lippen, die Frank oft verwendet hat. Es liegt so viel in diesem einen Wort, doch ich fühle mich, als würde mir die Übersetzung dafür fehlen. Als bräuchte ich einen Code, um die Bedeutung zu knacken. Aber ich tappe im Dunkeln. Er schluckt hart und sieht wieder auf die Straße.

»Livia, das wäre … keine gute Idee.« Seine Stimme ist rau, aber fest.

»Warum?«, wispere ich und starre ebenfalls aus dem Fenster.

»Frank war wie ein Bruder für mich, deine Eltern wie Ersatzeltern und du …« Er bricht ab, doch ich verstehe, was er mir damit sagen will. Und seine Worte treffen mich, wie ein Fußball, den der Torwart mitten in den Magen bekommt. Ich schließe die Augen und würde am liebsten auf der Stelle im Boden versinken. Scham breitet sich siedend heiß in mir aus und erfüllt jeden Winkel meines Körpers. Ich dachte, er flirtet mit mir und da wären Spannung und Knistern zwischen uns. Es war, als würde ich unter Strom stehen, als er mich heute berührt hat und ich hätte schwören können, dass es ihm ebenso ging. Er ist mein Traummann – jetzt noch mehr als früher. Und für ihn bin ich nur die kleine Schwester, die er nie hatte. Der Song geht zu Ende und ich atme auf. Doch als Nächstes beginnt *So geil Berlin und* das ist einfach zu viel für mich. Frank steht ohnehin die ganze Zeit schon gedanklich zwischen Frederik und mir, als wäre sein Geist immer noch hier. Jetzt dem Lobgesang auf diese verdammte Stadt, die mir den Bruder genommen hat, zuzuhören, das schaffe ich einfach nicht. Die ganze Situation hier im Auto ist zu viel für mich.

»Lass mich raus!«, bitte ich Frederik mit erstickter Stimme.

»Was?«, fragt er verwirrt.

»Lass mich raus!«

»Es regnet.«

»Das ist mir egal.«

»Bis nach Hause sind es noch ein paar Kilometer.«

»Das ist mir auch egal. Das sind einfach zu viel brüderliche Ratschläge und Gefühle für heute.« Tränen steigen in meine Augen, doch ich habe mich heute schon genug blamiert. Ich muss ihm nicht auch noch zeigen, wie sehr seine Worte mich verletzt haben.

»Livia, sei vernünftig …«, erwidert er eindringlich. Wütend drehe ich mich zu ihm.

»Wieso? Weil du dir aufs Plakat geschrieben hast, dass du Frank ersetzen musst, nur weil er in dieses scheiß Berlin abgehauen ist und mich im Stich gelassen hat?« Trotzig sehe ich ihn an.

»Livia, er hat nicht nur *dich* alleingelassen.« Frederik bleibt ruhig, was mich nur noch mehr auf die Palme bringt.

»Lass mich raus!«, fordere ich laut und greife nach dem Türgriff. Schließlich gibt er nach und bremst. Kaum steht das Auto, reiße ich die Tür auf und springe hinaus. Der Regen strömt immer noch wie aus Eimern vom Himmel. Innerhalb von Sekunden bin ich erneut nass bis auf die Haut. Ich atme schwer, halte die Tränen nicht mehr auf, man kann sie ohnehin nicht mehr vom Regen unterscheiden.

Frederik lässt das Fenster ein Stück hinunter.

»Livia, bitte, steig wieder ein!«

Doch ich schüttle den Kopf, unfähig, ein Wort zu sagen. Ich kann das jetzt nicht. Im Moment will ich einfach nur weg. Mit beiden Händen streiche ich das nasse Haar aus meinem Gesicht und sehe mich um. Ein Plan muss her, denn Frederik wird nicht wegfahren und mich hier stehen lassen, so viel ist mir klar. Das könnte er mit seinem Bruderkomplex nicht vereinbaren. Und ich halte seine Nähe gerade nicht aus. Mit schnellen Schritten flüchte ich Richtung Kreuzung. Hier auf der Hauptstraße sollte doch bald mal ein Auto vorbeikommen. Frederik fährt langsam neben mir her und versucht mich immer noch umzustimmen. Als ich einen blauen Kleinwagen näher kommen sehe, winke ich aufgeregt. Ich habe Glück, der Fahrer hält an. Ich schätze ihn um die dreißig. Sein blondes Haar ist etwas länger und ebenfalls nass. Offenbar hat der Regen nicht nur uns überrascht. Mit dunkelbraunen Augen mustert er mich neugierig. Irgendwoher kommt er mir bekannt vor.

»Habt ihr eine Panne?«, fragt er dann mit heruntergelassener Scheibe. Ich schüttle den Kopf und bemühe mich um Ruhe.

»Nein, ich muss nach Sterenholm. Liegt das zufällig auf deinem Weg?«

»Da muss ich auch hin. Spring rein«, fordert er mich auf. Schnell schlüpfe ich in den Wagen und ignoriere Frederiks aufgeregte Widerworte. Ich schließe die Augen und atme tief durch.

»Dein Freund ist wohl nicht begeistert, dass du mit mir fährst«, reimt der Fahrer sich zusammen.

»Er ist nicht mein Freund«, stelle ich klar.

»Aha«, sagt er und wartet auf eine weitere Erklärung, die ich ihm aber schuldig bleibe. »Ich bin übrigens Stefan.«

»Und ich bin Livia.«

Stefan beschleunigt und wirft einen Blick in den Rückspiegel.

»Folgt er uns jetzt bis nach Sterenholm?«, erkundigt er sich stirnrunzelnd. Missmutig hebe ich die Hände.

»Da er auch dorthin muss, stehen die Chancen dafür leider gut.«

Stefan sieht mich fragend an.

»Also nicht, dass ich etwas gegen deine charmante Begleitung hätte, aber weshalb bist du dann nicht mit ihm mitgefahren?«

»Wir hatten Streit und ich habe es neben ihm einfach nicht mehr ausgehalten«, gebe ich zu. Stefan nickt kurz und schweigt dann, bis wir die Stadteinfahrt passieren.

»Soll ich dich am *Leckermäulchen* absetzen, oder verrätst du mir deine Wohnadresse?«

Überrascht sehe ich auf.

»Woher weißt du, dass mir das *Leckermäulchen* gehört?«, entfährt es mir. Mein Gegenüber lacht.

»Weil ich mich seit ein paar Tagen täglich durch dein Kuchenangebot futtere. Wenn ich so weitermache, kann ich meine Hosen bald eine Nummer größer kaufen.«

Ich sehe ihn mir noch mal genauer an, dann fällt es mir ein.

»Ja, klar!«, rufe ich. »Du sitzt immer am letzten Tisch beim Hafen. Heute war es der Kirschkuchen.« Nun weiß ich, weshalb er mir so bekannt vorkommt.

»Stimmt. Ich bin schon gespannt, welchen Tageskuchen es morgen gibt.«

»Irgendwelche Wünsche?«, frage ich und schaffe ein Grinsen. Stefan zuckt mit den Schultern.

»Etwas Frisches vielleicht?«

»Wie wäre es mit einer Zitronen-Baiser-Torte?«, schlage ich vor.

»Das klingt toll.« Er nickt begeistert und schenkt mir ein Lächeln.

»Abgemacht.«

»Also? Zum Café oder nach Hause? Oder ist das ohnehin die gleiche Adresse?«, erkundigt er sich freundlich. Ich zögere einen Moment, lotse ihn aber dann zu meiner Wohnung.

»Vielen Dank fürs Mitnehmen«, bedanke ich mich, als er dort hält.

»Kann ich dich allein lassen? Dein Nicht-Freund parkt eine Straße weiter«, sagt er mit besorgter Stimme.

»Er will bestimmt nur sichergehen, dass ich gut nach Hause komme. Alles in Ordnung«, versichere ich ihm.

»Dann bis morgen«, verabschiedet sich Stefan und ich steige mit einem Winken aus. Ohne einen Blick über die Schulter zu werfen, gehe ich ins Haus und schließe die Tür sorgfältig hinter mir. Oben schäle ich mich aus den nassen Sachen und lasse mir ein heißes Bad ein, in das ich großzügig Badezusatz schütte. In der Wanne tippe ich eine Nachricht an Anna: »Operation Frederik gescheitert.« Sofort ruft sie mich an.

»Was soll das denn heißen?«, fragt sie ohne eine Begrüßung.

»Ich bin für ihn wie eine Schwester«, antworte ich ebenfalls ohne Umschweife.

»Seine Worte?«

»Sinngemäß erfasst.« Meiner Stimme merkt man bestimmt an, dass ich mit den Tränen kämpfe, doch ich weiß, dass von Anna bestimmt keine mitleidige Floskel kommt.

»Was für ein Idiot«, stellt sie stattdessen trocken fest und ich bin froh über ihren Pragmatismus.

»Willst du mir damit sagen, dass er ja nicht weiß, was er verpasst und mich gar nicht verdient hat, wenn er die wahnsinnig tolle Frau nicht sieht, die ihm durch die Lappen geht?«, versuche ich die Lage mit Humor aufzulockern.

»Ja, das auch«, meint Anna lachend. »Wie sieht denn deine Abendplanung aus? Eis, Kuscheldecke und die schrägen vier New Yorker Frauen?«

Ich grinse. »Könnte hinkommen.«

»Möchtest du Gesellschaft?«, bietet sie an.

»Das ist lieb, aber ehrlich gesagt, wäre ich gerade lieber allein.«

»Wenn du es dir anders überlegst, sag Bescheid.« Ich liebe sie dafür, dass sie so unkompliziert ist.

»Mach ich«, verspreche ich. Es folgt ein Schweigen, keine von uns legt auf.

»Anna?«

»Hm?«

»Ich habe in den letzten Tagen wirklich gedacht, da wäre mehr zwischen Frederik und mir. Wahrscheinlich wollte ich es selbst so sehr, dass ich mir eingebildet habe, dass auch von seiner Seite her etwas da ist. Und nach seiner Aussage heute … Ich habe mich so abgrundtief blamiert«, flüstere ich und Tränen steigen wieder in meine Augen. Anna seufzt.

»Das ist das Risiko bei der Liebe. Man lässt den Schutzschild fallen und macht sich verletzlich. Manchmal kassiert man dafür eine Enttäuschung, aber manchmal erlebt man dadurch das größte Glück. Und jetzt mach dir keinen großen Kopf, sondern schlaf mal eine Nacht darüber.«

Wir verabschieden uns und ich setze meinen Plan mit dem Frustabend in die Tat um.

# Kapitel 9

In den nächsten Tagen vergrabe ich mich in Arbeit. Nach der versprochenen Zitronen-Baiser-Torte, die Stefan sehr lobt, versuche ich täglich ein neues Rezept. Bei meinen Gästen kommen die neuen Tageskuchen gut an und einige schaffen es ins fixe Sortiment. Auf besondere Begeisterung stößt mein neuer Erdbeerkuchen mit hellem Biskuitboden und Schokocreme.

Zu Frederik bleibe ich auf Distanz. Wenn wir uns beim Bedienen unserer Kunden auf dem Hauptplatz sehen, grüße ich ihn, aber gehe ihm sonst aus dem Weg. Es ist nicht so, dass ich ihm böse bin, er kann ja nichts dafür, dass er nicht genauso empfindet wie ich. Aber es setzt mir sehr zu, dass ich mich nach all den Jahren heimlicher Schwärmerei selbst so bloßgestellt habe.

Einige Tage nach der verhängnisvollen Autofahrt piept mein Handy. Sylvie bittet mich und Frederik zu einem Termin, die neuen Lampen betreffend. Mit klopfendem Herzen betrete ich wenige Stunden später die Agentur *Strandkorb*. Sylvie und Lexi begrüßen mich herzlich.

»Bin ich zu früh?«, frage ich und sehe mich um. Sylvie winkt ab.

»Genau pünktlich. Frederik kommt auch gerade um die Ecke.« Sie deutet nach hinten und tatsächlich betritt er in diesem Moment das Büro. Schwarze Converse All Stars, helle Jeans, ein schwarzes Shirt, ein Lächeln und seine blauen Augen lassen meine Knie weich werden. Rasch setze ich mich an den Besprechungstisch. Frederik begrüßt erst Lexi und Sylvie, dann nimmt er neben mir Platz.

»Hi«, raunt er mir leise zu.

»Hallo«, erwidere ich etwas steif. Fragend sieht er mich an, doch ehe er noch etwas erwidern kann, kommt Sylvie zu uns. Sie legt einen Stapel Kataloge und den Bauplan vor uns auf den Tisch.

»Also, Livia, du hast mir ja von eurem Vorschlag mit dem Seilsystem und den Spots geschrieben und wir finden ihn wirklich gut. Allerdings benötigen die unterschiedlichen Systeme auch verschiedene Vorbereitungsarbeiten der Handwerker. Daher müssen wir uns sofort entscheiden, welches wir bestellen, damit die Elektriker weiterarbeiten können«, erklärt sie das kurzfristige Treffen. Dann schlägt sie die entsprechenden Seiten in den Katalogen auf und schiebt sie uns zu.

»Wir dachten an so etwas«, sagt Frederik und deutet auf ein Produkt mit starken Seilen. Er zieht den Katalog näher heran und beugt sich ein wenig darüber. Ich kann seine Nähe fühlen, als stünde er unter Starkstrom. Die Luft flimmert geradezu. Rasch konzentriere ich mich auf das Leuchtmittel und nicke zustimmend.

»Ja, genau. Und die Aufhängung muss unbedingt verstärkt werden. Die Seile sollen nicht nur die Spots tragen, sondern auch Dekoration. Saisonal wechselnd.«

»Livia hatte die tolle Idee, Fischernetze dazwischenzuspannen, die Muffins gefangen haben«, wiederholt Frederik meinen Vorschlag. Sylvie strahlt uns begeistert an.

»Das klingt großartig!«

Frederik nickt und sucht meinen Blick.

»Ja, damit symbolisiert wird, dass Fisch und Kuchen sich ergänzen und gut zusammenpassen.« Ich bin verloren in seinen Augen und seine Worte lassen mein Herz stottern. Sie hören sich so gut an, man könnte sie noch völlig anders interpretieren. Wenn ich nur nicht wüsste, dass sie eindeutig geschäftlich gemeint sind. Sylvie klatscht in die Hände und reißt mich damit aus meinen Gedanken.

»Perfekt, so machen wir es. Ich bestelle sofort und gebe die Informationen an die Elektriker vor Ort weiter.« Eifrig notiert sie die Details. Ich senke meinen Blick, damit ich aus Frederiks Bann loskomme.

»Brauchst du sonst noch etwas?«, frage ich meine Freundin dann. »Ich muss noch mal ins *Leckermäulchen*.«

»Nein, danke für eure Hilfe«, meint sie und verabschiedet sich von uns. Frederik verlässt das Büro gemeinsam mit mir.

»Hast du noch einen Moment Zeit?«

»Ich muss noch Zutaten einkaufen«, weiche ich ihm aus und marschiere los. Frederik hält mir mit Schritt.

»Du gehst mir seit Tagen aus dem Weg«, beschwert er sich.

»Es gab nichts Geschäftliches zu besprechen.« Ich zucke mit den Schultern und gehe weiter.

»Livia, können wir das Gespräch im Auto nicht einfach vergessen und wieder Freunde sein?« Bittend sieht er mich an.

Überfordert bleibe ich stehen. Er hat mir gefehlt. In den letzten Wochen habe ich mich so sehr daran gewöhnt, ihn zu sehen, dass mir seine Abwesenheit in den letzten Tagen stark aufgefallen ist. Aber kann es funktionieren, wenn man das, was man haben will, ständig vor Augen hat und weiß, dass man es nicht bekommen kann? Oder ist das nur Folter? Meine Gedanken überschlagen sich. Nach einigen Minuten wird mir klar, dass Frederik mich immer noch fragend ansieht.

»Ich muss jetzt los«, bringe ich schließlich hervor und lasse ihn stehen. Er folgt mir nicht und ich bin froh darüber, denn über meine Wangen rinnen Tränen, die nicht für seine Augen bestimmt sind.

Als ich am nächsten Tag frühmorgens in der Backstube über einem neuen Rezept brüte, klopft es an der Hintertür. Überrascht sehe ich auf die Uhr und öffne dann. Doch draußen ist niemand. Gerade als ich die Tür wieder schließen will, fällt mein Blick auf ein Päckchen, das auf der Fußmatte liegt. Ich nehme es mit hinein und reiße das Papier auf. Fassungslos lache ich auf. Vor mir steht ein pinker Jumbo-Thermobecher, auf dem groß Schlumpfine abgebildet ist.

»Rick«, murmle ich. Aus diesem Mann werde ich einfach nicht schlau. Rasch durchforste ich nochmals die

Verpackung und öffne sogar den Becher, doch nach einer Nachricht suche ich vergeblich.

Den ganzen Tag über lächelt mich Schlumpfine an und ich ertappe mich laufend dabei, wie ich Frederiks Geschenk anstarre. Nachdem ich das Café geschlossen habe, fasse ich einen Entschluss. Mit der pinken Überraschung in meiner Handtasche betrete ich die *Fischkneipe*. Diesmal sind schon beide Männer im Einsatz. Wortlos gehe ich auf die Bar zu und stelle den Becher auf den Tresen. Johnny und Frederik sehen auf.

»Cooles Teil«, befindet Johnny sofort, doch mein Blick liegt auf Frederik, der ihn ruhig erwidert. Aus dem Augenwinkel bemerke ich, wie Johnny von einem zum anderen sieht.

»Ich lass euch mal allein«, murmelt er dann zwinkernd und schnappt sich ein leeres Tablett.

»Torti gab es nicht?«, breche ich schließlich das Schweigen zwischen Frederik und mir. Er grinst.

»Du hast doch selbst gesagt, wenn du ein Schlumpf wärst, dann Schlumpfine. Ich habe den Becher zufällig gesehen und musste sofort an dich denken. Aber du hast gestern eher zurückhaltend auf mich reagiert, deshalb habe ich ihn nur abgestellt.«

Ich schaue ihm weiterhin fest in die Augen und erkenne Hoffnung darin.

»Keine Ahnung, was ich darauf sagen soll«, gebe ich zu und meine nicht nur den Becher, sondern auch sein Freundschaftsangebot von gestern.

»Wie wäre es einfach mit danke?«, schlägt Frederik vor. Er will das Thema ruhen lassen, aber man merkt ihm an, dass ihm etwas an mir liegt. Ich horche in mich hinein und stelle fest, dass ich mir nicht vorstellen kann, keinen Kontakt mehr zu ihm zu haben. Also gut, versuchen wir die Freundschaftssache mal. Immerhin ist sie ein Anfang.

»Danke«, antworte ich schlicht und Erleichterung macht sich auf seinem Gesicht breit.

»Möchtest du etwas essen?«, erkundigt sich Frederik. Ich überlege einen Augenblick, dann grinse ich frech.

»Ja, ich würde gerne wissen, ob deine Fischbrötchen wirklich so lecker sind, wie alle behaupten.«

Frederik nickt mit einem Lächeln.

»Ich bin schon auf dein Urteil gespannt«, sagt er dann und verschwindet in der Küche.

Als er mir eine Portion bringt, beiße ich genüsslich hinein. Die anderen haben nicht übertrieben. Das sind die besten Fischbrötchen, die ich je gegessen habe.

»Nicht schlecht, für einen Mechaniker«, verkünde ich mein Urteil und Frederik bricht in schallendes Gelächter aus.

»Du bist vielleicht eine Nummer.« Erneut finden sich unsere Blicke und mir gefällt, wie klar und fröhlich seine Augen mit einem Mal aussehen. Er sollte mehr lachen, das tut ihm gut.

»Hast du morgen am frühen Abend vielleicht Zeit?«, fragt er, nachdem ich aufgegessen habe.

»Warum? Hat Sylvie wieder einen Notfall auf der Baustelle?«, vermute ich sofort und krame rasch nach meinem Handy, um nach einer Nachricht von ihr zu sehen. Doch Frederik winkt ab.

»Nein, ich würde dir gerne etwas zeigen.«

Unsicher kneife ich die Augen zusammen.

»Okay«, antworte ich gedehnt.

»Kannst du gegen halb sechs am Bootssteg sein?« Er muss mir nicht sagen, welchen der vielen Bootsstege in Sterenholm er meint.

»Und die *Fischkneipe*?« Mit hochgezogenen Augenbrauen sehe ich ihn an.

»Johnny übernimmt mit Saskia. Wir haben noch was gut bei ihm.« Frederik zwinkert mir zu. *Wir*. Das klingt schön. Vor allem aus seinem Mund.

»Okay, dann warte ich am Bootssteg«, stimme ich zu. »Was bekommst du?« Ich deute auf meinen leeren Teller, doch Frederik winkt ab.

»Die Kostprobe geht aufs Haus.«

»Danke! Dann bis morgen!« Mit einem Lächeln verlasse ich die *Fischkneipe*. Es ist nicht das Ergebnis, das ich mir erhofft habe, aber es ist kein Ende, also doch etwas Gutes.

# Kapitel 10

Der nächste Tag dauert ewig. Auch wenn ich mein Lokal und meine Arbeit liebe, will die Zeit einfach nicht vergehen. Mit einem erleichterten Seufzen drehe ich um Punkt fünf den Schlüssel im Schloss des *Leckermäulchens* und schlüpfe in meinem Privatbereich in Jeans, Chucks und einen leichten Pullover. Ich habe keine Ahnung, was Frederik mir zeigen will, aber zur Sicherheit greife ich auch nach meiner Softshelljacke. Es war in den letzten Tagen wieder etwas kühler und am Abend kann es am Meer noch empfindlich kalt werden. Mein Handy stopfe ich in meine Umhängetasche und verlasse das Lokal durch die Hintertür. Mit der großen Sonnenbrille auf der Nase mache ich mich auf den Weg zum Bootssteg.

Dort angekommen, setze ich mich mit Blickrichtung Strand an einen der Pfeiler gelehnt auf die rauen Planken. Die Sonne wärmt das Holz, von dem ein unverwechselbarer Geruch nach Meer, Salz und Vergangenheit ausgeht. So hat es hier schon gerochen, als ich gerade mal alt genug war, um mit Frank und Frederik hierherkommen zu dürfen. Ich schließe für einen Moment die Augen und lasse die Erinnerung zu, die mich durchflutet. Dann richte ich meinen Blick wieder auf den Strand, den ich nach Frederik absuche. Langsam sollte er auftauchen.

»Ahoi, so allein hier? Kann ich dich ein Stück mitnehmen?«, ertönt eine vertraute Stimme vom Meer aus und ich fahre herum. Ein weißes Segelboot kommt langsam auf den Steg zu. Darauf steht Frederik, bereit zum Anlegen. Er trägt Segelschuhe, Jeans und einen grauen groben Strickpullover unter seiner offenen Segeljacke.

»Bringt eine Frau an Bord nach alter Seemannsweisheit nicht Unglück?« Ich grinse ihn an, während ich aufstehe und ernte ein Augenzwinkern.

»Das kommt ganz auf die Frau an.«

Rasch schlüpfe ich in die Jacke, schließe sie und ziehe den Riemen meiner Tasche über den Kopf auf die andere Schulter. Mit geübten Griffen schlinge ich die Haare zu einem Dutt hoch und rücke die Sonnenbrille zurecht. Frederik sieht mich prüfend an und nickt dann. Mit einem Lächeln entere ich das kleine Schiff. Es ist weiß und gepflegt, auch wenn es nicht das neueste ist. *Neptun 7* prangt in großen Lettern an der Seite.

»Was ist wohl mit Neptun eins bis sechs passiert?« Schelmisch sehe ich Frederik an.

»Vielleicht sind sie in der Karriereleiter der Boote aufgestiegen zum U-Boot«, mutmaßt er lachend und ich gluckse.

»Wäre das nicht eher ein Abstieg?«

»So gesehen wahrscheinlich ja. Oder vielleicht waren die Namen auch einfach schon vergeben und man wollte aber unbedingt eine *Neptun* haben.«

Ich tippe mir mit dem Zeigefinger ans Kinn.

»Weshalb noch mal heißt es bei Schiffen *die*? Ich wusste das schon mal«, überlege ich, nachdem Frederik mit sicheren Griffen wieder abgelegt hat.

»Weil früher nur Männer zur See fuhren. Männliche Kapitäne, männliche Matrosen, die wochenlang, oft monatelang zusammenhockten und quasi mit dem Schiff verheiratet waren, das sie um jeden Preis in Schuss halten und verteidigen mussten, um zu überleben. Darum gab man den Schiffen weibliche Namen oder zumindest den weiblichen Artikel«, erklärt Frederik, während das Schiff an Fahrt aufnimmt. Ich lasse mir seine Begründung eine Weile durch den Kopf gehen und genieße den frischen Wind auf der Ostsee. Die Sonne scheint, am Himmel sind nur ein paar zarte Wolken zu sehen, die Möwen kreischen und rings um uns kräuselt sich das Wasser mit kleinen, weißen Schaumkronen. Es ist still, außer den Geräuschen der Natur. Frederik wirft mir einen Seitenblick zu.

»Johnny lässt dich übrigens grüßen.«

»Vielen Dank! Unterstützt ihn Saskia heute?«

»Ja, sie bleibt, bis die *Fischkneipe* schließt und Johnny im *Watermelon* allein zurechtkommt. Als One-Man-Show ist es nicht immer einfach.« Ich nicke, schließlich bin ich ja auch eine Einzelkämpferin im *Leckermäulchen*. Ich kenne die Probleme und Sorgen rund um Krankheit, Termine, Urlaub oder erhöhtes Arbeitspensum aufgrund von Extrabestellungen.

»Das stimmt, nicht immer leicht«, wiederhole ich. »Aber es ist immer aufregend. Seine eigenen Entscheidungen treffen, niemanden um Zustimmung fragen müssen, egal, wie verrückt manche Ideen auch sind, die Zufriedenheit am Ende eines Tages, wenn man sieht, was man durch die Arbeit seiner eigenen Hände geschafft hat.« Die Worte sprudeln einfach aus mir heraus. Frederik lacht.

»Ich bin froh, dass noch jemand das so sieht wie ich. Es ist ein Abenteuer. Als ich die Kneipe eröffnet habe, musste ich einige Schulungen absolvieren. Dort hat einer meiner Lehrer mich zur Seite genommen und gesagt: *Junge, überleg dir das sehr gut, ob du dich selbstständig machst. Selbstständig arbeiten heißt selbst und ständig zu arbeiten. Das muss man lieben, sonst wird man es hassen.* Ich habe seine Worte belächelt und wahrscheinlich damals nicht richtig verstanden. Nun weiß ich, was er gemeint hat. Man hat nie wirklich Feierabend, mit dem Kopf ist man oft zu den unmöglichsten Zeiten beim Geschäft. Man entscheidet allein, egal ob es die Farbe des Tischtuchs ist oder die Wahl des Steuerberaters oder eine große Investition. Alles hängt an einem selbst. Vergisst man etwas, gibt es keinen doppelten Boden, keinen Plan B. Man muss den Karren auch wieder selbst aus dem Dreck steuern, in den man ihn gefahren hat. Mein Lehrer hatte so was von recht, aber ich bereue keinen Tag, dass ich den Schritt gegangen bin.«

Mein Blick ruht auf dem Mann vor mir, der mit routinierten Griffen das Boot über die Ostsee lenkt. Rechts von uns ist in einiger Entfernung der Strand zu sehen, links erstreckt sich Wasser, so weit das Auge reicht. Und in meinem Inneren tobt ein Orkan, denn wie wir zu unseren Berufen stehen, zeigt mir, wie ähnlich wir ticken und wie gut wir harmonieren würden. Wenn man mit so viel Herzblut seiner Arbeit nachgeht wie Frederik und ich, braucht man einen Partner, der das versteht, der es nachvollziehen kann, damit die Beziehung nicht daran zerbricht. Ich hätte nie gedacht, dass ich mich noch mehr in ihn verlieben könnte, aber jedes Mal, wenn wir Zeit miteinander verbringen und ich ein kleines bisschen mehr von dem Mann zu sehen bekomme, der aus ihm geworden ist, belehrt er mich eines Besseren. Keine Ahnung, wie viel Platz er in meinem Herzen noch einnehmen kann, es gehört ihm doch schon mit jeder Faser. Nein, es quillt bereits über vor lauter Zuneigung und tiefen Gefühlen. Ich schweige eine Weile, damit ebendiese Emotionen sich nicht erneut einen Weg nach draußen bahnen und die Lage zwischen uns unangenehm machen können.

»Rick?«

Ein leichtes Lächeln umspielt seinen Mund beim Klang seines alten Spitznamens.

»Hm?«, brummt er nur und in seinen Augen liegt eine Wärme, die mich den frischen Wind vergessen lässt.

»Warum bist du eigentlich Mechaniker geworden, wenn dein Traum die Kneipe war?« Mit dieser Frage entlocke ich ihm ein Lachen.

»Das wusste ich mit siebzehn doch noch nicht. Wer weiß da schon mit Sicherheit, was er mit seinem Leben anfangen will?« Dann wird er ernst. »Als ich meine Mutter um Rat gefragt habe, meinte sie nur, Hauptsache, ich verdiene mein eigenes Geld, denn sie wird mich mit achtzehn sicher nicht mehr durchfüttern.« Seine Stimme klingt emotionslos, doch der verbitterte Zug um seinen Mund lässt mich erkennen, dass ihn die Haltung seiner Mutter auch nach all den Jahren immer noch erschüttert.

»Wow.« So viel Gefühlskälte eines Elternteils macht mich fassungslos.

»Und ehrlich gesagt wollte ich nach der Sache mit dem FSJ nicht mit euren Eltern darüber sprechen, woher man weiß, was man beruflich sein Leben lang machen will«, gibt er dann zu. Diesen Umstand finde ich besonders schade, denn meine Familie war Frederiks Auffangnetz. Dass das auch nicht lückenlos funktioniert hat, muss schlimm für ihn gewesen sein.

»Und so wurde ich eben Mechaniker«, meint er dann schulterzuckend. »Schließlich habe ich immer schon gern Sachen repariert.«

Ja, das hat er. Vermutlich, weil er seine Familie nicht wieder reparieren konnte.

»Hast du noch Kontakt zu deiner Mutter?«

Er schüttelt den Kopf.

»Sie hat sich aus dem Staub gemacht, als ich volljährig wurde. Angeblich wohnt sie in Lübeck, aber ich habe weder eine Adresse noch eine Telefonnummer.« Unglaubliche Wut auf diese Frau staut sich in mir auf. Wie kann sie ihren Sohn nur so im Stich lassen? Als würden Kinder ihre Eltern nur brauchen, bis sie achtzehn werden. Ach was, sie hat sich ja auch davor nicht um Frederick gekümmert.

»Und meine Eltern?«, erkundige ich mich vorsichtig und hoffe, dass zumindest das Konstrukt seiner Ersatzfamilie noch ein wenig hält. Frederik lächelt.

»Kommen jeden Mittwoch zu mir in die *Fischkneipe*.«

»Das haben sie mir nie erzählt!« Ich bin freudig überrascht.

»Das dachte ich mir schon«, meint er. »Es ist seit Franks Verschwinden eben nicht einfach zwischen uns allen. Wir beide haben uns voneinander entfernt, während deine Eltern meine Nähe eher gesucht haben.«

Ich nicke und wir schweigen. Der Wind frischt auf und Frederik hantiert am Segel. Das Boot schaukelt und meine Füße verlieren ihren Halt, sodass ich beinahe über Bord gehe. Frederik sieht mich erschrocken an, doch nachdem die Gefahr gebannt ist, lacht er.

»Ich hätte dir besser vernünftige Schuhe schenken sollen als den Becher«, meint er dann mit einem Augenzwinkern, um die Situation wieder aufzulockern.

»Du hättest mir auch einfach sagen können, dass ich mich zum Segeln anziehen soll«, wehre ich mich lachend.

»Dann wäre es doch nur halb so witzig gewesen! Du hättest mal dein Gesicht sehen sollen, als ich mit dem Boot aufgetaucht bin.«

»Ich habe mich gefragt, wo du es geklaut hast«, kontere ich trocken. Er grinst mich wortlos an und ich reiße meine Augen auf.

»Du hast es wirklich geklaut?«

»Geborgt«, wiegelt er ab.

»Das habe ich vor einigen Jahren schon mal von Frank und dir gehört. Weiß der Besitzer diesmal davon?«

Frederik lacht. »Ja, keine Sorge«, beruhigt er mich. »Es gehört einem meiner Fischlieferanten. Ich borge es mir mit seiner Erlaubnis, wenn ich das Bedürfnis habe, rauszufahren.« Er lässt den Blick über das Meer und den Horizont schweifen und ich fühle eine Sehnsucht in ihm.

»Kommt das öfter vor?«

Er zuckt mit den Schultern.

»Seit ich nachts nicht mehr arbeite, zwei oder drei Mal im Monat.«

»Wie hast du das überhaupt jahrelang ausgehalten? Von den Morgenstunden bis weit nach Mitternacht auf den Beinen und das täglich.« Nachdem ich ihm einen Abend geholfen habe, spürte ich die Nachwirkungen des Schlafmangels und der langen Arbeit noch über Tage.

Er sieht mich lange an. So lange, dass ich nicht mehr mit einer Antwort rechne. Aber dann spricht er doch.

»Es hat den Schmerz betäubt.« Er senkt seinen Blick und ich weiß sofort, was er meint.

»Weil Frank tot ist?«, rutscht es mir heraus und Frederiks Kopf schnellt hoch.

»Verschwunden, nicht tot, Livia!«, stellt er seine Sichtweise mit scharfer Stimme klar. Ich nicke, weil ich akzeptiere, dass er den Verlust meines Bruders nicht anerkennen will.

»Ist der Schmerz für dich denn inzwischen leichter zu ertragen geworden? Ich meine, weil du dich jetzt ja nur noch auf das Tagesgeschäft konzentrierst«, kombiniere ich, doch er schüttelt den Kopf.

»Nein, ich habe mich entschieden, die Nachtgastro abzugeben, als ich mich um den Zuschlag für den Fahrradverleih beworben habe.«

»Und wieso hast du den nicht bekommen?«, erkundige ich mich interessiert.

»Ich hätte ihn bekommen, aber letztlich habe ich abgesagt«, erklärt er mir. Überrascht sehe ich ihn an.

»Weil mehr zu tun ist, wenn das *Fish and Sweets* dann geöffnet hat?«

»Weil ich erfahren habe, dass ich mit dir zusammenarbeiten werde.« Er hält den Blick fest auf die Taue in seinen Händen gerichtet. »Da wurde mir klar, dass ich nun auch mit viel Arbeit nichts mehr verdrängen kann.«

Ich sehe auf die Ostsee hinaus. Meine Gedanken überschlagen sich und ich bin mir nicht sicher, was ich von seiner Aussage halten soll. Dann platzen meine Gedanken aus mir heraus.

»Willst du deshalb mit mir befreundet sein? Wegen Frank? Weil er mein Bruder war und du dich mit mir zusammen ihm näher fühlst?«

Überrascht dreht er sich zu mir.

»Nein, Livia! Nicht wegen ihm, sondern wegen dir«, antwortet er mit fester Stimme. Nun ist es an mir, überrascht zu sein. Sein Blick sucht meinen und hält ihn einen Augenblick fest, ehe er auf seine Hände schaut. »Ich möchte Zeit mit dir verbringen, weil ich mich wohlfühle, wenn ich mit dir zusammen bin.«

Mein Herz schlägt auf einmal lauter.

»So geht es mir auch«, wispere ich. Ich sehe, wie sein Brustkorb sich bei jedem Atemzug hebt und senkt. Wie eine Statue steht er da, die Seile des Bootes in den Händen und den Blick wieder auf mich gerichtet. In seinen Augen tobt ein

Sturm und für einen Moment fürchte ich, dass ich erneut zu viel gesagt habe, doch dann verwerfe ich diesen Gedanken wieder. Es war nicht zu viel, das spüre ich, es war genau das Richtige. Ein Schutzwall in seinem Inneren ist gefallen. Ich fühle, sehe, dass ich mich in den letzten Wochen nicht getäuscht habe und er nicht nur die Ersatzschwester in mir sieht. Er ist ein Mann und ich eine Frau und das ist sehr wohl bei ihm schon angekommen, das verraten mir seine Augen in diesem schwachen Moment.

Doch der Wind und die Ostsee beenden unseren Blickkontakt, denn das Segel bläht sich, es ruckt und von einer Sekunde auf die andere hat Frederik alle Hände voll zu tun, das Boot ruhig zu halten und wieder auf Kurs zu bringen.

Die restliche Fahrt verbringen wir mit unverfänglichen Gesprächsthemen. Wir lachen über zwei Möwen, die sich um einen Fisch streiten und bewundern das neue Heim von Lexi und Niko vom Wasser aus. Die beiden sind vor etwas mehr als einem halben Jahr in ein altes Haus direkt am Meer gezogen, das sie von Grund auf renoviert haben. Vom Boot aus sieht man erst, welch kleines Juwel die beiden erschaffen haben.

Schließlich lenkt Frederik die *Neptun 7* zu ihrem Liegeplatz im Hafen und vertäut sie ordnungsgemäß. Dann springt er vom Boot.

»Ich bring dich nach Hause.«

Ich winke ab.

»So ein Unsinn, du bist doch hier am Hafen schon vor deiner Haustür.«

Er zuckt mit den Schultern.

»Aber du nicht. Und es ist nicht mehr lange hell.« Ohne eine Antwort abzuwarten, setzt er sich in Bewegung Richtung meine Wohnung.

Ich gehe neben ihm her und muss den Impuls unterdrücken, seine Hand zu nehmen. Der Nachmittag war so perfekt, dass jede Zelle meines Körpers mich zu ihm zieht, als wäre er ein starker Magnet und ich aus Eisen. Das halte ich nicht bis zu meiner Wohnung durch. Ich werde wieder etwas tun, das die freundschaftliche Grenze überschreitet und damit alles kaputt machen. Oder soll ich alles auf eine Karte setzen? Aber habe ich das nicht erst vor wenigen Tagen im Auto getan und eine Abfuhr erhalten? Angst steigt in mir auf, als ich merke, dass ich im Begriff bin, die Kontrolle zu verlieren, wenn Frederik mir noch länger so nahe ist. Unter Aufbringung meiner ganzen Vernunft rücke ich ein Stück von ihm ab und bleibe am Hauptplatz schließlich stehen.

»Hier muss ich rechts und du links«, sage ich entschlossen und sehe ihn fest an.

»Ja, aber …« Frederik protestiert, doch ich hebe die Hand, um ihn zu stoppen.

»Danke für die schöne Bootsfahrt.« Ich nicke ihm zu und winke kurz, ehe ich mich umdrehe und so viel Abstand wie möglich zwischen ihn und mich bringe. Diese ganze Sache mit der Freundschaft ist schwerer, als ich dachte. Als hätte man die ganze Zeit eine flaumige Schokotorte mit zart schmelzender Creme vor sich stehen und darf aber nur einen Keks essen. Natürlich ist auch der Keks nicht schlecht, aber ich stehe nun mal auf Schokotorte. Und auf Frederik. Als ich aus seiner Sichtweite verschwunden bin, gebe ich einen frustrierten Laut von mir. Dann mache ich mich auf den Weg nach Hause, wo ich mich in die Badewanne lege und der Duft meines Vanilleschaumbades mein Gedanken-Pingpong etwas beruhigt.

# Kapitel 11

Am nächsten Tag erhalte ich schon am Morgen einen Anruf von Sylvie. Die Brautjungfernkleider für Mariellas Hochzeit sind eingetroffen und sie fragt, ob ich am Nachmittag Zeit freischaufeln könnte für eine Anprobe. Da nichts in meinem Kalender steht, sage ich zu.

Am Vormittag betritt Stefan das *Leckermäulchen*.

»Guten Morgen, du bist aber heute früh dran«, begrüße ich ihn herzlich. Seine täglichen Besuche sind schon ein Fixpunkt in meinem Tagesablauf geworden und ich freue mich auf ihn. »Den Tageskuchen, wie immer?«

Er nickt. »Ja, den esse ich gleich. Und dann stell mir bitte eine Auswahl deiner Backwaren zusammen und pack sie mir für die Reise ein.« Mit wehmütigem Blick sieht er mich an.

»Schade, dass du schon abreist«, erwidere ich und meine es absolut ehrlich. »Dann sehe ich gleich mal, was ich noch Leckeres für dich dahabe.«

Auch wenn wir immer nur kurz Gelegenheit hatten, um miteinander zu sprechen, so fühlt es sich doch ein wenig an, als würde ich einen Freund verabschieden, als Stefan schließlich an den Tresen kommt, um zu zahlen.

»Du bist eingeladen«, wehre ich ab.

Fragend zieht er die Augenbrauen hoch.

»Es freut mich, dass du dich so wohlgefühlt hast in meinem Café.«

»Deine Backkunst ist herausragend«, versichert er mir. »Und deine herzliche Gastfreundschaft auch.«

»Vielen Dank!« Ich spüre, dass ich ein wenig erröte. Einen Augenblick lang habe ich das Gefühl, dass Stefan noch etwas erwidern will, aber dann hebt er die Hand zum Abschied.

»Vielleicht bis bald!«

Ich winke ihm nach.

Um vier Uhr holt Anna mich zur Anprobe ab.

»Wie läuft es denn so?«, erkundigt sie sich, als wir im Auto sitzen.

»Ja, es läuft … also …« Ich stottere so herum, dass sie zu lachen beginnt.

»Na komm, spuck es schon aus.«

Mit einem Seufzen erzähle ich ihr von den letzten Tagen und meiner Verwirrung, was Frederik betrifft.

»Irgendwie ist er so … keine Ahnung … Er spricht von Freundschaft, aber dann sind da immer wieder Situationen, in denen ich das Gefühl nicht loswerde, dass da doch noch was anderes mitschwingt. Der Ausflug, wie er mich angesehen hat, seine Aussage, dass er sich wohlfühlt, wenn er mit mir zusammen ist, dass er mich unbedingt nach Hause bringen will und wie er mich immer wieder ansieht. Irgendwie passt das alles nicht zum Bild, das er von einer Freundschaft zeichnet.« Mein Kopf droht zu platzen und ich verberge das Gesicht in meinen Händen. Anna schweigt eine Weile.

»Hör auf, die Lage analysieren zu wollen. Nimm sie doch einfach so an, wie sie ist«, rät sie mir.

»Aber ich weiß nie, wie ich reagieren soll«, stoße ich hervor. »Es ist, als würde er sagen, ich soll gehen, aber es hört sich an, wie *Bitte bleib*.«

Ich merke, dass sie nachdenkt, aber ehe sie noch etwas erwidern kann, sind wir am Brautmodenladen angekommen.

Die anderen sind schon da und das Geschäft gleicht einem Hühnerstall. Mariella sitzt auf dem Sofa und hält ein Glas Orangensaft in Händen. Insgeheim frage ich mich, ob sie allein wieder hochkommt, denn ihr Bauch ist seit unserem letzten Treffen sichtlich gewachsen und die Couch ist sehr niedrig und weich. Ihr Blick ist auf die Kabinen gerichtet, hinter deren Türen gelacht und gemurmelt wird. Dann öffnen sich zwei der Türen fast zeitgleich.

»Da ist ein Fehler passiert, ich kann unmöglich Gelb anziehen. Darin sehe ich aus, als wäre ich ein Küken«, entrüstet sich Lexi und hält den Kleidersack wie einen Fremdkörper von sich.

»Du kannst dich abregen«, erwidert Lilly neben ihr. »Das Kükenkostüm ist für mich und wird mir ausgezeichnet stehen. Im Gegensatz zu diesem Blutrot, in dem ich sicher wie ein Mordopfer wirken würde.«

Rasch tauschen die beiden die Kleidersäcke und Anna und ich wechseln einen Blick.

»Mädels, ich will ja nicht spoilern und die Pointe des Witzes vorab verraten, aber ihr beide seid Zwillinge«, meint Anna dann trocken. Mariella und ich können uns das Lachen nicht verbeißen.

»Das versteht ihr nicht«, wischt Lexi unser Argument vom Tisch. »Ich liebe Gelb, aber ich hasse gelbe Kleider.«

Damit rauschen die beiden in ihre Kabinen zurück, um sich umzuziehen.

»Damit hätten wir nun noch eines in Pink und eines in Grün für Sie beide.« Die Verkäuferin lächelt und reicht uns die Kleidersäcke. Anna öffnet ihren einen Spalt und späht hinein.

»Nur um sicherzugehen. Denn ich werde definitiv nichts Pinkes anziehen.«

»Herrgott, jetzt benehmt euch nicht wie Diven«, ertönt nun Sylvies Stimme aus der dritten belegten Kabine. »Und wenn Mariella sich giftgrüne Kleider mit pinker Schleppe, gelbem Saum und roten Puffärmeln ausgesucht hätte, dann hätten wir sie trotzdem für sie getragen.«

»Ich trage *keine* Puffärmel«, kommt nun aus Lillys Kabine. »Das war schon bei meiner eigenen Hochzeit die Bedingung.«

»Und ich darf dich daran erinnern, dass du vor unserer ersten Anprobe gehofft hast, dass sich Mariella nicht für pinke Kleider entscheidet, weil die Farbe sich mit deinem Haar beißen würde«, legt Lexi nun noch eines drauf und Mariella fällt vor lauter Lachen fast von der Couch.

»Papperlapapp!« Sylvie kommt aus der Kabine. »Solange ich nicht noch mal Weiß tragen muss, ist für mich alles in Ordnung.«

Ihr blaues Kleid steht ihr hervorragend und harmoniert gut mit ihrem rotblonden Haar. Auch Lilly und Lexi kommen nun angekleidet zu uns und Anna und ich beeilen uns, ebenfalls in die Kleider zu schlüpfen. Mariella klatscht begeistert in die Hände, als sie uns fünf bunt, aber doch gleich, vor sich sieht.

»Genau so habe ich es mir vorgestellt«, haucht sie dann und Tränen treten in ihre Augen. Rasch reicht die Angestellte ihr ein Taschentuch. Alle Kleider passen wie angegossen und sind bereit für ihren großen Auftritt. Als wir wieder umgezogen sind, gesellen wir uns zu Mariella.

»Ist dein Kleid denn nun schon geändert?«, erkundige ich mich, doch meine Freundin schüttelt den Kopf.

»Lillys Kellnerin hat zwar zugesagt, aber sie meint, dass sich mein Umfang ja bis zur Hochzeit noch verändert, also werden wir das Kleid erst knapp davor ändern. Ich persönlich hoffe ja, dass sie sich irrt. Keine Ahnung, was bei mir schiefläuft, denn eigentlich habe ich ja noch drei Monate vor mir. Aber ich sehe jetzt schon aus, als würde ich gleich platzen.«

Lilly und Lexi werfen sich einen Blick zu, doch Mariella hebt die Hand und stoppt die Gedanken der beiden.

»Nein, es werden keine Zwillinge!«

Alle lachen.

»Süße, du musst mir noch sagen, was wir für deinen Junggesellinnenabschied planen sollen«, erinnert Sylvie die Braut in spe.

»Also, was das betrifft …« Mariella streichelt gedankenverloren ihren Bauch. Sylvies Augen leuchten auf.

»Oh, ich weiß! Wir feiern stattdessen eine Babyparty. Mit Gipsabdruck vom Bauch und Bodys, die die Gäste verzieren und Karaoke, bei dem man das Wort Baby nicht singen darf.« Man sieht förmlich, wie ihre Gedanken Purzelbäume schlagen und sie notiert bereits eifrig ihre Ideen. Da berührt Lexi sie sanft am Arm und schüttelt den Kopf.

»Ich glaube, die Party von Mariella muss so außergewöhnlich werden, wie die Beziehung von ihr und Daniel ist«, meint sie dann und Mariella hebt fragend den Blick. »Auf jeden Fall dürfen auch die Männer kommen, wir machen das einfach als Mischung aus Polterabend und Babyparty. Und es werden Songs laufen, die *Baby* im Text haben, aber eigentlich überhaupt nichts mit Kindern zu tun haben. Wir feiern im *Watermelon*, weil Mariellas Bauch bald so aussehen wird. Und Johnny mixt alle seine Cocktails ohne Alkohol, aber das sagen wir den Gästen einfach nicht. Und wenn wir Spiele organisieren, dann solche für Erwachsene, denn Kinderspiele dürfen die beiden werdenden Eltern dann ohnehin die nächsten zwölf Jahre spielen.«

Mariella entspannt sich mit jedem Vorschlag mehr und Sylvies Stift flitzt übers Papier und hält fest, was Lexi spontan plant.

»Und ich könnte Cupcakes backen«, schlage ich vor.

»Das klingt nach einer tollen Party.« Mariella strahlt uns an.

»Du müsstest mir nur noch verraten, ob ich das Topping in Pink oder Blau einfärben soll.« Ich zwinkere unserer Freundin zu und sie lacht. Seit Monaten versuchen wir aus ihr und Daniel rauszukriegen, ob es ein Mädchen oder ein Junge wird, doch die beiden schweigen eisern.

»Du könntest Grün oder Gelb nehmen«, schlägt sie vor.

»Grün sieht giftig aus und Gelb wie schon mal gegessen. Nun sag schon!«

»Dann mach sie lila oder noch besser eine Hälfte blau und die andere pink«, entscheidet Mariella.

»Einverstanden, aber dann verratet ihr auf der Party das Geschlecht«, verhandle ich.

»Ich werde mit Daniel darüber sprechen«, meint sie dann lächelnd.

»Oh, ich weiß, du könntest einen Ballon mit pinken oder blauen Konfettis füllen und den lasst ihr dann platzen«, schlägt Sylvie vor. »Oder mit dieser Farbe von dem Holy-Festival.« Lexi beginnt zu lachen.

»Ich freue mich jetzt schon auf das Gesicht von Johnny und Frederik, wenn du ihnen von der Idee mit der Farbe erzählst.«

»Wie läuft es eigentlich mit Frederik und dir?«, erkundigt sich Mariella, um vom Geschlecht ihres Babys abzulenken. Es klappt und vier weitere Augenpaare richten sich sofort auf mich.

»Ja … also …« Dann hole ich tief Luft und erzähle ihnen die Vorkommnisse der letzten Woche in der Kurzfassung. Lilly bläst die Backen auf.

»Puh … Keine Ahnung, was ich davon halten soll.«

»Vielleicht gibt es einfach ein Mosaiksteinchen, das wir nicht kennen.« Sylvie hebt fragend die Hände.

»Oder er ist einfach nur ein Mann, der nicht weiß, was er will«, bringt Anna es wieder einmal trocken auf den Punkt.

»Aber das klingt so gar nicht nach Frederik«, wirft Lexi ein.

Mariella schüttelt ebenfalls den Kopf. »Gib ihm einfach Zeit. Wenn er sich mit der Freundschaft wohlfühlt, ist das doch ein gutes Zeichen.«

»Ja, schon. Aber wenn ich ihm so nahe bin und er dann solche … Dinge sagt … Das halte ich einfach nicht aus.« Ich flüstere meine Worte fast.

»Dann hörst du einfach auf dein Bauchgefühl«, rät Lilly.

»Und jetzt sollten wir gehen, bevor wir wieder rausgeworfen werden«, raunt Sylvie uns zu und wir verlassen den Laden. »Die Kleider werden noch aufgebügelt, ehe sie in die Agentur gebracht werden. Und am Tag der Hochzeit kommt ihr dann alle dorthin und werdet frisiert und geschminkt. Den genauen Zeitpunkt sage ich euch noch, ebenso wie den Termin für die Party.«

Wir verabschieden uns und ich steige zu Anna ins Auto. Es geht mir besser als auf der Hinfahrt. Auch wenn sich meine Freundinnen in ihren Ratschlägen und Kommentaren alles andere als einig sind, bin ich doch sehr froh, dass ich mit ihnen geredet habe. Ich bin in meinem ganzen Gefühlschaos nicht allein. Die meisten von ihnen hatten auch schon ihre liebe Not mit der Liebe. Bis auf Anna, die ich noch nie mit einem Mann zusammen gesehen habe.

Gedankenverloren drehe ich das Radio auf und die Jonas Brothers geben *What A Man Gotta Do* zum Besten.

»Na, was wäre das denn bei dir?«, frage ich Anna unvermittelt.

»Was?« Sie wirft mir einen verwirrten Seitenblick zu.

»Was müsste ein Mann bei dir tun, damit du ihm dein Herz schenkst?« Ich bin sehr direkt, das ist mir klar, aber ich weiß, dass Anna das verträgt.

»Tut mir leid, aber bei mir gibt es nichts mehr zu verschenken. Und mein Herz am allerwenigsten«, meint sie trocken und setzt den Blinker. Ich nehme an, dass das Thema sich damit für sie erledigt hat, doch nach einigen Minuten fügt sie noch hinzu: »Aber ich bewundere euch alle dafür, dass ihr noch an die Liebe glauben könnt.« Ihre Stimme ist leise, fast sehnsuchtsvoll. Ich würde zu gerne wissen, was vorgefallen ist, dass sie es offenbar nicht mehr tut. Aber schon allein mit dieser Aussage gewährt sie mir tieferen Einblick in ihr Gefühlsleben als je zuvor und ich möchte ihr Entgegenkommen nicht strapazieren. Also wechsle ich das Thema und bis wir bei meiner Wohnung ankommen, tauschen wir uns über die Hochzeit von Mariella aus.

# Kapitel 12

Am nächsten Tag hole ich mir zu Mittag ein Fischbrötchen zum Mitnehmen aus der *Fischkneipe.*

»Ah, du kommst wie gerufen«, sagt Frederik, als er mich sieht. »Ich wollte den ganzen Vormittag schon zu dir, aber es gab heute Probleme beim Fischfang. Ein Boot hatte einen Motorschaden und deshalb kam die Lieferung zu spät. Und wenn man morgens schon Zeit verloren hat, holt man sie irgendwie den ganzen Vormittag über nicht mehr auf.« Er sieht gestresst aus.

»Was brauchst du denn von mir?« Ich lege das Geld für mein Mittagessen auf den Tresen und sehe ihn erwartungsvoll an.

»Eine Torte!« Er sucht hinter der Bar nach etwas.

»Die dreifache Nusstorte?«, vermute ich, doch er schüttelt den Kopf.

»Nein, nicht für mich. Wo ist denn mein Reservierungsbuch ...?« Dann sieht er auf und atmet tief ein und wieder aus. »Sobald ich es gefunden habe, komme ich zu dir rüber. Eine Frauenrunde hat eine Geburtstagsfeier bei mir gebucht und normalerweise wird die Torte mitgebracht. Aber die Ladys machen wohl nur Urlaub hier und wollen von mir das Rundumsorglospaket.«

»Ah, verstehe!« Ich lächle ihn an. »Wir werden sicher eine leckere Torte für die Damen finden. Ich bin bis fünf im Laden, komm einfach vorbei.«

Er reckt den Daumen nach oben und verschwindet in der Küche. Dafür schleicht Johnny sich an mich heran.

»Also seit ein paar Wochen ist er irgendwie von der Rolle«, raunt er mir zu und deutet auf die Küchentür, hinter der Frederik gerade verschwunden ist. »Verlegt Dinge, vergisst Termine, lässt Gläser fallen. So kenne ich ihn gar nicht und Andi sagt auch, dass er in der Küche mit den Gedanken ständig woanders ist.«

»Seit ein paar Wochen ...«, murmle ich. In meinem Kopf steigen die Gedanken in die Achterbahn ein und eine wilde Fahrt beginnt. Ich sehe auf und Johnny nickt.

»Genau genommen seit meiner Lebensmittelvergiftung, als du hier eingesprungen bist«, bestätigt er meine wildeste Theorie. In meinem Bauch fliegen die Flugzeuge Loopings. Johnnys Blick sucht meinen und sieht mich prüfend an.

»Jetzt ist mir alles klar!« Ein Lächeln stiehlt sich auf seine Lippen, doch ich hebe sofort abwehrend die Hände.

»Da ist gar nichts klar!«

Doch mein Lieblingsbarkeeper grinst nur breit.

»Euch nicht, das ist offensichtlich. Aber ich habe endlich verstanden, in welchem Theaterstück ich gelandet bin. Erst dachte ich ja, es wäre ein Drama, aber nun bin ich guter Dinge, dass es eine Liebesgeschichte wird. Bin ja mal gespannt, wie viele Akte ihr braucht, bis zum Happy End.«

Energisch schüttle ich den Kopf.

»Johnny ...«

»Lass mal«, unterbricht er mich. »Du kannst mir jetzt sagen, was du willst. Deine Augen erzählen etwas ganz anderes, wenn sie Frederik ansehen.«

Ich spüre, dass ich rot werde und schaue auf meine Hände.

»Aber bei ihm ist das leider nicht so«, flüstere ich dann.

Johnny zwinkert mir zu.

»Ich sage nur Vorhang auf. Aber keine Sorge, ich behalte meine Beobachtung für mich.«

Beruhigt sehe ich auf.

»Danke!« Damit winke ich ihm zu, schnappe mir mein Fischbrötchen und gehe wieder an die Arbeit.

Es ist bereits kurz vor fünf, als Frederik das *Leckermäulchen* betritt und sich suchend umsieht. Ich greife nach einer großen Tasse und schenke ihm Kaffee ein.

»Möchtest du auch ein Stück Kuchen?«, frage ich ihn als Begrüßung, nachdem ich den dampfenden Kaffee vor ihn auf den Tresen gestellt habe. Er grinst mich dankbar an.

»Die Sahnetorte sieht lecker aus.«

Selbstsicher schmunzle ich.

»Ist sie auch!« Ich hole ein Stück davon für ihn und deute auf einen der Tische. Er nimmt Platz und ich geselle mich zu ihm.

»Hast du die Reservierung gefunden?«

Er nickt und reicht mir wortlos eine ausgedruckte Mail, da er sich gerade ein Stück Torte in den Mund schiebt.

»Also am achtzehnten um neunzehn Uhr …«, lese ich leise und hole meinen Kalender. »Das ist ja schon übermorgen.«

Frederik nickt.

»Ich weiß, das habe ich irgendwie total verpennt.«

Skeptisch sehe ich ihn an. Das sieht ihm nicht ähnlich, denn sonst ist er immer organisiert und die Ruhe in Person. Einen gestressten Frederik, der etwas vergessen hat, gab es nicht einmal zur Schulzeit. Ich werfe einen Blick auf den Ausdruck, um mir zu notieren, wie viele Frauen kommen und ob es Sonderwünsche gibt.

»Ähm … hast du die Mail gelesen?«, frage ich ihn dann mit großen Augen.

»Überflogen«, gibt er zu. »Warum? Wollen sie Ballons, einen Zauberer und jemanden, der aus der Torte springt?«

Kommentarlos schiebe ich den Zettel wieder zu ihm und deute mit dem Finger auf zwei Namen.

»Mary Vegan und Susy Vegan. Ja und? Was ist mit denen? Kennst du die Schwestern?«, fragt er ahnungslos.

»Rick, hallo, guten Morgen!«, rufe ich. »Lies bitte das Wort hinter dem Namen.«

»Vegan.« Frederik sieht mich fragend an. Dann sehe ich, dass der Groschen bei ihm fällt. »Oh, mein Gott, das ist nicht der Nachname. Das bedeutet, dass die beiden sich vegan ernähren«, ruft er dann entsetzt. Ich nicke.

»Das hätte ich auch so verstanden.«

»Aber wer bitte bucht eine *vegane* Geburtstagsparty in einer Fischkneipe?«, entrüstet er sich. »Es versteht sich doch von selbst, dass ich Fischgerichte auf der Karte habe.«

»Na ja, vielleicht mögen die anderen ja Fisch und wollten deshalb zu dir. Und du bietest auch Pommes, Bratkartoffeln, Reis und Kartoffelpuffer an«, werfe ich ein.

»Und warum habe ich das Gefühl, dass die Ladys etwas anderes als das erwarten?« Sein Gesicht spiegelt immer noch das blanke Entsetzen wider.

»Es wäre vermutlich schlauer von ihnen gewesen, wenn sie mal angefragt hätten, ob du etwas Veganes für sie kochen kannst. Aber nun hast du zugesagt und kommst da nur schwer wieder raus«, vermute ich.

Frederik schließt für einen Moment die Augen und atmet tief ein und aus. Als er mich wieder ansieht, erkenne ich, dass er auf Geschäftsmodus umgeschaltet hat.

»Die Feier ist am Abend, also sollte Niko freihaben. Er hat doch eine Ausbildung für Diätküche und ich glaube, er hat mal erzählt, dass auch zuckerfreie, vegetarische und vegane Ernährung dabei Thema waren. Vielleicht kann er etwas Entsprechendes zaubern.« Rasch sucht er nach seinem Handy. »Aber für dich fällt der Auftrag dann leider flach, sorry.«

Verwundert blinzle ich.

»Warum?«

»Na ja, du bist Konditorin!«

»Danke für die Info, das wusste ich schon«, erwidere ich trocken. »Und deshalb kann ich nur mit tierischen Produkten backen, oder wie?«

Er zuckt mit den Schultern.

»Ist vegan backen nicht furchtbar kompliziert? Ich meine, in jedem Teig sind doch zumindest Eier drin, meist auch Butter und manchmal Milch.«

»An deinem Argument ist natürlich etwas dran. Aber du könntest mir ja helfen, dann wird es schon zu schaffen sein«, biete ich ihm an.

»Klar, dann bin ich übermorgen um sechs hier?«

Ich nicke und verbeiße mir ein Grinsen, weil er den Sarkasmus in meiner Stimme überhört hat.

Pünktlich zur vereinbarten Zeit erscheint Frederik in meiner Backstube. Ich habe schon eine große Tasse Kaffee für ihn bereitgestellt.

»Hey, danke noch mal, dass du dieses Experiment für mich machst«, meint er zur Begrüßung und ich breche in schallendes Gelächter aus. Frederik will gerade die Kaffeetasse zum Mund führen und hält in seiner Bewegung inne. Fragend sieht er mich an.

»Vegan backen ist überhaupt kein Problem«, stelle ich klar. »Für Milch gibt es pflanzliche Alternativen, ebenso wie für Butter, oder man verwendet Öl. Und Eier kann man einfach durch Stärkemehl oder Bananen ersetzen, oder in manchen Rezepten geht es ganz ohne.«

»Ja, aber die Creme …«

»Pflanzliche Butter, Pudding …«

»Pudding?«

»Mit pflanzlicher Milch ist Pudding vegan«, erkläre ich. »Sogar für Sahne gibt es einen Ersatz.«

»Schokoglasur?« Frederik verengt die Augen zu Schlitzen, als wolle er mir eine besonders knifflige Aufgabe stellen.

»Aus Kokosfett und Kakao.« Ich sehe ihn an, als hätte er mich gefragt, wie viel zwei mal zwei ist. Dann ziehe ich ein altes Notizbuch unter der Arbeitsplatte hervor.

»Was ist das da? Ein Zauberbuch?«, fragt Frederik grinsend.

»Das vegane Familienbackbuch der Familie Hansen«, offenbare ich ihm.

Frederiks Augen sind vor Überraschung so groß wie Untertassen.

»Euer *was*?«

»Eine meiner Cousinen ist allergisch gegen Milch und Eier, daher haben wir von jeher schon vegan für sie gebacken, wenn sie Geburtstag hatte«, erkläre ich. »Ich habe einige Rezepte noch verfeinert. Sehr beliebt sind in meiner Familie die Bananenschnitten.«

»Du backst vegane Bananenschnitten?«, fragt Frederik noch mal nach und ich nicke eifrig.

»Und weshalb genau bin ich dann heute hier?«

»Vielleicht weil du mir nicht zugetraut hast, dass ich vegan backen kann?«, erinnere ich ihn, doch er hebt die Hand.

»Ich wusste nicht, dass es *überhaupt* geht«, stellt er klar. »Ich habe nicht an *dir* gezweifelt.«

Skeptisch sehe ich ihn an.

»Livi, ich bin Fleisch- und Fischesser aus Leidenschaft. Für mich kommt Milch von der Kuh, Butter wird aus richtiger Milch gemacht und Eier sind überhaupt das wichtigste Lebensmittel in meinem Kühlschrank. Ich kann mit diesem veganen Lebensstil eben nichts anfangen«, verteidigt er sich, doch schon als mein Kosename seinen Mund verlässt, verzeihe ich ihm alles.

»Willst du trotzdem mithelfen beim Backen? Oder musst du rüber in die *Fischkneipe*?«, frage ich mit einem Lächeln.

»Helfen!«, entscheidet er und krempelt die Ärmel hoch. »Was mach ich zuerst?«

»Du wäschst dir die Hände und nimmst dir eine Schürze.«

Mit hochgezogenen Augenbrauen sieht er auf die pink-weiß-gestreiften Schürzen, schnappt sich jedoch kurz darauf eine und bindet sie sich um. Grinsend dreht er sich einmal im Kreis.

»Wie sehe ich aus?«

»Johnny wäre entzückt von deinem Anblick«, antworte ich und ducke mich dann, denn er wirft mit dem Küchentuch nach mir. Ich verteidige mich mit dem Ofenhandschuh und in Kürze entsteht die reinste Küchenschlacht.

»Gnade!«, flehe ich nach einigen Minuten, da mir die Munition ausgegangen ist. »Wir sollten langsam anfangen.«

Frederik sieht um die Ecke, hinter der ich mich verstecke.

»Na gut, Frieden«, meint er dann mit einem breiten Grinsen. Ich blättere in meinem Notizbuch.

»Also, ich wäre für die Bananenschnitten. Wie klingt das für dich?«, frage ich dann und drehe mich zu ihm. Er stand direkt hinter mir und so trennen uns jetzt nur wenige Zentimeter. Seine Nähe trifft mich wie eine Sonneneruption und setzt mich augenblicklich in Brand. Ich brauche einen Moment, ehe ich es wage, nach oben zu sehen, doch dann entdecke ich auch in seinen Augen etwas Loderndes.

»Verlockend«, flüstert er dann. Sein Blick fällt auf meine Lippen und ich vergesse zu atmen. Mein Herz hämmert aufgeregt in meiner Brust, während ich abwarte, was passiert. Auch ich kann die Augen nicht von seinem wundervollen Mund abwenden. Jenem Mund, von dem ich mich schon so lange frage, wie er sich wohl anfühlt, wie er schmeckt. Dann kommt er näher, nur Millimeter für Millimeter, doch es gibt mir den Mut, auch ihm entgegenzukommen. Ich fühle die Spannung, spüre, dass auch ihn diese magnetische Anziehung erfasst hat. Doch mit einem Mal verkrampft er sich und schließt die Augen. Bewusst macht er einen Schritt zurück und wendet sich dann dem Backbuch zu.

»Womit fangen wir an?«, will er mit rauer Stimme wissen, doch ich brauche noch einige Augenblicke, bis ich wieder auf dem Boden der Realität gelandet bin. Ich habe keine Ahnung, was eben passiert ist. Er spürt doch genau wie ich, dass die Chemie zwischen uns beiden zischt und sprüht. Wieso blockt er dann ab? Wieso lässt er nicht endlich geschehen, was sich da anbahnt? Dann kommen mir die Ratschläge meiner Freundinnen in den Sinn. Vor allem jener von Mariella, Frederik Zeit zu geben. Also atme ich tief durch.

»Mit dem Teig!« Ich drehe mich zum Radio und stelle es an, um einer angespannten Stimmung entgegenzuwirken, denn die würde man beim Endprodukt schmecken, davon bin ich überzeugt. Justin Wellington feat. Small Jam singen *Iko Iko und* ich muss bei den karibischen Klängen an unsere Bootsfahrt denken. Bei der zweiten Strophe summe ich bereits mit und wiege meine Hüften im Takt, während ich Mehl, Zucker und Kakao abwiege und Frederik die trockenen Zutaten vermengen lasse. Auch er hat sich wieder entspannt. Und so wird es ein vergnügter Morgen, an dem ich das Gefühl habe, dass wir uns irgendwie einen Schritt weiterbewegt haben, auch wenn ich keine Ahnung habe, in welche Richtung. Gemeinsam backen wir mit viel Spaß vegane Bananenschnitten, die am Abend sehr gut bei der Geburtstagsfeier von Mary und Susy ankommen.

# Kapitel 13

Die Polter-Baby-Party von Mariella und Daniel findet bereits eine Woche später statt. Sylvie hat das *Watermelon* dafür komplett gebucht, Johnny und Frederik haben anscheinend den ganzen Tag lang Luftballons aufgepustet, denn die Bar quillt förmlich über davon und ich habe wie von Mariella gewünscht Zitronen-Cupcakes mit blauem und rosa Topping gebacken. Als ich sie auf den vorbereiteten Tisch stelle, kommt Frederik zu mir und lächelt mich an. Dieser endlos lange Moment in meiner Backstube, als ich dachte, er würde mich gleich küssen, ist quasi nie passiert. Zumindest benimmt sich Frederik so, als hätte es ihn nie gegeben. Und ich tue ihm den Gefallen und spiele mit.

»Hi, brauchen wir für den Kuchen Teller und Gabeln, oder reicht dir, was wir vorbereitet haben?«, erkundigt er sich.

»Gabeln nicht, aber Teller wären praktisch, wenn man die Cupcakes zwischendurch ablegen will. Was ist das denn?« Ich deute auf den Stehtisch am Eingang, auf dem drei Brotkörbe stehen.

»Du musst dich einem Team anschließen. Aber das soll dir Sylvie lieber selbst erklären«, raunt mir Frederik verschwörerisch zu und ich muss lachen. Da saust Sylvie auch schon aus der Küche. »Sie ist schon seit zwei Stunden hier und *organisiert*.« Seine Stimme ist nur ein Flüstern und beim letzten Wort malt er Gänsefüßchen in die Luft. Dann zwinkert er mir zu und meine Knie drohen weich zu werden.

»Die Cupcakes sind toll geworden.« Sylvie zieht mich in eine Umarmung. »Aber du brauchst noch einen Anstecker.« Sie deutet auf den Stehtisch und nun entdecke ich auch, was in den Körben ist. »Pink, wenn du denkst, dass es ein Mädchen wird, blau, wenn du auf einen Jungen tippst. Und nein, die Sprüche drauf sind nicht von mir, sondern von Lexi. Sie meinte, dass bei Daniel und Mariella einfach gar nichts konventionell ist.«

Neugierig gehe ich nun zu den Buttons. *Girls just wanna have fun (Cindy Lauper)* lese ich auf einem pinken, daneben liegt einer in der gleichen Farbe mit *Woman (John Lennon)*. Die Blauen tragen die Aufschrift *Hey, boy* (Sia) oder *Männer (Herbert Grönemeyer)*. Dazwischen liegen vereinzelt Weiße, auf denen *Kinder an die Macht (Herbert Grönemeyer)* zu lesen ist.

»Die sind für diejenigen, die sich nicht entscheiden können«, raunt Frederik mir zu, als er vorbeikommt. »Oder wollen.« Er deutet auf sein Hemd, an dem ein weißer Button prangt. Ich muss lachen und greife nach einem pinken.

»Frauenpower!« Ich stecke ihn mir an mein graues Strickkleid. Auch Sylvie trägt einen in Rosa, während ich bei Johnny, der gerade aus dem Lager kommt, einen blauen Anstecker entdecke.

»Bist du denn nicht eigentlich immer Fraktion pink?«, ziehe ich ihn auf.

»Ach, Herzchen, du weißt doch, dass ich auf *Männer* stehe.« Augenzwinkernd deutet er auf den entsprechenden Song auf seinem Button.

»Und was sagt uns dann Frederiks Wahl?«, rufe ich, damit der Angesprochene es bis in die Küche hört.

»Dass man sich das Kind in sich immer bewahren soll, sonst wird das Leben langweilig«, ertönt seine Stimme durch die Schwingtür.

»Na, langweilig wird mir mit dir sicher nicht«, murmle ich und Johnny wirft mir einen fragenden Blick zu. Doch ehe einer von uns etwas sagen kann, kommen Mariella und Daniel durch die Tür und die werdende Mutter ist von der Dekoration so hingerissen, dass sofort Tränen fließen. Johnny eilt mit einer Box Taschentücher zu ihr und ich schüttle den Kopf. Hormone können wirklich verdammte Arschlöcher sein!

Nach und nach füllt sich das *Watermelon* mit Gästen. Die Belegschaft von Lillys Pension *L&P*, in der Daniel arbeitet und Mariella früher gekellnert hat, ist da, ebenso wie die Inhaber der übrigen Hotels und die Crew des lokalen Radios, bei dem Mariella bis vor Kurzem gearbeitet hat. Gerade als ich denke, dass das *Watermelon* bald aus allen Nähten platzt, geht erneut die Tür auf und ein Mann und eine Frau treten ein. Sofort fällt mir die Ähnlichkeit zu Mariella auf. Diese stößt einen spitzen Schrei aus und stürmt den beiden Neuankömmlingen entgegen. Aufgelöst fällt sie dem Mann um den Hals.

»Matti, Francesca, was macht ihr denn hier?«

»Ich habe deine Geschwister eingeladen«, erklärt Daniel und begrüßt seinen Schwager und seine Schwägerin in spe herzlich.

»Benito konnte leider wegen der Arbeit nicht weg und Alessandra legt gerade ihre letzten Prüfungen ab«, entschuldigt Matteo seinen Bruder und seine Schwester. »Aber zur Hochzeit kommen sie natürlich.«

Mariella kann gar nicht aufhören, ihre Geschwister an sich zu drücken, was meinem Herzen einen Stich versetzt. Frank und ich waren auch so eng miteinander verbunden. Nur werde ich meinen Bruder nie wieder in die Arme schließen können. Rasch wende ich mich ab und sehe nach, ob noch genügend Cupcakes da sind, denn ich habe noch einige im *Leckermäulchen* in Reserve.

Sylvie tritt neben mich.

»Sie schmecken wirklich toll. Ich denke, nun sind alle Gäste da.«

Ich runzle die Stirn.

»Kommt Mariellas Trauzeuge denn nicht?«

Sylvie schüttelt den Kopf.

»Er steckt leider mitten im Dreh irgendwo an der Nordsee. Die Fahrt wäre zu stressig gewesen, da er ja morgen früh wieder vor die Kamera muss. Und wegen der Hochzeit verschiebt er den Terminplan ohnehin schon.«

Lukas Behrens, Mariellas Trauzeuge und bester Freund, ist Fernsehkoch bei der sehr bekannten Kochsendung *Strandküche*. Im Herbst hat Mariella für eine Staffel ebenfalls bei dieser Produktion gearbeitet, ehe es sie wieder zurück nach Sterenholm gezogen hat.

Die Party nimmt Fahrt auf. In einer Ecke wurden einige Tische zusammengeschoben und alles für Beerpong vorbereitet. An einem anderen Tisch stehen große Krüge mit Getränken, die alle mit schwarzer Farbe eingefärbt wurden. Die Gäste sollen durch Kostproben herausfinden, um welche Cocktails von Johnny es sich handelt, ohne sie an der Farbe erkennen zu können. Und später soll es noch ein Karaoke geben.

Ich erkenne vier von acht Cocktails und erhalte anerkennende Blicke von Johnny. Beim Beerpong sehe ich nur zu, denn alles, was mit Tischtennis zu tun hat, war mir immer schon ein Gräuel. Dieses kleine Scheißding von einem Ball will einfach nie so, wie ich will. Und schließlich tummle ich mich mit Lilly und Mariella auf der Tanzfläche. Dann wird es leise, als Sylvie sich das Mikrofon schnappt.

»Liebe Gäste, ich hoffe, ihr habt euch beim Eingang alle für einen Anstecker entschieden. Nun wollen wir die Lager mal aufteilen. Alle mit einem blauen Button gehen Richtung Tresen, alle mit einem pinken zur Bühne. Diejenigen mit Weiß bleiben in der Mitte«, bittet Sylvie die Gästeschar. Alles wuselt herum und geht in die besagten Ecken. Da ich schon nahe der Bühne stehe, werde ich nach hinten gedrängt.

»Doch bevor die werdenden Eltern uns endlich das Geschlecht des Babys verraten, machen wir mit zwei Songs, die sich die beiden gewünscht haben, noch ein wenig Stimmung.« Mit diesen Worten erklingt der Neunzigerhit *Mädchen* von Lucilectric. Ich kenne den Song und singe ihn lauthals mit. Dabei streift mein Blick immer wieder Frederik, der von seiner Position in der Mitte der Bar auch ständig zu mir herüberlinst. Ein Hochgefühl ergreift mich und trägt mich durch das Lied. Doch schon bei den ersten Takten des nächsten Songs entgleist das Lächeln auf meinem Gesicht. Nein! Nicht jetzt! Nicht hier! Der einzige Song, den ich einfach nicht ertrage, läuft und ich halte durch, für Mariella. Doch als mit *These mist covered mountains* die erste Textzeile von *Brothers in Arms* ertönt, kann ich nicht mehr und sehe mich nach einer Fluchtmöglichkeit um. Die Hintertür ist am nächsten und so stürze ich durch sie hinaus ins Freie. Draußen bleibe ich stehen und versuche, in der schützenden Nacht meiner Gefühle Herr zu werden. Tränen steigen in meine Augen, doch ich schlucke sie tapfer hinunter. Sekunden später spüre ich, dass ich nicht mehr allein bin. Frederik nähert sich mir langsam, wie einem verstörten Tier. Als wäre er sich nicht sicher, ob seine Anwesenheit meine Situation gerade verschlimmert oder ob er mich trösten kann.

»Ich kann das einfach nicht«, stoße ich mit tränenerstickter Stimme hervor. »Es ist, als würde er neben mir stehen, wenn ich diesen Song höre. Ich halte ihn einfach nicht aus. Und dann noch ausgerechnet heute, nachdem ich Mariella mit ihren Geschwistern gesehen habe und mir klar geworden ist, dass *mein* Bruder bei allen weiteren wichtigen Ereignissen in meinem Leben nicht dabei sein wird.« Die Worte fließen aus mir heraus wie die Tränen nun über meine Wangen. »Und jetzt dieses Lied. Es zerreißt mich innerlich. Wie schaffst du das nur?« Fragend sehe ich ihn an, Hilfe suchend, als hätte er ein Rezept gegen diese Art von Schmerz. Langsam kommt er noch einige Schritte näher, offenbar nun davon überzeugt, dass es okay für mich ist, dass er bei mir ist. Dann folgt ein kurzes Schweigen.

»Übung«, antwortet er dann schlicht. »Nach Franks Verschwinden ging es mir wie dir, aber ich hatte eine Bar, ich konnte nicht jedes Mal abhauen, wenn ein bestimmter Song lief. Also habe ich ihn mir absichtlich angehört, so oft, bis ich ihn ertragen konnte.«

Ich denke eine Weile über seine Worte nach und sehe dann auf. Seine Augen sind auf mich gerichtet.

»Das macht Sinn. Dann kann er mich nicht mehr kalt erwischen, oder zumindest wäre es nur mehr der erste Schock. So wie der Sprung ins kalte Wasser, bei dem nur die ersten Sekunden wirklich schlimm sind und danach gewöhnt man sich daran.« Frederik nickt.

»Genau so habe ich es gemeint. Bei mir hat es geklappt und es wäre doch einen Versuch wert, oder?« Seine Stimme ist sanft, er will mir helfen. Scheu sehe ich ihn an. Für den nächsten Satz brauche ich Mut.

»Würdest du … ich meine … wenn ich mir das Lied bewusst anhöre, könntest du dann bei mir bleiben?«, frage ich leise.

»Ich werde die ganzen sechs Minuten fünfundfünfzig Sekunden nicht von deiner Seite weichen«, verspricht er. »So oft, wie es nötig ist. Komm.«

Er deutet nach oben. Offenbar meint er sofort und ich blinzle überrumpelt.

»Jetzt?«

»Worauf willst du warten?«

»Aber die Party«, gebe ich zu bedenken.

»Kannst du denn da jetzt wieder rein und mitfeiern?« Zweifelnd sieht er mich an. Ich forsche in mir nach der Kraft, um den Abend unbeschwert genießen zu können, damit ich ihn Mariella und Daniel nicht ruiniere. Doch dann schüttle ich den Kopf. Frederik nickt und gemeinsam verschwinden wir über den Hintereingang in seine Wohnung.

Dort geht er vor ins Wohnzimmer, macht die moderne Stehlampe an und dimmt das Licht. Anschließend widmet er sich der Stereoanlage. Ich folge ihm zaghaft.

»Bereit?«

Ich zucke mit den Schultern. Ich habe keine Ahnung, was ich tun soll. Mich setzen? Einfach stehen bleiben? Oder am besten doch gleich wieder abhauen? Frederik lächelt mich aufmunternd an, dann drückt er einen Knopf auf der Fernbedienung und das Intro beginnt. Als die ersten Töne der E-Gitarre ertönen, treffen sie mich bis ins Mark, doch ich halte die Tränen tapfer zurück. Aber bei den ersten gesungenen Worten strömen sie erneut über meine Wange.

Ich sehe mich selbst in meinem Zimmer vor so vielen Jahren, genervt von immer demselben Lied, das aus dem Nebenzimmer bis in meines zu hören war. Schließlich hämmerte ich an die Tür meines Bruders und verlangte nach Ruhe, bis ich sie aufriss und ihn mit geschlossenen Augen auf dem Boden sitzend vorfand. Er war in die Musik versunken, sah so entspannt und glücklich aus, dass ich mich mit dem Rücken an sein Bett gelehnt neben ihm niederließ und meinen Kopf auf seine Schulter legte und er seinen Kopf auf meinen. So hörten wir gemeinsam Dire Straits zu.

Die Wunde reißt auf, er fehlt mir so wahnsinnig, dass ich denke, ein Teil von mir ist nicht mehr da. Aufgelöst schlinge ich meine Arme um mich, versuche, mich zusammenzuhalten, damit ich nicht zerbreche. Doch da legen sich starke Arme um mich, geben mir Halt und Trost. Sie zeigen mir, dass ich nicht allein bin, nicht in meinem Schmerz und auch nicht in meiner Bemühung, irgendwie weiterzuleben, ohne Franks Schwester sein zu können. Ich schluchze, vergrabe mein Gesicht an Frederiks Brust und lehne mich an ihn. Und er hält mich fest. Wir hören den Song zwei Mal, drei Mal, dann zähle ich nicht mehr mit. Irgendwann wird es leichter, die Tränen versiegen, der Schmerz wird dumpfer, doch Müdigkeit greift nach mir. Längst hat Frederik mich zur Couch geführt, zieht mich dort jedoch wieder an sich. Ich konzentriere mich auf meinen Atem und auf den Herzschlag, den ich höre, meinen Kopf immer noch auf seiner Brust. Bis ich schließlich einschlafe.

Als ich aufwache, ist es draußen schon hell. Ich bin in eine kuschelige Decke gehüllt und liege auf einem weichen Kissen. Auf dem Couchtisch vor mir steht ein großes Glas Wasser, auf dem ein Post-it klebt mit den Worten: *Viel trinken, weinen dehydriert.* Daneben liegt ein Zettel mit einer kurzen Nachricht. *Habe Sylvie gestern noch geschrieben, dass dir schwindelig war und ich dich nach Hause gebracht habe. Damit die anderen nicht gleich die Kavallerie schicken, um dich zu suchen. Mach dich in Ruhe frisch. Ich bin in der Fischkneipe und warte mit Frühstück auf dich. Rick*

Ich spüre ein leichtes Flattern in der Magengegend, als ich seinen Kosenamen lese. Da war ich ihm gestern Abend so nahe, aber der Schmerz wegen Frank hat mein übriges Gefühlsleben total lahmgelegt.

Dann fällt mein Blick auf noch etwas, das auf dem Tisch liegt. Es ist der pinke Anstecker, den ich wohl gestern verloren habe. Daneben liegen einige blaue Konfetti und noch ein Klebezettel mit den Worten: *Falsch getippt! Die Männer in Sterenholm bekommen Verstärkung.*

Ein Lächeln schleicht sich auf mein Gesicht. Ich fühle mich besser. Es sind keine Tränen mehr in mir übrig, ich habe alle geweint. Doch auch dort, wo gestern noch ein nagender Schmerz saß, ist heute Leere. Ich greife nach meinem Telefon und suche im Internet nach *Brothers in Arms*. Die ersten Töne erklingen, ich zucke zusammen und dann … passiert nichts. Wehmut macht sich in mir breit und natürlich die Erinnerung an Frank. Aber sie ist nicht mehr das scharfe Schwert, das sich gestern noch durch mein Herz gebohrt hat. Mehr wie das Ziepen einer alten Narbe. Nicht angenehm, aber auszuhalten. Ich habe den Verlust meines Bruders akzeptiert. Frederiks Plan hat funktioniert. Und er hat sein Versprechen gehalten und war an meiner Seite. Mit jedem Tag, jeder Stunde, die ich mit ihm gemeinsam verbringe, werde ich mir sicherer, dass er der Mann meines Lebens ist. Die Schwärmerei von früher wird ersetzt durch echte Gefühle. Ich muss mir nicht mehr vorstellen, wie es wäre, mit ihm zu lachen, zu scherzen oder von ihm getröstet zu werden. All das passiert nun und es fühlt sich einfach nur richtig an. Und wenn er mir so tief in die Augen sieht wie in meiner Backstube und ich alles rund um mich vergesse … Das ist es, was ich will. *Er* ist es, den ich will!

Langsam stehe ich auf und tappe ins Bad. Ich spritze mir kaltes Wasser ins Gesicht. Doch die Erkenntnis bleibt. Rasch suche ich meine Sachen zusammen und verstaue alles in meiner Handtasche. Dabei fällt mein Blick nochmals auf mein Telefon. Eine Nachricht ist eingegangen. Sylvie fragt Frederik und mich, ob wir am Nachmittag kurz Zeit hätten. Die Lampen sind am Freitag geliefert worden und wir sollen bitte zur Absicherung vor der Montage noch einen Blick darauf werfen. Sie schlägt vier Uhr vor und ich antworte ihr kurz, dass das für mich in Ordnung geht.

Dann verlasse ich die Wohnung, allerdings nehme ich nicht die Tür in die *Fischkneipe*, sondern die nach draußen. Ich kann Frederik jetzt nicht in die Augen sehen, nicht, nachdem er mir gestern eindrucksvoll bewiesen hat, dass er für mich eindeutig das Mosaiksteinchen ist, das das Bild meines Lebens vervollständigen würde. Erst muss ich mich ein wenig sammeln und Kraft tanken, damit ich bei dem Termin heute Nachmittag wieder auf Spur bin.

Kühle, reine, salzige Luft empfängt mich und ich schlage den Weg zum Strand ein. Ich spaziere eine Weile an der Wasserlinie entlang und lausche dem Plätschern des Meeres und den Schreien der Möwen. Schaumkronen tanzen auf den Wellen und glitzern in der Morgensonne. Langsam erde ich mich wieder und das aufgeregte Rumoren in meinem Bauch beruhigt sich. Er weiß nicht, wie sehr sich meine Gefühle für ihn seit dem vergangenen Abend verfestigt haben, wie sicher ich mir nun bin, dass ich ihn liebe. Ich werde ganz in Ruhe überlegen, ob und was ich nun unternehmen will. Und bis ich einen Plan habe, werden wir ganz normal miteinander umgehen, wie Frederik es ja auch schon in der letzten Woche getan hat. Ich nehme einen tiefen Atemzug Seeluft und recke mein Gesicht der Sonne entgegen. Da entdecke ich jemanden am Strand und schüttle fassungslos den Kopf.

»Du weißt, dass die Ostsee vermutlich so um die zehn Grad hat?«, rufe ich, als ich in Hörweite bin.

»Ja und?« Anna hat mich wohl schon kommen sehen.

»Wäre es nicht schlau, einen Neoprenanzug zu tragen?«

»Ich will weder tiefseetauchen noch drei Stunden im Wasser bleiben. Es ist doch nur das kurze Stück zur Badeinsel raus.« Fragend hebt sie die Hände. »Was war denn gestern los? Sylvie meinte, Frederik hat ihr geschrieben, dass es dir nicht gut ging.«

Ich zögere einen Augenblick, dann nicke ich.

»Ja, aber es lag mehr am Song.« Rasch berichte ich, weshalb ich gestern wirklich aus dem *Watermelon* geflüchtet bin. Anna schlägt die Hand vor den Mund.

»Verdammt! Wenn Mariella und Daniel das gewusst hätten, dann hätten sie sicher ein anderes Lied ausgesucht. Sie wollten die Gäste damit aufs Glatteis führen, dass es Zwillinge werden, deshalb das mit den *Brothers*.«

Ich winke ab.

»Schon gut, irgendwann muss ich ja damit klarkommen. Und ich glaube, Frederiks Plan hat gewirkt.«

»Frederik wieder, hm?«

Ich nicke.

»Er ist … einfach perfekt«, flüstere ich und sehe sie scheu an.

»Na, dann muss Mister Perfect nur noch auf die Reihe kriegen, dass er sich dich nicht durch die Lappen gehen lassen sollte. Ich werde dann mal.« Sie deutet aufs Meer. »Sollen wir nachher gemeinsam einen Kaffee trinken?«

»Das ist lieb von dir, aber ich muss mal nach Hause und mich frisch machen. Heute ist Sonntag, da steht das Familienessen mit meinen Eltern auf dem Plan. Und um vier soll ich noch zum Indoorspielplatz.«

»Melde dich am Abend und erzähl, wie es gelaufen ist.« Sie winkt und dann sehe ich meiner Freundin zu, wie sie sich in die kalte Ostsee stürzt, als wäre es August.

Ich verlasse den Strand und schlendere durch die Straßen des langsam erwachenden Sterenholm. Kurz vor meiner Wohnung läutet das Handy in meiner Tasche. Es ist Frederik. Ich seufze, denn ich bin noch nicht so weit, mit ihm zu reden. Ehe ich mich durchringen kann, abzuheben, erstirbt das Klingeln. Doch kurz darauf geht eine Nachricht ein.

»Alles in Ordnung bei dir? Ich wollte dich eben mit einer großen Tasse Kaffee wecken, doch da warst du schon verschwunden.«

»Ja, mir geht's gut. Wollte nur nach Hause unter die Dusche und frische Klamotten anziehen«, tippe ich schnell.

»Verstehe ich. Dann bin ich kurz vor vier bei dir?«

Er macht keine große Sache aus dem vergangenen Abend, wie ich es mir gedacht habe.

»Danke!«, antworte ich nur.

# Kapitel 14

Frederik ist pünktlich, wie immer.

»Na, Aschenputtel?«, sagt er zur Begrüßung, als ich einsteige und ich muss lachen.

»Was heißt hier Aschenputtel?«

»Aschenputtel, weil du so schnell abgehauen bist heute Morgen.«

»Aber meine Schuhe habe ich beide mitgenommen«, erwidere ich und bringe damit wiederum ihn zum Lachen. Dann wird er ernst.

»Hast du die Aktion gut überstanden?«

Ich nicke.

»Ja, ich denke, es war gut. Danke für deine Unterstützung!« Vorsichtig sehe ich ihn von der Seite an und auch er wirft mir einen Blick zu. Ich sehe etwas in seinen Augen aufblitzen, etwas, das mir verspricht, dass er es jederzeit wieder tun würde. Dankbar lächle ich ihn an und nicke leicht, um ihm zu signalisieren, dass ich verstanden habe, was er mir ohne Worte gesagt hat. Den Rest der Fahrt verbringen wir schweigend, doch es ist nicht unangenehm.

Sylvie steht mit der Planrolle in der Hand bereits vor dem Bauernhof, als wir ankommen.

»Sie scheint es eilig zu haben«, vermutet Frederik und auch ich finde, dass meine Freundin gestresst wirkt.

»Dann wird es wohl nicht lange dauern.«

Wir steigen rasch aus und gehen zu ihr.

»Entschuldigt, dass ich euch wieder an einem Sonntag belästige«, fällt Sylvie gleich mit der Tür ins Haus. »Aber diese Baustelle macht mich noch verrückt. Ich schwöre, das ist das letzte Bauprojekt, das ich betreue.«

»Was ist denn los?«, frage ich, während wir ihr ins *Fish and Sweets* folgen und sie stöhnt.

»Die Türklinken wurden falsch geliefert. Ja, okay, ich habe die Lieferung nicht kontrolliert. Aber ich mache so was zum ersten Mal und die Typen, die sie montiert haben, hätten auch mal den Kopf einschalten können. Es sind nämlich nur Knöpfe und keine Klinken. Was bedeutet, dass man derzeit für jedes Mal, wenn man eine Tür öffnen will, einen Schlüssel braucht. Den ganzen Freitag wurde alles wieder ausgebaut und die Arbeiter sind trotzdem noch nicht fertig.« Flink sperrt sie uns eine Tür nach der anderen auf. Im Lagerraum packen wir die gelieferten Leuchten aus und bestätigen, dass es jene sind, die wir vorgeschlagen haben.

»Dann sehen wir uns im Gastraum noch an, wo laut Plan die Anbringung stattfinden soll. Mir ist es lieber, ihr nickt das auch noch mal ab«, schlägt Sylvie vor. Auch hier geben wir unser Okay.

»Vielen Dank, dann lasst uns abhauen. Georg und ich sind bei Lexi und Niko zum Essen eingeladen.«

Rasch packt sie ihre Sachen zusammen und wir machen uns wieder auf den Weg nach draußen.

»Also, du kannst berichten, dass zumindest die Leuchten keine Probleme mehr machen«, meint Frederik dann augenzwinkernd, als wir bei den Autos angekommen sind. Sylvie dreht sich grinsend zu uns um, doch dann verdreht sie genervt die Augen.

»Nur, wenn man versehentlich das Licht nicht ausmacht. Mist, jetzt muss ich noch mal rein.«

Frederik und ich folgen ihrem Blick. Im *Fish and Sweets* ist es noch hell.

»Her mit dem Schlüssel, wir machen das schon«, biete ich ihr an.

»Echt?« Ich sehe ihr die Erleichterung an.

»Hau schon ab zu deinem Essen und grüß die anderen.« Frederik nimmt den Schlüssel von ihr entgegen. Dankbar fährt Sylvie mit einem Winken davon. Frederik und ich kämpfen uns durch die Türen wieder bis zur leuchtenden Glühlampe vor. Hier drinnen werden alle Türen mit Keilen offen gehalten, sodass wir uns ohne Schlüssel bewegen können.

»Hier ist auch noch ein Fenster gekippt«, rufe ich Frederik vom Lagerraum aus zu. »Kannst du mal kommen? Ich bin zu klein, um es zu schließen.«

»Mach mal Platz, du Krümel«, zieht Frederik mich auf und schließt schwungvoll das Fenster. Da ertönt ein Geräusch aus dem Gastraum.

»Was war das?«, frage ich alarmiert.

»Keine Ahnung.« Frederik zuckt mit den Schultern. Gemeinsam gehen wir in die Küche, als wir den Grund auch schon entdecken. Die Tür zum Gastraum ist zugefallen.

»Na, Gott sei Dank haben wir einen Schlüssel«, kichere ich, doch Frederik wird mit einem Mal kreidebleich.

»Rick?«

Schweigen.

»Wo ist der Schlüssel?«

»Ich habe ihn auf den Tresen gelegt, als ich zu dir in den Lagerraum gegangen bin«, antwortet er tonlos.

»Auf den Tresen im Gastraum?«

Er nickt.

»Da auf der anderen Seite der Tür?«

Er nickt erneut, dann sehen wir einander an. In den nächsten fünf Minuten rütteln wir an jeder Tür, doch alle sind verschlossen. Und auch die Fenster lassen sich nur kippen, jedoch nicht ganz öffnen. Schließlich stehen wir wieder in der Küche und sehen einander an.

»Wir sind eingeschlossen«, spricht Frederik die Befürchtung aus, die in den letzten Minuten Gewissheit wurde. Dann sieht er suchend an mir auf und ab, dreht sich im Raum herum.

»Hast du dein Handy in deiner Handtasche? Wo ist sie überhaupt?«, fragt er dann aufgeregt.

»In deinem Auto«, gebe ich zu. »Sylvie sah so gestresst aus und ich dachte, das dauert nicht lange und für die paar Minuten nehme ich sie nicht mit.«

Rick rauft sich die Haare. »Verdammt! Meines liegt in der Mittelkonsole.«

»Johnny wird dich suchen«, sage ich voller Hoffnung, doch er schüttelt den Kopf.

»Wir haben das Lokal heute geschlossen, weil die Party gestern so lange gedauert hat. Vor morgen früh erwartet er mich nicht.«

Stille legt sich über uns. Frederik bricht sie als Erster.

»Sieht so aus, als würden wir hier festsitzen, bis die Arbeiter morgen hier eintrudeln.«

Ich atme tief durch und mache mir ein Bild von unserer Lage.

»Wir haben Wasser.« Ich deute auf die Küchenzeile, bei der schon eine provisorische Spüle montiert ist.

»Und hier drüben ist die Mitarbeitertoilette, die auch schon in Betrieb genommen wurde«, fügt Frederik hinzu.

Diese Erkenntnis beruhigt mich. Die wichtigsten Dinge sind somit geregelt. Wir werden keinen Durst leiden müssen und auch andere menschliche Bedürfnisse werden zu keinen peinlichen Situationen führen.

»Dahinten steht auch ein alter Kühlschrank«, bemerke ich. Frederik sieht hoffnungsvoll auf.

»Vielleicht hat einer der Arbeiter eine Essensbox vergessen?«

Wir öffnen die Kühlschranktür und beginnen zeitgleich zu lachen. Butter, Gewürzgurken, eine große Stange Dauerwurst, Paprika, Käse und ein halber Laib Brot lagern hier.

»Da hat aber jemand für ein ordentliches Frühstück eingekauft.« Frederik nickt anerkennend.

»Ja, ich denke, wir werden bis morgen überleben«, stimme ich ihm erleichtert zu. Doch dann treffen sich unsere Blicke und mein Herz macht einen großen Satz. Mit einem Mal wird mir bewusst, dass ich die ganze Nacht mit Frederik allein hier verbringen werde und ich bin mir nicht sicher, ob ich das überstehe. Auch er schweigt, während seine Augen auf mir ruhen. Dann räuspert er sich.

»Also, ich könnte schon eine Kleinigkeit zu essen vertragen«, gibt er zu.

»Ja, essen klingt gut.«

Wir räumen die Vorräte aus dem Kühlschrank und zaubern gemeinsam belegte Brote. Frederik hat das kleine Radio angeschaltet, das in der Küche steht. *Shut Up and Dance* von Walk the Moon dudelt vor sich hin und ich singe leise mit. Auch Frederiks Stimme ist schon bald zu hören und klingt wie flüssiges Karamel. Ich schließe einen Moment lang die Augen und genieße es, ihm zuzuhören. Er ist so vertieft ins Schneiden der Gewürzgurken, dass er gar nicht merkt, welche Wirkung sein Gesang auf mich hat. Manchmal frage ich mich, ob er vielleicht wirklich nicht weiß, wie schlimm es um mein Herz bestellt ist.

»Fertig!« Mit diesem Wort holt er mich wieder zurück ins Hier und Jetzt. Wir setzen uns mit der Verpflegung auf zwei umgedrehte Kisten, die den Arbeitern wohl auch als Stühle dienen.

»Das erinnert mich ein wenig an die schnellen Abendessen bei euch«, sagt Frederik wenig später leise, während er in sein zweites Brot beißt. Ich nicke.

»Stimmt, solche Brote gab es immer, wenn Mama auch nachmittags im Laden geholfen hat und keine Zeit zum Kochen hatte«, erinnere auch ich mich. »Papa hat die *schnelle Küche*, wie er sie immer genannt hat, dann irgendwann so gestört, dass er noch eine weitere Verkaufskraft eingestellt hat und Mama sich nur mehr um die Buchhaltung gekümmert hat. Ein warmes Abendessen war ihm immer schon wichtig.«

»Wobei ich das *nur* in diesem Satz relativieren will. Eine genaue Buchhaltung ist Gold wert und bei Gott keine Nebensache«, wirft Frederik ein.

»So habe ich das ja auch nicht gemeint«, wehre ich mich lachend. »Schließlich habe ich auch einen Laden und kämpfe mich durch die Belegflut und den Vorschriftendschungel.«

Frederik zwinkert mir versöhnlich zu und da ist es wieder – das Prickeln in meinem Bauch. Himmel, das wird eine lange Nacht.

»Ich werde dann mal die Lebensmittel wieder im Kühlschrank verstauen«, höre ich mich sagen, während meine innere Stimme meine Hormone wieder zur Ordnung ruft.

»Wir sollten im Lager nach etwas sehen, worauf man schlafen kann«, meint Frederik dann und deutet auf den zweiten Raum, den wir betreten können.

Ja, schlafen. Als ob ich neben ihm ein Auge zutun könnte.

»Ja, aber pass auf, dass diese Tür nicht auch noch zufällt«, warne ich ihn. Frederik nickt und schiebt einen schweren Karton aus dem Lager vor die Tür.

»Wäre ja doof, wenn wir getrennt würden ...« Er stockt und sieht mich an. Es ist wieder so ein Blick wie vorhin. Einer, der meinen festhält, so wie Frederik selbst mich gestern Abend festgehalten hat. Sekunden vergehen.

»... von Toilette und Wasser?« Ich helfe ihm aus dieser Situation, obwohl ich weiß, dass er das nicht gemeint hat. Trotzdem nickt er.

»Sylvie meinte, es ist schon einiges für den Indoorspielplatz geliefert worden. Vielleicht sind auch Matten darunter.« Rasch gehe ich an Frederik vorbei ins Lager. Jeder von uns nimmt sich einige Kartons vor und sucht nach etwas, das uns weiterhelfen könnte.

»Also in dieser Ecke stehen nur Sachen für den Bau«, meint Frederik und wendet sich nach links. »Was hast du?«

Ich öffne eine große Schachtel und beginne zu lachen.

»Falls wir nichts Besseres finden, können wir in einem improvisierten Bällebad schlafen.« Frederik kommt zu mir und betrachtet grinsend den Karton, der bis zum Rand mit bunten Bällen gefüllt ist.

»Das wäre auf jeden Fall mal etwas Neues.« Dann wendet er sich wieder seiner Ecke zu.

»Bingo!«, ruft er nach einigen Minuten.

»Hast du die Matten gefunden?«

»Besser!«

Ich überlege einen Moment. Was ist besser als Matten?

»Hängematten?«

»Noch besser! Sitzsäcke!« Er zieht ein quietschgelbes Exemplar aus der Verpackung. »Und zwar jede Menge.«

»Jippie!«, juble ich und gemeinsam bauen wir uns in einer Ecke der Küche ein Lager.

»Ich schau mal, ob ich noch Decken finde. Bei so vielen Kisten muss doch etwas Brauchbares dabei sein.« Auch Frederik kramt sich wieder quer durchs Lager.

»Hier sind welche«, vermeldet er wenige Minuten später triumphierend. »Bei den Gartenstühlen.«

»Wahrscheinlich sind sie im Herbst oder Frühling für die Terrasse gedacht«, vermute ich.

Der nächste Karton, den ich öffne, ist randvoll mit Gesellschaftsspielen.

»Lust auf *Fische angeln*?«, rufe ich Frederik zu. Neugierig kommt er zu mir herüber.

»Hast du einen Weg nach draußen entdeckt?«, erkundigt er sich, doch ich ziehe stattdessen das Spiel hervor. Nun versteht er und grinst.

»Oder hier, bei dem muss man Eisschollen aus einem Rahmen klopfen und der, bei dem der Pinguin runterfällt, hat verloren«, erkläre ich rasch die Regeln meines nächsten Fundes. Frederik greift interessiert nach dem Spiel. Vielleicht fragt er sich insgeheim auch, wie wir die Nacht gefahrlos überstehen sollen.

»Gibt es nichts für Kinder über fünf?«

Ich suche weiter.

»Ein Trivial Pursuit über Harry Potter«, biete ich ihm an.

»Oh Mann, mit Zauberstäben und großen Sprüchen habe ich nichts am Hut«, erwidert er kopfschüttelnd.

»Wirklich nicht?« Ich muss schmunzeln und auch Frederik lacht, als ihm die Zweideutigkeit in seiner Aussage bewusst wird.

»Sonst noch was? Ich meine, ehrlich jetzt? *Das* spielen die Kids heutzutage?«

Er sieht so fassungslos aus, dass ich lachen muss.

»Ja, was wurde aus Flaschendrehen und Wahrheit oder Pflicht?«

»Das könnten wir doch spielen!«

Ich blinzle überrascht.

»Flaschendrehen? Zu zweit?« In meinem Bauch spüre ich aufgeregtes Flügelschlagen.

»Wahrheit oder Pflicht«, erwidert Frederik ruhig. Ich habe keine Ahnung, was er damit bezwecken will und sehe ihn forschend an. In seinem Blick liegt etwas Entschlossenes. Ich stopfe die Spiele zurück in die Verpackung, nehme Frederik die Decken ab und gehe zurück in die Küche.

»Okay.« Ich setze mich auf unser Nachtlager und bin gespannt, was jetzt kommt. Frederik nimmt mir gegenüber Platz und sieht mich erwartungsvoll an.

»Wahrheit oder Pflicht?«, fragt er dann als Erster.

»Wahrheit«, entscheide ich, denn für Pflicht bin ich noch zu nervös.

»Wer war der Typ, der dich mitgenommen hat, als du aus meinem Auto abgehauen bist?« Die Frage kommt schneller als erwartet, als habe er sie sich schon lange gestellt. Überrascht blinzle ich. Spricht da Sorge aus ihm oder Eifersucht? Ich habe diese beiden Dinge bei ihm schon mal verwechselt.

»Ein Gast aus dem Café, der mich wohl erkannt hat«, antworte ich dann wahrheitsgemäß. Er sieht mich an, weiß, dass ich die Frage ehrlich beantwortet habe, aber bittet mich stumm um mehr Informationen. »Er war hier im Urlaub und hat sich quer durch meine Kuchentheke geschlemmt. Vermutlich hatte er Angst, dass ihm Torte entgeht, wenn er mich im Regen stehen lässt und ich mich erkälte.« Ich kann sehen, wie Frederik sich entspannt.

»Wahrheit oder Pflicht?«, ist es nun an mir, die Frage zu stellen.

»Wahrheit!«

Ich überlege einen Moment.

»Ging es dir an dem Abend, als ich im *Watermelon* ausgeholfen habe, wirklich nur ums Prinzip, als der Typ mir an den Hintern gefasst hat?« Ich schlage in dieselbe Kerbe wie er. Sein Gesicht verdunkelt sich für einen Moment, dann schluckt er.

»Nein.« Ich warte, doch es kommt keine nähere Ausführung. Frustriert seufze ich leise, denn diese Antwort kann wieder alles heißen. Ich muss meine Fragen eindeutiger formulieren, denn er wird mir nicht mehr entgegenkommen als nötig.

»Wahrheit oder Pflicht?«

Erneut wähle ich Wahrheit.

»Bist du mit diesem Trauzeugen-Typ absichtlich auf Tuchfüllung gegangen?«

Ich runzle die Stirn und schüttle energisch den Kopf.

»Ich habe nur getanzt, weil ich die Songs mochte. Es war nicht meine Absicht, jemanden zu näherem Körperkontakt zu animieren. Aber ihm hat wohl gefallen, was er gesehen hat.« Herausfordernd sehe ich ihn an.

»Mir auch.« Seine Stimme ist rau und tiefer als sonst. Ich vergesse einen Augenblick zu atmen. Diese beiden Worte hängen über uns wie eine riesige Wolke, die eindeutig einen Wetterumschwung anzeigt. Doch Frederik sitzt einfach nur da.

»Wahrheit oder Pflicht?«, frage ich, ohne ihn eine Sekunde aus den Augen zu lassen.

»Pflicht.« Innerlich atme ich auf. Nun muss ich es wissen. Langsam stehe ich auf und Frederik tut es mir mit fragender Miene gleich.

»Schließ deine Augen!«, fordere ich ihn auf, doch er blinzelt verwirrt.

»Was hast du vor?«

Einen Moment lang schweige ich.

»Ich will den Defi-Test machen«, sage ich dann.

»Den was?« Frederik ist sichtlich verwirrt.

»Bei unserem Besuch hier, als der Defibrillator gepiept hat … wenn wir uns berühren, dann ist es wie ein Stromschlag. Aber ich weiß nicht, ob diese Reaktion an der Überraschung lag oder ob es einfach Chemie ist.« Ich mache eine

Pause und gebe ihm die Chance, mir zu widersprechen. Doch er tut es nicht. »Ich will dich bewusst berühren, darauf gefasst sein und fühlen, was dann passiert. Und zwar, ohne dass ich wie gestern in Tränen aufgelöst bin.« Frederik sieht mich einen Augenblick an, dann schließt er wie von mir gewünscht die Augen. Vorsichtig nähere ich mich ihm und berühre leicht seine Hand. Es kribbelt, als würde ich an eine Energiequelle angeschlossen. Frederik ergreift langsam meine Hände und streichelt mit seinen Daumen über meinen Handrücken. Seine Berührungen hinterlassen Spuren auf meiner Haut, die wie Feuer brennen. Mutig trete ich näher an ihn heran und als er es bemerkt, zieht er mich an sich. Wie von selbst schließen sich meine Augen. Ich will ihn nur spüren. Mein Kopf legt sich auf seine Brust und ich höre, wie Frederiks Herz laut dagegenhämmert. Ich hatte also recht, die ganze Zeit. Er fühlt wie ich, er kämpft nur dagegen an. Doch mit jeder Sekunde, in der er mich in seinen Armen hält, bin ich mir sicherer, dass er diesen Widerstand aufgibt.

Die Moderatorin im Radio verkündet die Stunde der Kuschelsongs und startet mit *A Thousand Years* von Christina Perri. Leise singe ich mit, verrate ihm, dass ich ihn schon seit tausend Jahren liebe und es noch tausend weitere tun werde. Und die Zeit bleibt stehen.

»Wahrheit oder Pflicht?«, flüstert Frederik rau, ohne mich loszulassen.

»Wahrheit.«

»Hat es funktioniert?« Ich lächle. Als ob er dafür eine Bestätigung bräuchte.

»Ja.« Doch ich will mehr, muss wissen, ob ich recht habe.

»Wahrheit oder Pflicht?«

»Wahrheit«, raunt auch er mir leise ins Ohr.

»Wer war die letzte Frau, die du geküsst hast?«

Frederik löst sich ein Stück von mir und sieht mich perplex an.

»Keine Ahnung, das ist lange her«, gibt er dann zu.

»Darf ich das ändern?«, wispere ich und nun fällt der Groschen bei ihm. Er lächelt und nickt. Quälend langsam nähern wir uns an, voller Erwartung. Dann endlich finden unsere Lippen zueinander und mein sehnlichster Wunsch seit Teenagertagen geht in Erfüllung. Nein, er wird mehr als nur erfüllt. Er wird übertroffen. Sanft schmiegt sein Mund sich an meinen und bereits die erste Berührung knipst die Welt rund um mich aus, als hätte man einen Lichtschalter betätigt. Meine Augenlider schließen sich und ich verliere mich in diesem Moment. Dann löst er sich kurz von mir, nimmt mein Gesicht in seine Hände und küsst mich gleich noch einmal, diesmal ohne Zögern, ohne Fragen, ohne Zweifel. Es ist die Bestätigung aller winzigen Hoffnungsschimmer, die ich mir in den letzten Wochen erlaubt habe. Er küsst mich, als würde er nach Hause kommen, als wäre ich der Schluck Wasser, den er nach tagelangem Weg durch die Wüste ersehnt hat. Gleichzeitig öffnen sich unsere Lippen und unsere Zungen treffen sich. Und da weiß ich, dass er zu mir gehört, denn noch nie bin ich so geküsst worden, noch nie habe ich so geküsst, noch nie war es so perfekt. Ich schlinge meine Arme um seinen Nacken, vergrabe meine Hände in seinem weichen Haar, wie ich es schon so lange tun will. Im Radio singt Ed Sheeran *Perfect und* Frederik löst seine Lippen von meinen, jedoch nur um leise mitzusingen und diesen Moment einfach vollkommen zu machen. Ich verliere mich im samtigen Klang seiner Stimme, halte mich an ihm fest, als meine Knie weich werden und fühle seine starken Arme, die mich festhalten. Sanft bewegt er sich zur Musik und wir tanzen – eingesperrt in eine Baustellenküche, in den Dünen im Nirgendwo an der Ostsee – doch es könnte nicht perfekter sein.

Ich spüre seine Fingerkuppen am Saum meines Pullovers, wie sie zart über das kleine Stück nackter Haut streichen, das sichtbar wird, wenn ich mich strecke und ein Feuer in mir entfachen. Ich seufze leise an seinen Lippen, was für Frederik offenbar wie eine Erlaubnis klingt, mich noch näher an sich zu ziehen. Unsere Küsse werden stürmischer, leidenschaftlicher, unsere Hände gehen auf Wanderschaft und schon bald liegt sein Hoodie neben meinem Strickpullover auf dem Boden. Vorsichtig lässt Frederik sich mit mir im Arm auf die Sitzsäcke sinken und unsere Klamotten fallen nach und nach zu Boden. Seine nackte Haut auf meiner treibt mich an den Rand des Erträglichen. Ellie Goulding singt im Radio *Love Me Like You Do und* er tut es.

Ich könnte diesen Abend als weltbewegend beschreiben, mein Leben verändernd oder als den besten Sex, den ich je hatte, doch am besten passen die Worte, die ich früher niemals dafür verwendet hätte: Liebe machen. Denn genau so fühlt es sich in jeder Sekunde an. Es ist schon lange dunkel, als wir uns unter der Decke aneinanderkuscheln und einschlafen.

Als ich aufwache, bin ich allein. Suchend sehe ich mich um, denn weit kann Frederik ja nicht sein. Aus dem Radio quäken die Nachrichten und ich höre, dass es sieben Uhr ist. Höchste Zeit, mich anzuziehen, wenn ich nicht will, dass die Arbeiter mich im Eva-Kostüm hier finden. Rasch angle ich nach meinen Klamotten und spritze mir in der Küche etwas Wasser ins Gesicht. Dann trinke ich ein Glas davon und warte.

»Rick?«, rufe ich schließlich. Die Tür zur Toilette ist offen und ich gehe weiter ins Lager. Dort sehe ich ihn an dem kleinen Fenster stehen und hinausschauen. Lächelnd trete ich von hinten an ihn heran und schlinge meine Arme um seine Mitte. Es dauert keine Sekunde, bis ich merke, dass etwas nicht stimmt. Er verspannt sich bei meiner Berührung augenblicklich und ich lasse die Arme wieder sinken.

»Rick? Ist alles in Ordnung?«

Er seufzt leise und versetzt meine Alarmglocken damit in Aufruhr.

»Livia …« Er dreht sich um. Mit einem Schritt zurück bringt er Distanz zwischen uns und sagt damit eigentlich schon genug aus. »Wir sollten reden.«

Ist diesem Satz eigentlich schon irgendwann mal was Positives gefolgt? Ich schlucke, schweige aber. Sein Gesicht wirkt steinern.

»Hör mal, das gestern war schön, aber es war ein …«

»Nein!«, unterbreche ich ihn, mit einem Mal voller Wut. Das nächste Wort, das er sagen wollte, ist eine Lüge. Es muss eine Lüge sein. Das gestern war *kein* Fehler, es hat sich einfach nur richtig angefühlt. Und zwar nicht nur für mich, das habe ich gespürt. Ich hebe die Hände, um ihn zu stoppen.

»Mach diesen Abend nicht kleiner, als er war. Wage es nicht, ihn jetzt herunterzuspielen«, fauche ich.

»Liv, ich hätte das nicht tun dürfen.« Die Reue in seiner Stimme schnürt mir fast den Hals zu.

»*Wir*, Rick, wir, nicht *du*!«, fahre ich ihn an. »Du hast es nicht allein gemacht. Natürlich durften wir es, schließlich sind wir beide erwachsen und ungebunden. Und wir wollten es beide.«

Verdammt noch mal, ich weiß, dass er es wollte und ich weiß auch, dass da etwas ist zwischen uns und zwar schon lange. Ich habe es nur nie bemerkt. Doch gestern, als wir getanzt haben, da ist mir eingefallen, wann ich zum ersten Mal mit ihm tanzen wollte. Es war an jenem Abend, als ich das einzige Mal Hoffnung hatte, dass meine Gefühle nicht einseitig sind. Ich habe es danach als unwichtig abgetan, dachte, ich hätte mich getäuscht. Doch heute fühle ich, dass es etwas bedeutet hat.

»Romys Party, es lief *Eigentlich* von Keiner mag Faustmann«, stoße ich hervor und er blinzelt überrumpelt. »Ich war auf der Tanzfläche und du wolltest gerade mit Frank raus. Da kam das Lied und bei *Du sprichst nicht aus, dass da noch etwas ist* hast du dich umgedreht und mir diesen Blick zugeworfen. Die zwei haben von *uns* gesungen. *Eigentlich bedeutest du mir nicht nichts*. Davor war ich die nervige kleine Schwester deines besten Freundes, aber an dem Abend hat sich etwas verändert zwischen uns. In diesem einen Augenblick haben nur noch du und ich existiert. Du hast dich sekundenlang nicht bewegt und mich nur angesehen und in meinem Bauch waren so viele

Schmetterlinge, dass ich beinahe die Bowle wieder ausgekotzt hätte, weil mir richtig schlecht geworden ist.«

Die Worte sind nur so aus mir rausgesprudelt und ich sehe Frederik atemlos an, warte, wie er reagiert. Er hat die Augen geschlossen, als würde er die Szene in seinem Inneren nochmals sehen.

»In dieser Bowle war so verdammt viel Alkohol«, sagt er dann leise. Er erinnert sich also auch noch genau. »Bernd hat zusätzlich noch etwas reingekippt, weil Romy sie immer zu seicht gemischt hat. Und ich habe dir das erste Glas organisiert. Frank hätte mich dafür beinahe in Stücke gerissen.«

»Lass Frank endlich aus dem Spiel«, verlange ich aufgebracht. »Er ist weg. Aber wir sind noch hier. Du und ich und ich bin nicht *deine* kleine Schwester. Da ist doch was zwischen uns.«

Ich höre selbst den flehenden Unterton in meiner Stimme, doch ich kann nicht anders. So lange war ich heimlich verknallt, dann war Funkstille. Jetzt haben wir uns angenähert, ich durfte ihn als Erwachsenen kennenlernen und habe mich noch mehr in ihn verliebt. Gestern Abend sind alle meine Träume endlich in Erfüllung gegangen. Und jetzt das?

Frederik sieht mich lange an. In seinem Blick liegt Entschlossenheit, er hat sich entschieden.

»Der gestrige Abend wird sich nicht wiederholen«, sagt er dann mit fester Stimme. Obwohl ich damit gerechnet habe, treffen seine Worte mich wie ein Schlag ins Gesicht. Doch ehe ich reagieren kann, öffnet sich hinter mir die Tür und die Arbeiter kommen in die Küche.

»Was ist denn hier los?«, höre ich, aber ich nutze sofort die Gelegenheit und verschwinde. Draußen stapfe ich auf die Straße zu, wo schon Sylvies Auto auf mich zukommt.

»Hey, was ist passiert? Johnny hat eben Alarm geschlagen, dass Frederik verschwunden ist und dann war auch noch das *Leckermäulchen* verwaist. Gab es Probleme mit den Schlössern?«, fragt sie, als sie neben mir hält.

»Das waren nicht die einzigen Probleme. Kannst du mich bitte nach Hause bringen?«

In meinen Augen schimmern Tränen und Sylvie nickt sofort.

»Klar, steig ein. Möchtest du darüber reden?«

Ich schüttle den Kopf, weil ich einfach nicht glauben kann, was in den letzten Stunden passiert ist. Sylvie lässt mich in Ruhe. Vielleicht ahnt sie, dass gerade kein sinnvolles Gespräch mit mir geführt werden kann. Sie bringt mich nach Hause und verspricht, einen Zettel an die Tür des *Leckermäulchens* zu kleben, dass heute geschlossen ist.

In meiner Wohnung ziehe ich mich aus und stopfe alle Klamotten sofort in die Waschmaschine. Ich habe das Gefühl, dass jede Faser davon nach Frederik riecht und das ertrage ich gerade nicht. Dann stelle ich mich unter die Dusche und wasche seine Spuren auch von meinem Körper, seine Fingerabdrücke, seine Küsse. Dabei wandern meine Gedanken ununterbrochen hin und her zwischen gestern Abend und heute Morgen. Es passt einfach nicht zusammen. Jede seiner Berührungen kommt mir jetzt wie eine Lüge vor. Aber der Ausdruck in seinem Gesicht, als er mich geküsst hat. Als würde er aufhören, gegen etwas anzukämpfen. Und heute war alles nur ein Fehler? Diese wundervolle Nacht, in der wir uns nicht nur ein Mal geliebt haben? Wäre es ein Ausrutscher gewesen, dann doch nicht mit Wiederholung, oder?

Mit geschlossenen Augen lasse ich das Wasser auf mein Gesicht prasseln und versuche, das Gedankenkarussell für einen Augenblick anzuhalten. Doch dann fällt mir ein, dass meine Handtasche noch in Frederiks Auto liegt. Es grenzt an ein Wunder, dass ich den Wohnungsschlüssel in meiner Hosentasche hatte, aber Handy, Geldbörse und der Schlüssel zum Café sind in meiner Tasche.

»Scheiße!«, fluche ich laut, als mir klar wird, dass ich nicht darum herumkommen werde, mir meine Sachen in der *Fischkneipe* abzuholen. Frederik und ich können uns unmöglich normal verhalten und Johnny wittert Herzschmerz zwei

Kilometer gegen den Wind. Wird er Fragen stellen? Oder mir nur einen mitleidigen Blick zuwerfen? Ertragen könnte ich beides gerade nicht.

Wieso muss ich auch meine Handtasche in Frederiks Auto lassen? Hätte ich sie mitgehabt, dann wäre das alles nicht passiert. Wir hätten jemanden angerufen, der uns befreit hätte und es wäre nichts gelaufen zwischen uns. So wie es ihm sowieso am allerliebsten wäre. Ich halte einen Moment inne. Und mir? Wäre es mir lieber, wenn der vergangene Abend nie geschehen wäre? Ich denke zurück an die Zärtlichkeit, die Leidenschaft, die Verbundenheit und die Schmetterlinge in meinem Bauch flattern aufgeregt mit den Flügeln, während mein Kopf missmutig auf die Scherben meines gebrochenen Herzens hinweist, die der Abend hinterlassen hat. Um diese Frage zu beantworten, ist die Wunde vielleicht einfach noch zu frisch.

Widerwillig trockne ich mich ab und ziehe mich an. Da läutet es an der Tür. Als ich öffne, steht Anna vor mir, in den Händen meine Handtasche.

»Wieso habe ich das Gefühl, dass Frederik und du gerade nicht miteinander redet?«, fällt sie gleich mit der Tür ins Haus.

»Das ist eine lange Geschichte. Wie kommst du zu meiner Tasche?«

»Er hat sie vorhin bei mir im Laden vorbeigebracht.«

»Was ist nur mit den Männern in Sterenholm los?«, donnere ich. »Vor einigen Monaten drückt Daniel mir seine Wohnungsschlüssel in die Hand, damit ich mich um Mariella kümmere, nun bringt Frederik meine Handtasche zu dir.«

»Ich würde mal sagen, sie holen gleich von selbst die Kavallerie, wenn sie Mist gebaut haben«, erwidert Anna trocken. »Was hat er angestellt?«

Ich trete zur Seite, um sie reinzulassen und gehe vor in die Küche.

»Wann musst du wieder bei deinen Pflanzen sein?«

»Klaus ist da und passt auf das *Blatt & Blüte* auf. Ich mach uns mal eine Tasse Tee«, meint Anna. Wenig später sitzen wir im Wohnzimmer und ich erzähle ihr alles. Auch Anna ist verwirrt und versteht Frederiks Kehrtwende nicht. Doch sie lenkt mich ab. Wir tauschen den neuesten Tratsch aus und unterhalten uns über Mariellas Hochzeit.

Gegen Mittag muss Anna wieder los. Sie fragt, ob sie eine der anderen vorbeischicken soll, doch ich schüttle den Kopf. Ich möchte jetzt allein sein. Aber kaum habe ich die Tür hinter ihr geschlossen, drehen sich meine Gedanken wieder nur um den vergangenen Abend. Also putze ich, suche neue Backrezepte aus Büchern und aus dem Internet und koche sogar am Abend. Später liege ich wach in meinem Bett und kann nicht einschlafen, obwohl ich todmüde bin.

Noch früher als sonst stehe ich am nächsten Morgen in meiner Backstube und bereite alle Torten und Kuchen für den Tag zu. Kurz nachdem ich aufgeschlossen habe, klingelt auch schon die Glocke über der Ladentür. Plötzlich steht Stefan vor mir.

»Guten Morgen«, begrüße ich ihn erfreut. »Was machst du denn hier? Ich dachte, dein Urlaub ist vorbei?«

Er lächelt mich breit an. »Das würde ich dir gerne bei einem großen Stück Marmorkuchen und einer noch größeren Tasse Kaffee erzählen«, erwidert er und setzt sich an einen der Tische.

»Kommt sofort, ich muss nur noch rasch etwas aus dem Backofen holen. Ich bin gleich wieder bei dir«, verspreche ich. In der Backstube ziehe ich die Form aus dem Ofen und lasse sie auskühlen. Dann krame ich in einem Regal, denn irgendwo muss hier noch eine riesige Kaffeetasse sein. Plötzlich habe ich den pinken Schlumpfine-Thermobecher von Frederik in der Hand. Die Enttäuschung und das Unverständnis über sein Verhalten schlagen wie eine Welle über mir zusammen und mit einem Mal macht sich unbändige Wut in mir breit. Ich bin doch kein Jo-Jo, das man wegwerfen und zurückholen kann, wie es einem gerade passt. Verärgert schleudere ich den Becher durch die Backstube, wo er scheppernd in einer Ecke liegen bleibt.

»Ist alles in Ordnung?«, höre ich kurz darauf eine Stimme hinter mir und drehe mich erschrocken um. Stefan steht in der Tür und sieht mich mit großen Augen an. »Ich habe ein lautes Geräusch gehört.«

Mein Blick wandert zu dem Thermobecher.

»Ich … nein … ja, es ist alles okay«, beruhige ich ihn dann. »Tut mir leid!«

Stefan sieht mich fragend an. »Jetzt wüsste ich aber schon gerne, was Schlumpfine angestellt hat«, meint er dann schmunzelnd und ich muss lachen. Offenbar hat er sich richtig zusammengereimt, dass der Becher nicht von allein dort gelandet ist.

»Gar nichts«, gebe ich zu. »Sie musste leider ausbaden, was ein anderer verbockt hat.«

»Aha, verstehe«, erwidert Stefan und nickt wissend. »War Schlaubi-Schlumpf zu vorlaut?«

Ich überlege einen Moment.

»Nein, Idioti-Schlumpf hat gestern A gesagt und heute Morgen B. Eine Aussage davon muss gelogen sein, ich weiß nur nicht, welche.

Und ich hasse es, wenn man mich anlügt«, füge ich dann noch hinzu. Dass Stefan nichts darauf antwortet, macht mich stutzig und ich sehe ihn forschend an.

»Also … was das betrifft, sollte ich dir auch etwas beichten«, gesteht er dann. Fragend hebe ich die Augenbrauen. Was kommt denn jetzt?

»Komm mit mir nach Berlin.«

Nun klappt mein Unterkiefer nach unten und ich fühle mich, als wäre ich im Kino nach der Toilette in den falschen Saal gegangen und hätte keine Ahnung, welcher Film hier gerade läuft.

»Was?«, entfährt es mir. »Ich soll … hör mal, Stefan, du bist echt ein netter Kerl, aber …«

»Oh Gott, nein«, unterbricht er mich lachend. »Das ist jetzt völlig falsch bei dir angekommen. Also ich bin glücklich verheiratet und werde bald Vater. Das Angebot war beruflich gemeint.«

»Du … und da warst du hier allein im Urlaub?« Langsam verstehe ich gar nichts mehr.

»Ich fange mal ganz von vorne an, okay?«, schlägt er vor und ich nicke. Mit Kuchen und Kaffee setzen wir uns im Café an einen Tisch.

»Ich war nicht hier, um Urlaub zu machen, sondern geschäftlich«, erklärt er mir dann. »Mein Job ist es, führendes Personal für die Kunden meiner Firma ausfindig zu machen. Hauptsächlich bin ich für Hotels im Einsatz, die hochqualifizierte Mitarbeiter benötigen. Im Augenblick sucht ein großes Hotel in Berlin eine neue Küchencrew, insbesondere einen Chef de Patisserie. Ein Kollege von mir hat von seiner Schwester erfahren, dass es hier in Sterenholm eine ausgezeichnete Konditorin gibt. Er kann aber aus Italien gerade nicht weg, sonst hätte den Deal sicher gerne selbst an Land gezogen, also hat er mir den Tipp gegeben.«

Ich sehe auf.

»Italien? Wie heißt dein Kollege?«

»Benito Mancuso. Er kommt in einigen Wochen zur Hochzeit seiner Schwester hierher.«

»Auf der ich Brautjungfer bin«, ergänze ich.

»Und nach der du hoffentlich nach Berlin gehst.« Er sieht mich ernst an. »Ich hatte hier in Sterenholm einen Kunden zu betreuen, aber ich war auch deinetwegen hier, Livia. Und jetzt bin ich es wieder. Ich habe deine Kostproben heil nach Berlin gebracht und sie haben meinen Kunden sehr beeindruckt. Einen Vertragsentwurf habe ich schon in der Aktentasche, du müsstest nur noch unterschreiben. Natürlich ist es nur eine Verhandlungsbasis. Man kann über alle Punkte noch sprechen, wenn du etwas geändert haben möchtest. Aber du hast freie Hand bei der Gestaltung der Dessertkarte,

Mitspracherecht bei der Besetzung deines Teams, fix zwei freie Tage in der Woche und ein Gehalt, das weit über dem üblichen liegt.«

»Stefan …«, stoße ich überrascht hervor.

»Du musst dich nicht gleich entscheiden. Ich lasse dir den Vertrag hier. Und ich hoffe, dass du mir bis Ende nächster Woche eine positive Rückmeldung gibst.« Er lächelt mich an, als hätte er mir gerade einen Strauß Blumen geschenkt.

»Aber … ich habe ein Café hier«, stammle ich.

»Wenn du möchtest, kann ich dir bei der Suche nach einem Pächter behilflich sein«, bietet er an.

Ich schnappe nach Luft wie ein Fisch auf dem Trockenen und habe keine Ahnung, was ich sagen soll.

»Überleg es dir zumindest, okay?«, bittet mich Stefan und ich nicke wie in Trance. Er reicht mir eine dünne Mappe.

»Möchtest du, dass wir die Unterlagen gemeinsam durchgehen?«

»Nein, danke. Das schaff ich schon allein.«

»Gut! Leider kann ich diesmal nicht so lange bleiben. Meiner Frau ging es nicht so gut, als ich aufgebrochen bin und da möchte ich sie nicht länger allein lassen als unbedingt nötig«, erklärt er. »Meine Karte mit Telefonnummer und Mailadresse steckt in der Mappe. Du kannst mich jederzeit anrufen.«

Ich gebe ihm noch Proviant für die Reise mit und wir verabschieden uns. Als Stefan aus der Tür ist, lasse ich mich kraftlos auf einen der Stühle sinken. Das war jetzt wie ein Tsunami, der mein ohnehin schon gebeuteltes Leben noch zusätzlich durcheinandergebracht hat. Ich drohe in dem Wirrwarr meiner Gedanken zu ertrinken, doch da geht die Tür auf und eine meiner Stammkundinnen betritt das *Leckermäulchen*. Rasch stehe ich auf, winke und bereite Kaffee und eine Cremeschnitte für sie vor, so wie jeden Tag. Als ich nach ein wenig Small Talk wieder hinter der Theke stehe, greife ich nach meinem Handy.

»Krisensitzung heute Abend!«, schreibe ich in den Gruppenchat mit meinen Freundinnen.

»Was ist passiert?«, kommt sofort von Lilly.

»Geht es dir gut?«, fragt Lexi.

»Hat es etwas mit gestern zu tun?«, will Sylvie wissen.

»Das klingt ja ernst«, meint Mariella.

»Wann und wo?«, antwortet Anna, wie immer pragmatisch.

»Nicht bei Johnny«, texte ich sofort.

»Jetzt machst du mir Angst«, gibt Mariella zu.

»Achtzehn Uhr bei mir auf dem Boot«, entscheidet Sylvie. »Georg ist auf einer Schulung und wir haben sturmfrei.«

Somit ist es beschlossen.

Der Arbeitstag geht schneller vorüber als gedacht und pünktlich um sechs stehe ich vor Sylvies und Georgs Hausboot. Als ich klopfe, öffnet mir Sylvie und ich sehe hinter ihr, dass alle meine Freundinnen schon hier sind. Tränen der Rührung steigen mir in die Augen. Ich habe um Hilfe gerufen und sie haben alles liegen und stehen lassen, um an meiner Seite zu sein.

»Süße, du bist ja völlig durch den Wind.« Sylvie zieht mich in eine Umarmung und auch die anderen kommen zu uns.

»Lasst sie mal reinkommen.« Anna nimmt mich mit zur Couch. Im Nu habe ich ein Glas Wasser in der Hand. Auf dem Tisch liegen einige Tafeln Schokolade und eine Schüssel mit Chips.

»Nervennahrung«, erklärt Mariella und greift selbst kräftig zu. Lexi reicht mir ein Taschentuch, mit dem ich meine Tränen trockne.

»Und jetzt erzähl uns mal, was überhaupt los ist und wieso wir nicht zu Johnny gehen durften«, will Lilly wissen, während sich alle auf der Couch verteilen und mich aufmerksam ansehen. »Mit seinen Cocktails finden wir doch immer eine Lösung für Probleme.«

»Weil das Problem dort ist«, erkläre ich schwach.

»Frederik«, kombiniert Lexi. »Was hat er angestellt?«

Ich hole tief Luft und erzähle meinen Freundinnen ausführlich, was am Wochenende zuvor geschehen ist.

»Ich verstehe es einfach nicht«, flüstere ich zum Abschluss.

»Ein klassischer One-Night-Stand?«, meint Anna, die offenbar nun genügend Zeit zum Nachdenken hatte und sich eine Meinung gebildet hat. Sylvie sieht sie vorwurfsvoll an, doch Anna hebt ahnungslos die Hände. »Was denn? Wenn ihr nur die Geschichte hören und Frederik nicht kennen würdet, dann wäre das doch auch euer erster Gedanke.«

»Die beiden sind Freunde«, entgegnet Sylvie.

»So hat es bei Niko und mir auch angefangen«, gibt Lexi zu bedenken.

»Ja, aber daraus ist eine Beziehung geworden. Er hätte dich nie einfach nach dem ersten Sex so auflaufen lassen«, mischt sich nun auch Lilly ein. »Und Frederik ist nicht als Herzensbrecher bekannt.«

»Aber von einer Beziehung habe ich bei ihm auch noch nichts gehört. Also wenn er nicht als Mönch lebt, muss da schon die eine oder andere Bettgeschichte in den letzten Jahren gelaufen sein«, schlussfolgert Mariella und zuckt mit den Schultern.

»Ja, das kann es ja auch, aber doch nicht so, dass er mit jemandem in die Kiste steigt, bei der er weiß, dass sie viel mehr für ihn empfindet. Es sagt ja niemand etwas gegen eine heiße Nacht, wenn von Anfang an klare Fronten herrschen. Aber davon kann man ja in Livias Fall nun wirklich nicht sprechen«, hält Sylvie dagegen.

»Gut, Punkt für dich«, sieht Anna ein. »Frederik ist kein Arsch, der mit den Gefühlen einer Frau spielt. Und er wusste, was Livia für ihn fühlt.«

Die anderen nicken zustimmend.

»Und wenn es doch an deinem Bruder liegt?«, wirft Lexi nun ein.

»Frank ist tot!«, rufe ich und alle sehen mich schockiert an. »Und er wird nicht aus seinem Grab auferstehen, wo immer das auch sein mag und Rick mit dem Zeigefinger drohen, weil er mit seiner kleinen Schwester geschlafen hat. Ich bin erwachsen und keine fünfzehn mehr.«

»Aber warum lässt er sich dann erst auf dich ein, um dann einen Rückzieher zu machen?«, stellt Anna die Frage, um die sich schon seit zwei Tagen meine Gedanken drehen.

»Mädels, das kann ich euch auch nicht sagen«, kommt plötzlich eine Stimme von der Tür und wir fahren erschrocken herum. Johnny steht mit einem Tablett voll Cocktails am Eingang und streift sich die Schuhe ab. »Aber zumindest habe ich nun eine Erklärung dafür, wieso mein Geschäftspartner seit gestern eine so unterirdische Laune hat«, fährt er fort und stellt die Gläser heil auf dem Tisch ab.

»Johnny, was machst du denn hier?«, fragt Lexi überrascht.

»Ich habe Cocktails für uns bestellt«, antwortet Sylvie stattdessen. »Nur weil wir nicht ins *Watermelon* können, müssen wir uns doch die Getränke nicht entgehen lassen.«

Die anderen lachen, doch mein Blick bleibt auf Johnny geheftet.

»Er ist schlecht drauf?«

»Herzchen, das ist die Untertreibung des Jahres«, erwidert er und hebt theatralisch die Hände. »Er hatte schon miese Laune, als er heute Morgen zum Einkaufen aufgebrochen ist, aber als er zurückgekommen ist, hat er gemurmelt, dass der Typ schon wieder da ist. Und dann war es ganz schlimm. Er hat sogar Andi in der Küche angeschrien und die Tür zum Lager zugeknallt. So habe ich ihn noch nie erlebt.« Er schüttelt den Kopf.

»Und du meinst, das könnte mit mir zu tun haben?« Mit großen Augen sehe ich ihn an.

»Ach, Schätzchen …«, antwortet Johnny und sieht mich mitleidig an, als würde ich nicht wissen, dass es nachts dunkel ist. »Alles hat im Moment mit dir zu tun. Du hilfst aus, als ich mir die Seele aus dem Leib reihere und er steht noch Wochen danach den halben Tag neben sich. Er hat dir angeboten, dass du oben schlafen kannst, während er sich nie Gedanken macht, ob unsere Aushilfen nachts durch Sterenholm latschen. Die Stadt ist ja auch wirklich nicht für ihre hohe Kriminalitätsrate bekannt. Er hat am nächsten Tag Frühstück für dich vorbereitet, obwohl wir keines anbieten und er selbst außer Kaffee morgens nichts isst. Er lächelt, sobald dein Name in einem Gespräch fällt.«

Hoffnung keimt in mir auf.

»Ja und dann vögelt er mit ihr und sagt ihr am nächsten Morgen, dass es eine einmalige Sache war. Passt ja perfekt zu deiner Theorie«, fügt Anna staubtrocken hinzu und Lilly knufft sie in den Arm.

»Aber sein Verhalten heute fügt sich dann schon wieder in das Bild, das Johnny hier zeigt«, meint Mariella. »Doch von welchem Typen hat er bloß geredet?«

Johnny zuckt mit den Schultern. »Er kam so gegen halb acht zurück.«

Also kurz nachdem ich den Laden geöffnet habe.

»Stefan!«, entfährt es mir. Fragende Augen sehen mich an. Dann erzähle ich von meinem Besuch und dem überraschenden Angebot von heute Vormittag. Als ich geendet habe, liegt ein Schweigen über dem Boot.

»Du überlegst, es anzunehmen?«, kann Lilly das nicht fassen. »Aber du hast das *Leckermäulchen* hier. Das ist dein Baby, du hast es dir selbst aufgebaut.«

»Und es liegt ganz in der Nähe der *Fischkneipe*«, stellt Anna fest. »Wenn sie Frederik ständig vor Augen hat, wird sie nie mit ihm abschließen können, das haben doch die letzten Jahre schon gezeigt.«

»Also bist du dafür, dass sie geht?«, ruft Lilly entsetzt.

»Sie ist meine beste Freundin und ich werde sie schrecklich vermissen, aber vielleicht tun ihr ein oder zwei Jahre Abstand gut«, erwidert Anna ruhig.

»Also ich sage, dass kein Mann es wert ist, dass du deinen Laden aufgibst«, meint Johnny. »Ich muss jetzt leider wieder rüber. Der Griesgram vergrault mir sonst die ganzen Gäste.« Er drückt mich an sich und verschwindet dann.

»Ich bin auch für bleiben«, stellt Sylvie klar. »Du hast hier deine Freunde und deine Familie.«

»Es muss ja nicht für immer sein«, wirft Mariella ein. »Lasst doch mal die Sache mit Frederik außen vor. Die Chance, in einem so großen Hotel zu arbeiten, ist schon einmalig. Da kann man ganz andere Dinge ausprobieren, für die hier in Sterenholm die Klientel fehlt. Und sie verdient eine Menge Kohle, die sie ja dann im Anschluss ins *Leckermäulchen* investieren kann.« Sie wendet sich an mich. »Lass Stefan doch einen Pächter suchen und mach einen Vertrag für zwei Jahre. Dann kannst du immer noch entscheiden, ob du zurückkommen willst oder nicht.«

»Lexi, was sagst du?«, fragt Lilly ihre Schwester. »Ich, Johnny und Sylvie sind für bleiben, Anna und Mariella sind für gehen.«

»Ich bin damals auch gegangen, als meine Beziehung mit Robert den Bach runtergegangen ist«, antwortet Lexi. »Und es war das Beste, was ich tun konnte. Ich habe den Mann meines Lebens gefunden, die Beziehung zu meiner Schwester wieder gekittet und mich hier selbstständig gemacht. Aber nur weil die Entscheidung für mich richtig war, muss sie das nicht auch für dich sein. Jedes Argument, das hier in den letzten Minuten auf den Tisch gekommen ist, hat seine Berechtigung. Welches für dich schwerwiegender ist, kannst nur du allein wissen.«

Ich nicke und damit lassen wir das Thema ruhen.

Lilly erzählt ein wenig von ihrer Tochter Lucy, Mariella und Sylvie von der Hochzeit. Die Cocktails werden geleert und die Stimmung bessert sich. Und im Laufe des Abends beginne ich sogar wieder zu lachen. Vor allem, als Mariella eine ganz spezielle Sache anspricht.

»Mädels, ihr müsst mir helfen«, fleht sie uns an.

»Es ist deine Entscheidung«, hält Sylvie dagegen. Interessiert sehen wir anderen die beiden an.

»Willst du das Menü noch mal kippen?«, erkundigt sich Lilly.

»Nicht jede Braut ist so fixiert auf das Essen, wie du es warst«, meint Lexi.

»Ich bin Köchin!« Diese Aussage ist für Lilly Argument genug und ich muss schmunzeln.

»Es ist das Kleid, oder?«, befürchtet Anna. »Oder unsere Kleider? Müssen wir diese ganze Anprobe-Sache noch mal durchziehen?« Entsetzt sieht sie Mariella an, doch ich weiß, dass sie es ohne mit der Wimper zu zucken für sie machen würde.

»Die Torte?«, werfe ich hoffnungsvoll ein. »Möchtest du doch keine echten Blumen darauf?«

»Nein, das bleibt alles, wie es ist«, erwidert Sylvie. »Aber Mariella will in Ballerinas zum Altar schreiten.«

Unser aller Augen bleiben auf Sylvie gerichtet, als würden wir noch auf etwas warten.

»Und sie ist sich nicht sicher, ob das okay ist«, fügt sie dann noch hinzu.

»Ich bin schwanger«, erinnert uns die Braut, als müsse sie sich verteidigen. »Und ich habe keine Lust, den ganzen Tag auf High Heels herumzustolzieren. Meine Füße sind geschwollen, ich wiege mehr, als ich sollte und ich bin nicht so klein, dass ich mit flachen Schuhen neben Daniel komisch aussehen würde auf den Hochzeitsfotos. Aber ich mach mir Sorgen, dass die Leute reden, wenn ich mit flachen Schuhen auftauche.«

»Du könntest einen kleinen Absatz tragen, damit geht man schon eleganter«, schlägt Sylvie vor.

»Ich bin auf Sylvies Seite«, meint Lexi. »Kleiner, breiter Absatz klingt wie ein guter Kompromiss.«

»Ich bin in Mariellas Team«, entscheidet sich Lilly. »Sie watschelt ohnehin wie eine Ente. Das wird ein anstrengender Tag mit Babybauch, da muss man es sich nicht schwerer machen als nötig.« Die beiden klatschen mit einem High Five ab.

»Müssen wir dann auch keine High Heels tragen?«, fragt Anna hoffnungsvoll. Mariella schüttelt den Kopf.

»Ihr dürft, müsst aber nicht. Wer will, darf ins Team Ballerina kommen«, lockt sie. »Dann reden die Leute wenigstens nicht nur über mich.«

»Somit stimme ich für Mariella«, beschließt Anna. Nun richten sich die Blicke auf mich.

»Wenn ich mit echten Blumen auf der Torte leben muss, dann müssen die Leute mit Ballerinas an den Füßen der Braut leben«, beschließe ich grinsend. »Aber ich will High Heels tragen!«

Sylvie nickt und wendet sich an Mariella. »Deine Hochzeit, deine Regeln, Süße. Oder muss die Braut in der Welt deiner Großmutter hohe Schuhe tragen?«, erkundigt sie sich rasch. Mariella schüttelt den Kopf.

»Das sehen die Katholiken ausnahmsweise mal nicht so streng.«

Die Situation ist so witzig, dass ich wir alle zu lachen beginnen.

Ich genieße den Abend mit meinen Freundinnen. Doch Frederik geht mir nicht aus dem Kopf. Auch als ich nach einem umarmungsreichen Abschied den Weg nach Hause antrete, kreisen meine Gedanken um ihn. Doch da ist noch etwas anderes, das sich mehr und mehr Aufmerksamkeit in meinem Kopf erkämpft. Und das ist das Angebot von Stefan. Nachdenklich verschwinde ich unter die Dusche und schließlich ins Bett. Aber zu einem Ergebnis komme ich nicht.

# Kapitel 15

Am nächsten Tag habe ich wahnsinnig viel zu tun. Zusätzlich zum normalen Kuchenangebot für das Café backe ich noch pinke Cupcakes für eine Babyparty und auch nachdem ich abends schließe, stehe ich erneut in der Backstube, da für den nächsten Tag zwei Torten bestellt wurden, die bereits um neun abgeholt werden. Da schaffe ich in der Früh nur noch die Verzierung, aber nicht auch noch den Teig. Es ist spät, als ich das *Leckermäulchen* verlasse und ich habe den ganzen Tag kaum etwas gegessen. Doch ich habe keinen Hunger. Beim Gedanken an meine Wohnung schüttle ich den Kopf. Ich würde ohnehin nicht zur Ruhe kommen, also schlage ich den Weg zum Strand ein. Auf dem Hauptplatz fällt mein Blick auf die beleuchteten Fenster der *Fischkneipe* und des *Watermelon und* ein Stich fährt durch mein Herz. Ich kann Frederik aus dem Weg gehen, aber es wird nie wieder wie früher sein für mich hier in Sterenholm.

Am Strand empfängt mich die Ostsee mit lautem Wellenrauschen. Der Wind weht heute stärker als sonst und die Wellen erzählen mir, dass es draußen auf dem Meer noch stürmischer zugeht. Ich kuschle mich in einen nahen Strandkorb und lehne meinen Kopf an das Kissen. Langsam wird es dunkel, aber die Finsternis stört mich nicht, sie ist eher ein willkommener Gast, eine Decke, in die ich mich einhüllen und meinen Gedanken nachgehen kann.

»Warum verkriechen sich alle Frauen hier in Sterenholm in einen Strandkorb, wenn sie Probleme haben?«, höre ich plötzlich Johnnys Stimme neben mir. Wortlos reicht er mir eine Flasche Wein – entkorkt, aber ohne Glas. Ich runzle die Stirn.

»Bist du nicht der Cocktail-Guru?«, frage ich verblüfft, greife dabei aber trotzdem nach der Flasche.

Er zuckt mit den Achseln und nimmt neben mir Platz.

»Herzchen, auch die problemlösende Wirkung eines Cocktails ist begrenzt. Bei dir bleibt es heute nicht bei zwei oder drei Cocktails. Und weil ich dich mag, rate ich dir ab, dich mit meinen Mischungen zu betrinken, sondern klassisch mit Wein. Denn wie Sylvie immer so schön sagt: Vom Fruchtcocktail wird einem am nächsten Morgen schlecht und Sahnecocktails ergeben nur eine Schweinerei, falls du kotzen musst.«

Ich lache humorlos auf und setze die Flasche an meine Lippen. Die Wirkung des Alkohols spüre ich nahezu sofort, da mein Magen leer ist. Dann deute ich mit dem Kopf auf das *Watermelon*.

»Ist er da?«

»Ja und ich wünschte, ich könnte ihm Lokalverbot erteilen«, seufzt Johnny.

»Immer noch so mies drauf?«

»Kennst du den Song *Bitch* von Meredith Brooks?«

Ich nicke.

»Der Anfang passt perfekt auf Frederik.«

»*I hate the world today*«, singe ich und Johnny nickt.

»Ganz genau so ist er gelaunt. Als würde er die ganze Welt hassen.«

Verwirrt schüttle ich den Kopf.

»Ich kapier nur nicht, wieso. Er hat doch bekommen, was er wollte.«

»Bist du dir da sicher? Ich denke, dass er eigentlich ganz etwas anderes will, das er sich aber nicht zuzugeben traut.«

Meine Augen brennen und ich spüle die aufsteigenden Tränen mit einem kräftigen Schluck Wein hinunter.

»Weißt du, wenn ich wüsste, dass er nur Zeit braucht, dann könnte ich warten, aber er kann nicht immer *weiß* sagen, wenn er eigentlich *schwarz* meint. Ich kann nicht immer nur hoffen. Mir fehlt einfach die Kraft dazu, immer wieder Zurückweisungen einzustecken.« Nun schluchze ich doch und ertränke den Kummer mit noch mehr Wein. Johnny legt seinen Arm um mich.

»Schatz, er ist so dumm, wenn er sich dich durch die Lappen gehen lässt. Ich schwöre, wenn ich auf Frauen stehen würde, dann hätte ich dich ihm schon vor der Nase weggeschnappt«, versichert er mir und ich berge mein Gesicht an seinem Hemd, da sich die Tränen nun endgültig nicht mehr aufhalten lassen.

»Danke, Johnny!«, flüstere ich und er streichelt beruhigend meinen Rücken, bis ich wieder normal atme. Dann sehe ich auf und versuche ein Lächeln, um ihn zu überzeugen, dass es mir besser geht.

»Und nun sieh zu, dass du wieder Stimmung in deinem Laden machst. Ich komm hier schon klar.«

Johnny drückt mich noch einmal an sich und lässt mich dann allein. Ich überlasse mich wieder den Geräuschen der Ostsee und lasse mir vom Wind den Kopf ein wenig freipusten.

Anna hat recht. Wenn ich meine Gefühle für Frederik vergessen muss, weil er sie einfach nicht erwidert, dann werde ich das hier nicht schaffen. Immerhin ist er schon seit mehr als zehn Jahren in meinem Herzen verankert. Und ich muss das *Leckermäulchen* ja nicht für immer in fremde Hände geben. Stattdessen könnte ich Chef de Patisserie in einem großen Hotel werden. Ich hätte alle Möglichkeiten, auch meinen Dessert-Fantasien freien Lauf zu lassen, die über Torten und Kuchen hinausgehen. Trockeneis kommt mir in den Sinn und einige Ideen, die ich während der Ausbildung hatte und die in Richtung Molekularküche gehen. Diese Chance habe ich im *Leckermäulchen* nicht, weil mir die Mittel fehlen und weil niemand hier auf so gehobene Küche steht. Doch dann kommen mir Johnnys Worte von gestern und heute in den Sinn, dass Frederik leidet und mies gelaunt ist. Und mir wird klar, dass ich Bescheid wissen muss, ehe ich meine Gedanken weiterführe. Entschlossen stehe ich auf.

Der Strand erscheint mir unebener als sonst, was aber auch an der leeren Flasche Wein in meiner Hand liegen könnte. Ich werfe sie in den nächsten Mülleimer und atme tief ein.

Etwas wackelnd stapfe ich auf die Tür des *Watermelon* zu und ziehe sie auf. Es sind kaum Leute hier, denn es ist Mittwoch und schon sehr spät. Doch die Gäste sind mir egal, denn hinter der Bar steht der Mann, zu dem ich will. Sein Anblick lässt mein Herz aufgeregt klopfen. Als er aufsieht und unsere Blicke sich treffen, spannt mein gesamter Körper sich an. Zu frisch sind noch die Erinnerungen an seine Berührungen, seine Küsse, seine geflüsterten Worte an meinem Ohr. Doch ich lasse mich nicht beirren und halte weiter auf ihn zu. Frederik merkt, dass ich zu ihm will und kommt hinter der Bar hervor. Schließlich stehen wir einander gegenüber und er sieht mich fragend, abwartend an. Ich spüre, dass auch er aufgeregt und unsicher ist.

»Tanz mit mir«, fordere ich ihn mit rauer Stimme auf. Während die Augenbrauen von Johnny, der unweit von uns steht, fast an den Haaransatz springen, bleibt Frederiks Blick starr auf mich gerichtet. Damit hat er nicht gerechnet und er ringt mit sich, das sehe ich ihm an. Johnny sprintet zur Jukebox und Sekunden später ertönt Solomon Burkes *Cry to me*, passend zu Baby Housemans Aufforderung an Johnny Castle, mit ihr zu tanzen. Einen Moment lang glaube ich, dass Frederik sich einfach umdreht und geht, doch dann sehe ich in seinen Augen, dass er seinen inneren Kampf verliert. Sein Brustkorb hebt und senkt sich, dann greift er vorsichtig nach meiner Hand, als wäre er sich nicht sicher, ob er es aushält, mich zu berühren. Seine Augen schließen sich, als er mich an sich zieht und langsam beginnt, sich zu bewegen. Ich schmiege mich an ihn, lasse mich führen und vergesse alles um mich. Unsere Bewegungen fließen, als würde jeder von uns ahnen, was der andere gleich tun wird. Wir sind eins. Da ist so viel Spannung zwischen uns und so viel Anziehung. Der Song endet und ich suche erneut seinen Blick.

»Rick, vergiss Frank mal für einen Moment«, flüstere ich dann. »Kannst du mir wirklich in die Augen sehen und mir sagen, dass du mich nicht willst?« Ich merke sofort, dass er sich innerlich distanziert, verschließt. Er schluckt sichtbar.

»Ja«, antwortet er leise, aber bestimmt.

Alles in mir schreit, dass er lügt, dass seine Worte nicht zu seinen Taten passen. Doch ich muss sie akzeptieren. Es ist nun die dritte Zurückweisung in kürzester Zeit und ich habe keine Hoffnung mehr, dass er seine Meinung ändert. Weiß der Himmel, weshalb er so schlecht drauf ist, aber dass er sein Verhalten bereut, ist offensichtlich nicht der Grund. Und nun liegt es an mir, zu handeln, damit ich nicht an Frederik zerbreche. Also nicke ich.

»Dann lass ich dich jetzt los«, verspreche ich ihm wispernd und trete einen Schritt zurück. Verwirrung blitzt in seinem Blick auf.

»Was meinst du damit?«

Doch ich schüttle nur den Kopf.

»Das geht dich nichts mehr an!« Meine Entscheidung ist gefallen.

Ich greife nach meiner Tasche und während ich das Lokal verlasse, höre ich, dass Johnny *Ich Idiot ließ dich gehen* von Roger Cicero auflegt und somit seinen Standpunkt klarstellt.

# Kapitel 16

Am nächsten Morgen wache ich mit Kopfschmerzen auf. Johnnys Theorie über Frucht- und Sahnecocktail in Ehren, aber das Hämmern hinter meinen Schläfen hätte er bei seiner Aufzählung gestern ruhig mit anführen können. Doch mein Entschluss steht immer noch felsenfest. Ich muss nach vorne schauen und wenn mir Frederik ständig vor der Nase herumläuft, werde ich das nicht schaffen. Nachdem ich geduscht und gefrühstückt habe, mache ich mich auf den Weg zur Arbeit. Unterwegs schreibe ich in unseren Freundinnen-Gruppenchat: »Die Entscheidung ist gefallen, ich werde das Angebot annehmen und nach Berlin gehen.« Dann schildere ich in kurzen Worten die Ereignisse des vergangenen Abends und stecke mein Telefon zurück in meine Tasche. Ich muss mein Leben weiterleben, auch ohne Frederik. Und Berlin ist ein Schritt weg von ihm und den ganzen Erinnerungen hier.

Nachdem alles für den anstehenden Tag fertig gebacken und verziert ist, rufe ich gegen halb neun Stefan an.

»Das ging ja schneller als erwartet«, meldet er sich erfreut. »Darf ich auf eine positive Nachricht hoffen?«

»Darfst du. Aber wir müssen noch ein paar Kleinigkeiten im Vertrag ändern.«

Es ertönt ein leises Lachen.

»Dann trifft es sich ja gut, dass ich ohnehin auf dem Weg nach Sterenholm bin.«

Erstaunt blinzle ich.

»Willst du zu mir?«

»Ich wollte auch bei dir vorbeischauen, aber offenbar hat Sterenholm noch einige Talente mehr im Angebot, für die sich mein Kunde interessiert. Ein junger Koch hat vor einem Jahr einige Zusatzausbildungen in Berlin gemacht und wurde uns von einem seiner Ausbilder empfohlen. Und er wohnt zufällig auch in Sterenholm.«

»Also falls er Nikolaus Lindner heißt und im *L&P* arbeitet, machst du deine Reise umsonst«, prophezeie ich.

»Sterenholm ist wohl ein Dorf, wenn ihr euch alle kennt. Aber wieso bist du dir so sicher?«, erkundigt sich Stefan.

»Er ist mit einer Freundin von mir liiert, die sich hier in Sterenholm selbstständig gemacht hat. Den bringst du nie und nimmer nach Berlin«, bin ich mir sicher.

»Na, dann bin ich ja froh, dass ich wenigstens dich überzeugen konnte«, lacht er. »Aber ich werde ihm mein Angebot trotzdem vorlegen. Man weiß ja nie. Und danach komm ich bei dir vorbei, in Ordnung?«

»Ja, klar!«

Es ist Nachmittag, als Stefan sich an einen Tisch im *Leckermäulchen* setzt. Ich bringe ihm Kaffee und den Tageskuchen und setze mich zu ihm.

»Und? Hattest du Erfolg?«, frage ich lächelnd. Er schüttelt den Kopf.

»Nein, du hattest bei deiner Einschätzung absolut recht.«

»Und wie geht es deiner Frau?«, erkundige ich mich dann.

»Alles wieder bestens. Es sind ja auch noch ein paar Wochen bis zum Termin«, erzählt er erleichtert. »Aber nun zu dir und deinem Vertrag. Was willst du ändern?«

»Ich möchte fürs Erste einen Vertrag für ein Jahr mit der Möglichkeit zu verlängern. Für diese Zeit soll ein Pächter für das *Leckermäulchen* gesucht werden.« Stefan schreibt mit, aber wiegt den Kopf.

»Der erste Punkt ist kein Problem, aber ein Pächter für die Dauer von einem Jahr ist schwierig. Wie wäre es, wenn ich einen Konditor als vorübergehenden Geschäftsführer für dich suche?«, schlägt er vor.

Ich bin einverstanden und er notiert es.

»Dein Vertrag beinhaltet auch eine Wohnmöglichkeit. Das kann eine eigene Wohnung sein, die dir zur Verfügung gestellt wird, oder ein Mitarbeiterzimmer im Hotel. Was ist dir lieber?«

Lächelnd sieht er mich an und ich blinzle. Die Wohnungsfrage macht das Projekt Berlin plötzlich sehr real. Doch ich bleibe mutig.

»Ich glaube, eine Wohnung«, entscheide ich dann. »Sonst wäre ich an den freien Tagen versucht, in der Küche nach dem Rechten zu sehen.«

Stefan grinst und ich drehe mich ebenfalls mit einem Lächeln auf den Lippen um, als die Türglocke ertönt. Dort am Eingang steht Frederik und mustert die Situation, die sich ihm zeigt. Der Zug um seinen Mund ist hart und sein Kiefer zusammengepresst.

»Kann ich dir helfen?«, frage ich sachlich. Er wirkt sehr angespannt.

»Ich wollte etwas mit dir besprechen, aber bediene den Kunden ruhig fertig. Solange kann ich warten.«

Ich blinzle überrumpelt. Was hätten wir denn noch zu besprechen? Doch rasch fange ich mich wieder.

»Das kann noch länger dauern, denn Stefan ist kein Kunde«, stelle ich kühl klar.

»Was ist er dann? Ein Vertreter?« Er klingt angriffslustig.

»Frederik, was soll das?« Verständnislos sehe ich ihn an. Doch ich habe nicht mit Stefan gerechnet.

»Ich bin der Mann, der sie mit nach Berlin nimmt«, sagt er ruhig, aber mit Nachdruck. Ich erstarre, lasse meinen Blick jedoch auf Frederik geheftet. Die Überraschung ist ihm deutlich anzusehen. Er holt Luft, will etwas sagen, aber bekommt keinen Ton heraus. Schließlich dreht er sich wortlos um und stürmt aus dem Laden. Fragend sehe ich Stefan an.

»Das war aber jetzt sehr zweideutig formuliert«, werfe ich ihm vor.

»Mit Absicht«, gibt Stefan zu. »Ich nehme an, das war Idioti-Schlumpf? In seinem Blick lag Eifersucht.«

Traurig schüttle ich den Kopf. »Das denke ich nicht, denn erst gestern Abend hat er mir gesagt, dass er mich nicht will.«

»Dann lügt er«, meint Stefan schulterzuckend. »Eigentlich bin ich ja ein Blödmann, weil ich mir gerade selbst in die

Parade pfusche. Denn sollte dein Frederik jetzt doch noch mal die Kurve kriegen und ihr findet zueinander, ist unser Vertrag für die Fische der Ostsee. Aber ich mag dich, also will ich, dass du glücklich wirst. Und wenn dein Glück dieser verpeilte Idiot ist, dann suche ich gerne einen neuen Chef de Patisserie für meinen Kunden. Falls er es jedoch auch mit der Eifersucht im Bauch immer noch nicht rafft, hat er dich nicht verdient und ich werde dir die besten Konditionen aushandeln, damit du dich in Berlin so wohl wie möglich fühlst. Auch die Hauptstadt hat schöne Söhne.« Er wackelt mit den Augenbrauen.

»Wie lange wird es dauern, bis du mit deinen Kunden die neuen Bedingungen besprechen kannst?«, erkundige ich mich.

»Wir haben am Wochenende einen Termin und da präsentiere ich alle Kandidaten. Für deinen Posten ist die Entscheidung jedoch schon gefallen, da geht es nur mehr um die Änderungen im Vertrag. Ich denke, dass ich dir am Montag Bescheid geben werde. Und vielleicht habe ich bis dahin auch schon Vorschläge für dich, wer deine Vertretung hier machen könnte.«

Ich nicke und wir verabschieden uns wenig später voneinander. Ricks Auftauchen hat mich wieder durcheinandergebracht. Kann er es denn nicht einfach gut sein lassen? Oder vielleicht wollte er auch etwas wegen dem *Fish and Sweets*? Rasch schreibe ich Sylvie, ob etwas ansteht.

»Nein, alles geklärt. Die Einrichtung ist ja schon mit euch abgesprochen und bis zur Deko dauert es noch. Bist du dann noch da?«, fragt sie.

»Vermutlich nicht. Aber du kannst mir alles mailen und wir können es telefonisch besprechen. Wäre das für dich okay?«

»Klar, Süße! Und die Belieferung macht dann dein Pächter?«

Ich erkläre ihr, wie Stefan sich das vorstellt und sie ist einverstanden.

»Und in einem Jahr sieht die Welt schon wieder anders aus«, orakelt sie optimistisch. Wenn ich mein Herz frage, das gerade in Scherben vor mir liegt, dann sagt es mir sicher etwas anderes. Aber ich lasse mich gerne eines Besseren belehren.

Der erste Anruf von Frederik kommt am Abend, doch ich fühle mich nicht bereit, mit ihm zu sprechen. Es folgt eine Nachricht, dass wir reden müssen. Da ich nach meinem Gespräch mit Sylvie weiß, dass es nicht um das Projekt beim Indoorspielplatz gehen kann, antworte ich ihm nicht. Ich habe ihm bereits gestern gesagt, dass ich ihn loslasse und ihn meine Angelegenheiten nichts mehr angehen.

Am nächsten Morgen kommt erneut eine Nachricht mit dem gleichen Text. Ich lösche sie. Diesmal bin ich fest entschlossen, einen Schlussstrich zu ziehen. Auch am Vormittag läutet mein Telefon, doch ich habe es absichtlich in der Backstube liegen lassen. Als es kurz vor Ladenschluss erneut klingelt, stürme ich nach hinten und nehme ab.

»Kannst du mich nicht in Ruhe lassen? Es gibt nichts mehr zu besprechen«, fauche ich ins Telefon.

»Livia, ich bin's«, höre ich Lexis irritierte Stimme.

»Lexi, tut mir leid, ich dachte …«

»Frederik?«

»Ja, er ruft seit gestern ständig an oder schreibt.«

»Ich wollte dich nur fragen, ob du Lust hast, heute Abend mit uns zum Konzert von Nikos Band *B.U.* im *Watermelon* zu kommen«, fragt sie dann. »Aber in Anbetracht der Umstände ist das vielleicht ein schlechter Vorschlag.«

Ich überlege einen Moment. Dann kommt mir eine Idee.

»Nein, ist es nicht. Ich komm gerne mit. Aber kannst du mir Nikos Nummer schicken?«, bitte ich Lexi. »Ich würde ihn vorher gerne was fragen.«

»Klar, dann treffen wir uns um neun dort?«

»Ja, gern!«

Nachdem wir aufgelegt haben, erhalte ich eine Nachricht mit Nikos Kontaktdaten und ich rufe ihn sofort an.

Als ich um neun das *Watermelon* betrete, ist das Lokal schon gut gefüllt. Die Schiebetür zur *Fischkneipe* ist noch offen und wenn noch mehr Leute kommen, wird das auch so bleiben, damit die ganze Fläche genutzt werden kann. *B.U.* ist eine Coverband aus der Umgebung und die Jungs sind echt gut und hier sehr beliebt. Johnny und Frederik sind hinter der Bar beschäftigt, als ich das Lokal in knallengen Jeans und einem weißen Neckholder-Top betrete. Mein erster Weg führt mich zur Band. Niko und ich besprechen noch die letzten Kleinigkeiten, dann tauchen auch schon Lexi, Lilly, Sylvie und Anna auf.

»Mariella streikt heute«, berichtet Lexi. »Der kleine Mann hatte offenbar etwas gegen ihr Mittagessen und sie musste sich übergeben. Nun fühlt sie sich etwas schwach auf den Beinen.«

»Ich dachte immer, man kotzt nur in den ersten drei Monaten«, meint Sylvie, doch Lilly winkt ab.

»Im besten Fall ja, aber manche Kinder sind auch danach mit den Essgewohnheiten ihrer Mütter nicht einverstanden und wehren sich dann vehement. Ich konnte zum Beispiel bei Lucy bis zur Geburt keinen Paprika essen und Reis nicht mal riechen. Und das als Köchin. Das war eine Herausforderung.«

Wir bestellen Cocktails bei Johnny. Als Frederik mich entdeckt, ist die Band schon startklar und Niko begrüßt gerade die Gäste. Die Aufmerksamkeit des Publikums richtet sich auf die Bühne und Frederik hat Mühe, zu mir durchzudringen.

»Bei einem unserer letzten Auftritte kam die Frage auf, ob uns nicht bei manchen Songs eine weibliche Stimme guttun würde«, erzählt Niko. »Daher freue ich mich ganz besonders, dass sich überraschend heute jemand gefunden hat, der uns für einen Song begleiten will. Es ist eine Premiere für uns und ich bitte um einen großen Applaus für Livia!«

Meine Freundinnen sehen mich überrascht an, aber ich ignoriere sie ebenso wie Rick, der nun hinter mir steht. Rasch schlängle ich mich durch die Menschen und lasse mir von Niko nach oben helfen. Dort drückt er mir ein Mikro in die Hand.

»Alles wie besprochen«, raunt er mir leise zu und ich nicke mit klopfendem Herzen. Dann stimmen die Jungs *Ein Herz kann man nicht reparieren* in der Unplugged-Version von Udo Lindenberg feat. Inga Humpe an. Ich übernehme den Gesang der ersten Strophe und sehe dabei zu Frederik, der mich wie vom Donner gerührt mit seinen Augen fixiert. Die Textzeilen, dass er mich in Ruhe lassen und nicht mehr anrufen soll, sind nur für ihn und auch jene, dass ich jeglichen Verkehr mit ihm nicht mehr will. Denn ein Herz kann man nicht reparieren. Ich merke, wie er erstarrt. Nach dem Refrain stecke ich das Mikro wieder in den Ständer, der vor Niko platziert ist und er singt den Rest. Zu mehr bin ich einfach nicht fähig. Ich verlasse die Bühne fluchtartig und stürme durch die Hintertür aus dem *Watermelon*, doch Rick läuft mir nach.

»Livia, warte!«, ruft er.

Ich drehe mich nicht mal um.

»Es ist alles gesagt.« Meine Stimme ist hart und ich gehe weiter, ohne ihn anzusehen. »Ich habe dir gestern eine Frage gestellt und deine Antwort war eindeutig.«

Rick läuft neben mir her.

»Wieso willst du mit diesem Stefan nach Berlin gehen?«

Ich bleibe stehen.

»Was geht es dich an?«

»Livi, bitte!«, fleht er und sieht mich mit seinen blauen Augen an. Und wieder mal gebe ich nach.

»Er bietet mir eine großartige Aufgabe als Chef de Patisserie in einem großen Hotel.«

»Du hast auch hier eine tolle Aufgabe.« Er deutet in Richtung *Leckermäulchen*.

»Ich will Karriere machen.« Es hört sich sogar für mich selbst nicht überzeugend an.

»Du bist hier dein eigener Chef, weiter nach oben geht es in der Karriereleiter nicht mehr«, ruft er hitzig.

»Ich brauche einen Tapetenwechsel«, erkläre ich nun ebenfalls aufgebracht.

»Du *hasst* Großstädte, vor allem *Berlin*«, erinnert er mich eindringlich.

»Es ist Zeit, nach vorne zu sehen, hier steckt jede Ecke voller Erinnerungen an Frank.« Am liebsten würde ich mit dem Fuß aufstampfen. Muss er es mir denn so schwer machen?

»Willst du ihn denn vergessen?«, fragt Frederik mit großen Augen.

»Nein, natürlich nicht«, lenke ich ein, »aber endlich weiterleben. Und zwar als Livia, nicht nur als Franks kleine Schwester.«

»Mit Stefan«, fügt er meinen Worten bitter hinzu. Ich schweige. Mir ist klar, dass er denkt, es ist wie bei Frank und dass ich aus Liebe mitgehe. Die aufgeheizte Stimmung zwischen uns kühlt etwas ab.

»Du liebst ihn doch nicht«, flüstert Frederik und bestätigt meinen Verdacht.

»Nein, das tu ich nicht.«

»Und er dich auch nicht.«

Ich seufze.

»Ich weiß, aber das ist okay.«

»Du gehst mit ihm von hier fort, obwohl du weißt, dass er dich nicht liebt?«, fasst Frederik fassungslos zusammen.

»Rick, darum ging es nie. Es ist nur ein Job. Ich gehe fort, weil ich jetzt weiß, dass *du* mich nicht liebst.« Überrascht reißt er die Augen auf und greift nach meiner Hand. Es fühlt sich an, als würde er mich sofort in Brand stecken und doch kann ich ihn nicht loslassen. Zeigt das denn nicht schon, wie ungesund die Sache zwischen ihm und mir für mich ist?

»Liv, ich … du kommst drüber weg. Deshalb musst du doch nicht gleich abhauen.« Ungläubig schüttle ich den Kopf. Wie kann er das nur glauben? Hat er wirklich in all den Jahren nichts mitbekommen? Habe ich mir den Moment auf Romys Party nur eingebildet? Und was ist mit den letzten Wochen? Wie eindeutig hätte ich ihm denn noch zeigen und sagen sollen, was ich für ihn empfinde?

»Du verstehst es wirklich nicht«, stelle ich enttäuscht fest. »Ich liebe dich, seit ich ein Teenager war. Jeden, wirklich jeden Typen, der mich nur zwei Mal angesehen hat, habe ich mit dir verglichen. Ich lebe seit Jahren in der Warteschleife, in der Hoffnung, dass du mich endlich bemerkst und mehr in mir siehst als Franks kleine Schwester. Und dann kam dieser Abend auf dem Bauernhof und es war … genau so, wie ich es mir immer erträumt habe. Ich dachte, dass dir endlich auch klar geworden ist, dass wir zusammengehören. Aber ich habe mich getäuscht. Und ich halte das nicht länger aus. Ich muss hier weg. Dich jeden Tag zu sehen, deine Nähe zu spüren und die Gewissheit zu haben, dass es niemals das wird, was ich mir ersehne – das zerreißt mir einfach das Herz, das bringt mich um. Und das kann ich nicht mehr. Du liebst mich nicht, aber willst mich hierbehalten, weil ich deine letzte Verbindung zu Frank bin. Das ist nicht fair, Frederik. Wenn du mich nicht noch mehr verletzen willst, dann lass mich gehen.« Tränen rinnen mir inzwischen über die Wangen.

In Ricks Augen sehe ich tiefe Trauer, wie ich sie zuletzt gesehen habe, als wir erfahren haben, dass die Polizei die Suche nach Frank einstellt, weil sie davon ausgeht, dass er tot ist. Er holt tief Luft und will etwas erwidern. Doch schließlich nickt er stumm. Dann lässt er meine Hand los und geht zurück in die Bar. Es ist vorbei.

Ich sehe nicht mehr, wohin ich laufe, die Tränen verschleiern meinen Blick zu sehr. Aber ich muss weg hier, so weit weg von Rick, wie es nur geht. Aus meinem Mund dringen tiefe Schluchzer, die mir das Atmen erschweren. Sobald ich den Strand unter meinen Füßen spüre, lasse ich mich einfach fallen. Es ist mir egal, ob der Sand kalt und feucht ist, ob ich ihn in jeder Ritze meiner Kleidung habe oder ob ich mich erkälte. Im Augenblick ist mir einfach alles egal. Ich habe nicht die Kraft, um aufzustehen. In meinem Inneren fühlt sich alles an wie zersplittert. Jetzt erst wird mir bewusst, dass ein kleiner

Teil von mir immer noch gehofft hat, dass er jetzt kämpfen wird, dass Stefan und Johnny recht haben und er eifersüchtig ist und mich tief im Herzen doch liebt. Aber dieser kleine Funke Hoffnung ist nun erloschen und der Schmerz darüber raubt mir den Atem.

Irgendwann setzt sich jemand neben mich, doch ich sehe nicht auf. Die Art, wie mein Rücken gestreichelt wird und die Tatsache, dass die Person nichts sagt und einfach nur da ist, gibt mir die Gewissheit, dass es Anna ist. Irgendwann versiegen meine Tränen und ich liege nur noch bewegungslos da. Sie hilft mir hoch und bringt mich nach Hause. Ich gehe mit wie ein Roboter, als wäre ich gar nicht mehr in meinem Körper anwesend. Bei meiner Wohnung nimmt sie mir den Schlüssel aus der Hand, schließt die Tür auf, hilft mir beim Ausziehen und schiebt mich ins Badezimmer. Als ich fertig geduscht und umgezogen bin, steht eine Tasse heißer Milch mit Honig bereit und Anna bringt mich ins Schlafzimmer. Dort sitzt sie so lange an meinem Bett, bis ich eingeschlafen bin.

# Kapitel 17

In den nächsten Tagen funktioniere ich. Meinen Eltern habe ich inzwischen von meinen Plänen erzählt, jedoch den Teil mit Frederik ausgelassen. Sie denken, ich will einfach nur die tolle Chance wahrnehmen, in einem so großen Hotel eine Führungsposition zu übernehmen. Erst waren sie enttäuscht, dass auch ich die Stadt verlasse, doch da es erst mal nur für ein Jahr ist, haben sie sich damit arrangiert und unterstützen mich in meinem Entschluss.

Auch in Sterenholm hat die Nachricht inzwischen die Runde gemacht und immer mehr Stammkunden kommen zu mir und drücken ihr Bedauern aus, dass sie mich bald verlieren. Ich nicke, lächle und bedanke mich für die lieben Wünsche. Doch in meinem Inneren bin ich wie ausgebrannt, eine leere Hülle. Bis zu Mariellas Hochzeit muss ich noch durchhalten, dann packe ich meine Koffer und fange neu an.

Stefan ruft wie versprochen am Montag an, um mir eine Zusage zu geben. Meine Änderungen im Vertrag wurden anstandslos akzeptiert und man freut sich schon sehr auf mich. Er schickt auch ein Exposé einer kleinen, aber sehr gemütlichen Wohnung in Berlin, die mir zur Verfügung gestellt wird, wenn ich möchte. Und er unterbreitet mir einige Vorschläge für Geschäftsführer in meiner Abwesenheit. Ich verspreche, ihm bald Bescheid zu geben, wen er für ein Gespräch nach Sterenholm einladen soll. Der Gedanke, mein *Leckermäulchen* in fremde Hände zu geben, bereitet mir trotz aller Vorfreude auf meinen Neustart doch Magenschmerzen. Immer wieder gehe ich die Liste der möglichen Kandidaten durch, doch kann mich einfach nicht für einen entscheiden.

Etwa eine Woche ist nach dem folgenschweren Konzert und meinem Gespräch mit Frederik vergangen, als Sylvie mich anruft. Ich bin gerade dabei, ein Stück Marmorkuchen auf einen Teller zu legen und klemme mir das Telefon zwischen Schulter und Ohr.

»Hey, was gibt's denn?«

»Livia, es tut mir sehr leid, aber kann ich dich noch zu einem letzten gemeinsamen Termin mit Frederik überreden?«, fällt meine Freundin gleich mit der Tür ins Haus. Ich verdrehe die Augen und lehne mich müde gegen den Verkaufstresen.

»Ach, Sylvie, können wir das nicht per Mail klären oder am Telefon? So hatten wir das doch auch abgesprochen.«

»Es ist so: Wir hatten ja eigentlich schon ein Logo für das *Fish and Sweets*, aber Lexi hatte gestern Abend eine Idee und hat sich die Nacht mit ihrem Zeichenblock um die Ohren geschlagen. Sie hat ein neues Logo entworfen, aber wir würden wahnsinnig gerne die Meinung von Frederik und dir dazu hören und ob es Verbesserungsvorschläge von eurer Seite gibt. Und es muss schnell gehen, am besten sofort, denn die Druckerei braucht die Vorlage für die ganzen Werbeartikel und auch die Maler stehen schon in den Startlöchern für die Wandbemalung hinter dem Tresen. Mir fehlt schlicht die Zeit, alles erst mit dem einen und dann mit dem anderen zu besprechen. Und wenn es Änderungswünsche gibt, fange ich wieder von vorne an. Bitte, Livia, es dauert auch nicht lang!« Ihre Stimme ist flehend. Es ist offenbar wichtig für sie. Während ich nachdenke, reibe ich mir die Nasenwurzel und seufze schwer.

»Livia, bitte! Du bist auch nicht allein mit Frederik, ich verspreche es.«

Ich kann selbst nicht glauben, dass ich mich darauf einlasse, doch ich höre mich fragen: »Wann und wo?«

Sylvie atmet hörbar auf.

»In der *Fischkneipe* in einer halben Stunde?«

»Okay, ich frage meine Mutter, ob sie im Café für mich einspringen kann.«

»Danke, danke, danke!«

Wir verabschieden uns voneinander und ich serviere rasch Kuchen und Kaffee, ehe ich erneut zum Handy greife und meine Mutter anrufe.

Ich fühle mich wie vor einigen Wochen, als ich die *Fischkneipe* zum ersten Mal betreten habe. Meine Hand zittert, als ich die Tür öffne und ich zwinge mich, drei Mal tief durchzuatmen, ehe ich eintrete.

Lexi und Sylvie sitzen bereits an einem Tisch, Johnny und Frederik stehen hinter ihnen und sehen über ihre Schulter. Alle sind in die Unterlagen vertieft. Ich trete leise neben Johnny, der aufsieht und beruhigend seinen Arm um mich legt und vermeide es, Frederik anzusehen.

Sylvie bemerkt meine Ankunft und kommt ohne Umschweife zum Geschäftlichen.

»Das hier ist das Logo, wie wir es eigentlich im Sinn hatten. Es lehnt sich an den bunten Schriftzug des *Aquaria* Indoorspielplatzes an.« Sie deutet auf eines der Blätter. *Fish and Sweets* steht nebeneinander in einer Ellipse, jeder Buchstabe in einer anderen Schrift und Farbe. Es sieht lustig aus, aber nicht unbedingt nach einem Lokal.

»Und das hier ist Lexis Vorschlag. Welcher gefällt euch besser?« In einem weißen Viereck mit abgerundeten Ecken steht *Fish and Sweets* untereinander und diagonal versetzt. Das Wort *Fish* ist rosa und in einer sehr runden Schrift gehalten, als wäre sie mit Zuckerguss geschrieben worden. Das *and* ist schwarz und geschwungen. Und das *Sweets* ist kantig und mit schillernden Schuppen besetzt.

»Das Zweite«, sage ich und auch Frederik schließt sich meiner Entscheidung an.

»Änderungswünsche?« Sylvie sieht uns fragend an.

»Den weißen Hintergrund könnte man noch mit leichten Wellen hinterlegen. Das passt sowohl für das Meer, aus dem die Fische kommen, als auch für das Topping von Cupcakes«, schlage ich vor, den Blick stur auf das Blatt gerichtet.

»Und die Umrahmung etwas dicker, unregelmäßiger und braun, damit sie an einen Lebkuchen erinnert«, fügt Frederik hinzu. Lexi nickt.

»Klingt beides gut. Ich denke, das kann ich so umsetzen. Gebt ihr mir ein paar Minuten?« Sie zieht ihre Stifte aus der Tasche und beginnt sofort zu zeichnen. Johnny streichelt über meine Schulter.

»Komm, Herzchen! Ich mach dir einen *She's like the wind.*«

»Um diese Zeit?« Ich sehe demonstrativ auf die Uhr, die gerade frühen Nachmittag anzeigt.

»Besondere Termine erfordern besondere Drinks«, beschließt Johnny und nimmt mich mit an die Bar. Mein Herz hämmert, als ich Frederiks Schritte hinter uns höre. Ich flehe innerlich, dass er in die Küche geht und mich nicht anspricht. Das könnte ich nicht ertragen. Und das Schicksal hat ein Einsehen mit mir. Frederik bleibt zwar hinter der Bar, poliert jedoch Gläser und lässt seine Augen darauf geheftet. Johnny wirft ihm einen bösen Blick von der Seite zu. Sieht aus, als würde der Haussegen zwischen den beiden etwas schief hängen. Ich will gerade etwas sagen, da ruft Lexi schon nach uns. Der Entwurf ist fertig und sie hat ihn exakt so umgesetzt, wie ich ihn mir vorgestellt habe. Auch Frederik sieht fasziniert auf das Bild. Dann treffen sich unsere Blicke doch noch. Ich erkenne eine Traurigkeit in seinen Augen, die auch ich verspüre. Das *Fish and Sweets* ist *unser* Projekt, es hat uns dazu gebracht, wieder miteinander zu reden und Freunde zu werden. Und dieser Termin ist nun der letzte, an dem wir gemeinsam teilnehmen. Ich räuspere mich und wende mich an meine Freundinnen.

»Es ist toll geworden! Schickt ihr mir Fotos von den Werbeartikeln und der Wandmalerei, wenn ich sie nicht mehr live sehen sollte?«

Sylvie umarmt mich. »Natürlich mache ich das.« Dann kramen die beiden ihre Sachen zusammen. »Wir müssen los, damit alles schnellstmöglich digitalisiert werden kann.«

Sie und Lexi verlassen das Lokal und neue Gäste treten ein. Ich steuere auf die Bar zu, um meine Tasche zu holen und den Cocktail auszutrinken. Dann höre ich das Klicken der Jukebox und wundere mich, denn nachmittags läuft sie eher selten. Die ersten Töne erklingen und mein Blick fliegt sofort zu Frederik. Aber er hat nichts damit zu tun, dass Dire Straits gerade *Brothers in Arms* singen. Ganz im Gegenteil, er wirkt mindestens so überrascht wie ich. Fast schon erstarrt ist sein Blick auf die Jukebox gerichtet. Frederik sieht aus, als würde er ein Gespenst sehen, seine Augen sind weit aufgerissen und er schüttelt den Kopf leicht, als könne er es nicht glauben. Dann höre ich Schritte und eine Erkenntnis blitzt in seinen Augen auf, als würden erst die Bewegungen ihm die Bestätigung geben, dass er seinen Augen trauen kann.

Neugierig, was ihn so aus der Bahn werfen kann, drehe ich mich um und sehe, dass es die Bewegung jenes Menschen ist, der ihm jahrelang wie ein Bruder war. Bei mir ist es weniger sein Anblick, sondern das Gefühl dabei, das mir die Gewissheit gibt, dass meine Augen mir keinen Streich spielen. Es ist, als würde man ein verlorenes Puzzleteil einsetzen und endlich ist das Bild wieder ganz. Ich schlage die Hände vor meinen Mund, um mich davon abzuhalten, hysterisch aufzuschreien. Das kann nicht sein! Es ist ein Traum, ein Trugbild, ein Doppelgänger. Vielleicht löst sich die Gestalt in den nächsten Sekunden in Luft auf, ich halte in diesen Augenblicken alles für möglich. Tausend Emotionen stürmen auf mich ein und doch kann ich mich nicht entscheiden, was ich fühlen soll. Vergessen ist die Wut auf ihn, vergessen die vielen Tränen, die ich geweint habe, vergessen, dass er mich im Stich gelassen hat. Vor mir steht mein großer Bruder und sieht uns abwartend an. Sein Haar ist kürzer, als ich es von früher gewohnt bin, er trägt Jeans, Chucks und ein hellblaues Hemd und man sieht ihm an, dass er vier Jahre älter geworden ist. All das überzeugt mich, dass er real ist. Ehe mein Kopf noch darüber nachdenken kann, haben meine Beine sich schon selbstständig gemacht und ich laufe ihm entgegen.

»Frank«, flüstere ich nur, als er mich in die Arme schließt und sich in einer festen Umarmung mit mir dreht. Ich drücke ihn an mich, sodass auch meine Hände sich vergewissern können, dass er in Fleisch und Blut vor mir steht. Dann hält er mich an den Schultern fest und bringt eine Armlänge zwischen uns.

»Was machst du denn für Sachen?« Sein tadelnder Tonfall hat die Wirkung einer kalten Dusche und lässt mich nach Luft schnappen. Ich schüttle seine Hände ab und starre ihn fassungslos an.

»Ich? Vielleicht erzählst *du* erst mal, was passiert ist? Hattest du einen Unfall und deine Erinnerung verloren?« Ich sehe ihn vor meinem inneren Auge mit Gedächtnisverlust jahrelang im Krankenhaus liegen, doch er schüttelt den Kopf.

»Bist du ins Drogenmilieu abgerutscht?«, vermute ich weiter. »Oder in die Bandenkriminalität? Hat man dich bedroht?«

»Livi, nein, wie kommst du darauf?«, ruft Frank und wirft die Hände in die Luft.

»Weil es nachvollziehbare Gründe wären, wieso mein Bruder von einen Tag auf den anderen nicht mehr erreichbar und auffindbar war. Wusstest du, dass wir die Polizei eingeschaltet haben?« Auffordernd sehe ich ihn an.

»Das habe ich befürchtet, ja«, gibt Frank zu.

»Aber es hat dich nicht dazu gebracht, wenigstens mal anzurufen?« Ich bin vor Wut auf ihn ganz außer mir.

»Das verstehst du nicht«, versucht er abzulenken.

»Aber dass du jetzt auf einmal auftauchst, nur um *mich* zu fragen, was ich für Sachen mache, das soll ich verstehen? Als hätte sich mein großer Bruder in den letzten vier Jahren um mich gesorgt.« Mein Vorwurf trifft ihn, doch er blockt sofort ab.

»Ich hatte meine Gründe, unterzutauchen.« So wie er es sagt, weiß ich, dass ich im Moment nicht nachzuhaken brauche.

»Und aus welchen Gründen bist du wieder hier?«, frage ich dann.

»Ich habe erfahren, dass du die Konditorei aufgeben und nach Berlin abhauen willst.« Anklagend blickt er die paar Zentimeter auf mich herab, die er größer ist als ich.

»Und du willst jetzt als Geschäftsführer einspringen?«, erwidere ich voller Sarkasmus.

»Nein, ich will dich fragen, ob du übergeschnappt bist.« Seine Stimme lässt keine Zweifel daran, was er über mein Vorhaben denkt.

»Und das kommt von demjenigen, der vor vier Jahren dasselbe gemacht hat?« Ich stemme meine Hände in die Hüften.

»Du musst mir ja nicht alles nachmachen.« Es ist eine Mischung aus Besorgnis und Ärger, die aus ihm spricht. Da fällt mir etwas auf.

»Moment mal, woher weißt du überhaupt von meinen Plänen? Mama und Papa wussten doch auch nicht, wo du bist«, forsche ich nach. Betreten sieht mein großer Bruder zu Boden.

»Romy hatte meine neue Nummer«, gibt er dann kleinlaut zu.

»Romy?« Die Wut auf ihn kocht praktisch über und meine Stimme wird laut. »Deine Familie und dein bester Freund werden vor Sorge um dich fast verrückt, aber mit deiner Ex-Freundin hältst du Kontakt?« Ich kann es nicht fassen. Er zuckt entschuldigend mit den Schultern.

»Ich wollte auf dem Laufenden bleiben, wie es euch allen geht.« Als wäre das eine Erklärung.

»Wenn dir das so wichtig gewesen wäre, hättest du dich ja mal melden oder vorbeikommen können«, fauche ich. »Hast du aber nicht.«

»Jetzt bin ich da«, verteidigt er sich. »Deinetwegen. Liv, bleib hier. Egal, aus welchen Gründen du weg willst, Abhauen ist keine Lösung.« Er versucht ruhig zu argumentieren, aber es ist, als würde in meinem Inneren eine Sicherung durchbrennen.

»*Du* willst mir Vorschriften machen? *Du* willst dich in *mein* Leben mischen? Wo bist du denn die letzten vier Jahre gewesen, als wir dachten, du wärst *tot*?« Völlig außer mir, funkle ich ihn an und stoße ihn von mir. Aufgebracht tigere ich in der Bar herum, unfähig, einen klaren Gedanken zu fassen, aber auch nicht in der Lage, jetzt zu gehen. Zu groß ist meine Angst, dass sich das alles nur als Traum erweist und nicht gerade mein Bruder durch die *Fischkneipe* Richtung Theke geht.

»Wieso werde ich das Gefühl nicht los, dass sie nicht nur meinetwegen so wütend ist?« Frank sieht Frederik auffordernd an.

»Mach dir lieber Gedanken darüber, dass sie nicht die Einzige ist, die sauer auf dich ist.« Auch Frederiks Augen blitzen zornig. Frank seufzt tief, senkt den Blick und nickt.

»Das habe ich wohl verdient.« Frank wirkt geknickt.

»Nein«, flüstert Frederik und seine Stimme klingt bedrohlich. »Komm mir nicht so! Tu nicht so, als wüsstest du, was wir hier durchgemacht haben. Du hast keine Ahnung, wie ich mich gefühlt habe, als ich dich angerufen habe, kurz bevor ich nach Berlin loswollte, um dich zu besuchen. Als ein Tonband mir gesagt hat, dass die Nummer meines *Brother in Arms* nicht mehr existiert. Deine Eltern, Livia, ich – wir hatten alle so eine Scheißangst. Wir dachten, dir wäre etwas zugestoßen, wir dachten, du bist …« Er atmet tief durch, bringt es nicht über sich, das Wort *tot* auszusprechen. »Die Polizei hat uns informiert, dass aufgrund von Bandenkonflikten einige Autos ausgebrannt sind und sie davon ausgehen, dass eine der verkohlten, nicht mehr zu identifizierenden Leichen du bist. Für uns hier ist eine Welt eingestürzt, wir dachten, wir hätten dich für immer verloren. Aber in Wirklichkeit warst du einfach nur ein egoistisches Arschloch.« Auch seine Stimme ist inzwischen laut geworden und er gestikuliert wild mit seinen Armen. »Ich kann Liv so gut verstehen, dass sie stocksauer ist auf dich. Kommst nach vier Jahren wieder und machst sofort einen auf großer

Bruder? Wer hat sich denn in den letzten Jahren um sie gekümmert?« Herausfordernd sieht er Frank an.

»Na, ich hoffe, du!« Auch mein Bruder ist nun aufgebracht und baut sich vor der Theke auf. Ich will mich einmischen, doch Frederik stoppt mich mit einer Handbewegung.

»Ja, um auf sie aufzupassen, wäre ich gut genug für dich gewesen«, faucht er nicht minder angriffslustig. »Aber das hat sie hervorragend allein hinbekommen, sie ist nämlich schon eine erwachsene Frau.«

»Was heißt hier gut genug?«, werfe ich ein, doch die beiden hören mir gar nicht zu. Frank lacht humorlos auf.

»Das stört dich am meisten, oder? Dass du mir versprechen musstest, die Finger von ihr zu lassen.« Sein Ton ist mehr ein Zischen und ich sehe, wie die Funken zwischen den beiden Männern hin und her fliegen, so viel Wut und Aggressivität liegen in der Luft.

»Er musste *was*?« Fassungslos starre ich die beiden wichtigsten Männer in meinem Leben an, die mit einem Mal stumm sind.

Das ist es. Das ist das fehlende Puzzleteil, das man mir die ganze Zeit verschwiegen hat und das mich Frederiks Verhalten nie begreifen hat lassen. Es war nicht die Tatsache, dass ich Franks Schwester bin oder dass Frederik nur geschwisterliche Gefühle für mich hat. Es gab hinter meinem Rücken eine Abmachung zwischen den beiden. Als wäre ich ein Tier, auf das man während einer Urlaubsreise achten soll, als wäre ich ein Gegenstand, den man verwahrt. Ich fasse es nicht! Wütend und kopfschüttelnd greife ich nach meiner Tasche und laufe aus dem *Watermelon*, denn ich ertrage die Anwesenheit der beiden keine Sekunde länger.

Meine Füße tragen mich wie von selbst zum alten Bootssteg. Zu meiner Zufluchtsstätte, seit ich mich Frederik wieder angenähert habe. Jedes Mal, wenn ich hierherkomme, ist es wie eine Reise in die Vergangenheit, als alles noch einfach war. Obwohl – war es das jemals? War es nicht damals schon immer kompliziert zwischen uns dreien? Erst wollten mich die beiden eigentlich nicht dabeihaben – weil ich ein Mädchen war, weil ich Franks Schwester war, weil ich jünger war. Und Frederik war immer schon Franks bester Freund und nie meiner. Ganz im Gegenteil. Als andere Mädchen begonnen haben, für Popstars zu schwärmen, galten meine Träume dem besten Freund meines Bruders. Er war schon immer mehr für mich. Nur auf Romys Party war es für einen Song lang einfach. Da habe ich in seinen Augen gesehen, dass es ihm so geht wie mir. Dass dieser verdammte Song ihn genauso an mich erinnert hat, wie er mich sofort an ihn denken ließ. Doch dann war Frank neben uns, zwischen uns. Und es wurde nie mehr daraus. Die Erkenntnis, dass Frank es absichtlich all die Jahre verhindert hat, sogar noch, als er gar nicht mehr da war, macht mich so wütend, dass mir Tränen über die Wangen laufen.

»Liv?« Die Stimme hinter mir ist sanft, doch ich erschrecke trotzdem und fahre herum. Frederik nähert sich mir vorsichtig.

»Geh mir aus den Augen«, schleudere ich ihm entgegen und springe auf die Beine.

»Liv, es tut mir alles so leid.« Seine Stimme, sein Gesicht, seine gesamte Körperhaltung drücken tiefes Bedauern aus. Doch er dringt nicht bis zu mir durch.

»Was genau? Diese wahnwitzige Abmachung? Dass du mehr auf meinen Bruder gehört hast als auf dein Herz? Oder willst du mir immer noch erklären, dass du nur brüderlich für mich fühlst?« Auffordernd sehe ich ihn an und er schüttelt den Kopf. Er macht noch einen Schritt auf mich zu, aber ich weiche zurück. Beschwichtigend hebt er die Hände.

»Nein, genau genommen habe ich das nie, egal wie sehr ich mich bemüht habe«, gesteht er dann und sieht zum Himmel. »Gott, ich bin fast verrückt geworden. Ich wollte dich als Schwester sehen, so wie ich Frank immer als Bruder gesehen habe, doch es war nie so unbeschwert zwischen uns. Es war immer … eben wie zwischen einem Mädchen und einem Jungen. Aber Frank war immer so angepisst, wenn er einen

202

meiner Blicke bemerkt hat. Er hat dich gehütet wie seinen Augapfel.« Frederik hält inne, um sich zu vergewissern, dass ich ihm zuhöre. Als ich fragend die Augenbrauen hochziehe, fährt er fort. Dabei klingt er traurig.

»Nach Romys Party habe ich ihn darauf angesprochen, dass du älter wirst und dich bald mit Jungs treffen wirst. Aber Frank hat mir klargemacht, dass unsere Freundschaft Geschichte ist, wenn ich dich anfasse. *Ja, sie wird einen Freund haben, aber das wirst nicht du sein, hast du mich verstanden?* Ich höre seine Worte immer noch in meinem Kopf. Und was soll ich sagen – er war wie mein Bruder. Deine ganze Familie war wie meine eigene, ich konnte das einfach nicht verlieren.« Entschuldigend sieht er mir in die Augen und ich erkenne, wie sehr ihn das belastet hat. Überfordert und fassungslos schnappe ich nach Luft wie ein Karpfen, unfähig, etwas zu sagen. Dann sehe ich, dass jemand am Ufer steht und unsere Unterhaltung mitangehört hat.

»Ist das wahr?«, frage ich meinen Bruder, obwohl ich die Antwort schon kenne. Niemals hätte Frederik sich das ausgedacht. Und niemals hätte er einen Keil zwischen Frank und mich getrieben. Frank schweigt.

»Stimmt das, was mir Rick gerade erzählt hat?«, wiederhole ich, nun lauter. Mein Bruder kommt näher, bleibt jedoch mit einem Sicherheitsabstand zu uns stehen.

»Livi, das war … es ist so …« Er stockt und rauft sich frustriert die Haare. »Scheiße!«, ruft er dann inbrünstig und wendet sich Richtung Meer.

»Darf ich mich hier einklinken?« Johnny steht nun ebenfalls am Ufer. Er hat seine Hände in den Hosentaschen und bringt ein wenig Ruhe in unser Szenario. Frank dreht sich zu ihm und seufzt.

»Willst du mir auch erklären, dass ich ein Arschloch war?« Frank sieht Johnny an, wie ein Hund seinen Herrn, wenn er Schläge erwartet. Doch der schüttelt den Kopf und tritt näher zu ihm.

»Nein! Ich denke, ich habe als Einziger die Mosaiksteinchen richtig zusammengesetzt.« Sein Blick ist auf Frank geheftet, als würde er durch die äußere Schale direkt in sein Inneres schauen. Frank blinzelt und sieht Johnny argwöhnisch an.

»Welche Steinchen?«

Johnnys Gesichtszüge sind sanft und sein ganzes Verhalten ist absolut nicht so, wie ich es erwartet habe. Sonst ist er doch immer der Ritter in pinker Rüstung, wenn jemand es wagt, eine seiner Freundinnen zu verletzen.

»Erklär es ihnen selbst, oder willst du wirklich, dass die beiden das von mir erfahren?« Johnny neigt den Kopf zur Seite.

»Ich weiß nicht, was du meinst«, behauptet Frank. Doch es ist die Art, wie er es sagt, die mich stutzig werden lässt.

»Was sollen wir von dir erfahren?« Ich versuche, Johnnys Aufmerksamkeit auf mich zu lenken, doch er wendet sich nicht mir zu, sondern spricht weiter mit Frank.

»Du bist mit deiner Ex-Freundin in Kontakt geblieben, weil sie als Einzige die Wahrheit darüber wusste, wieso du gegangen bist.« Es ist keine Frage, sondern eine Feststellung. Frank schweigt eisern, doch ich erkenne an seinem Gesichtsausdruck, dass Johnny richtigliegt. Und der bringt gleich eine weitere Tatsache auf den Tisch.

»Es hat dich nicht gestört, dass Livia sich in deinen besten Freund verguckt hat. Sondern viel mehr, dass Frederik sich für deine kleine Schwester interessiert hat.«

»Das kommt doch aufs Gleiche raus!« Frank macht eine wegwerfende Handbewegung. Seine Stimme ist laut, doch Johnny bleibt gelassen.

»Nein, tut es nicht. Wärst du nur ein großer Bruder gewesen, dann hätte Frederik jede andere Frau haben können, aber nur nicht deine Schwester. Aber du wolltest, dass Frederik gar keine Frau ansieht.«

Ich versuche, bei Johnnys Ausführungen mitzukommen, aber tappe immer noch im Dunkeln. Worauf will er denn hinaus?

»Er hat deine Songwahl nie verstanden, oder?« Johnnys Stimme ist leise und mitfühlend.

»Welchen Song?« Frustriert werfe ich die Hände in die Luft, weil ich langsam überhaupt nichts mehr verstehe. Und wie kann ausgerechnet Johnny Frank besser durchschauen als Frederik und ich? Er kennt ihn doch gar nicht.

Johnnys Blick bleibt auf Frank geheftet, auch wenn er meine Frage nun endlich beantwortet.

»Roger Ciceros *Kein Mann für eine Frau*. Frederik hat nur den Ladykiller-Text gehört von wegen in jedem Hafen eine andere. Er hörte: Kein Mann für *eine* Frau. Dabei sollte er verstehen: Kein Mann für eine *Frau*.«

Frank senkt den Blick, schweigt aber weiter beharrlich. Ich kenne ihn: Wenn Johnny falschliegen würde, hätte er sich längst gewehrt. Ich durchdenke Johnnys Worte noch einmal und langsam dämmert es mir. Doch noch bevor ich alle Informationen verarbeiten kann, fasst mein Lieblingsbarkeeper die Situation zusammen.

»Ihr wart alle drei in diesem Bermudadreieck gefangen, in dem jeder einen geliebt hat, den er nicht haben konnte. Aber du warst der Einzige, der das gewusst hat. Habe ich recht?« Ich schlage mir überrascht die Hände vor den Mund. Johnny wartet geduldig auf eine Antwort meines Bruders. Frank nickt nach einer Weile mit geschlossenen Augen und ich schnappe nach Luft. Frederik steht wie versteinert neben mir.

»Wusste Romy Bescheid?«, fragt Johnny vorsichtig.

»Ja, sie hat schnell gemerkt, dass etwas zwischen uns fehlt. Und dann, dass es mir grundsätzlich fehlt.« Franks Stimme ist leise und brüchig, er starrt auf seine Hände, kann keinem von uns in die Augen sehen.

»Und ihr habt das glückliche Paar dann gespielt?«

Ich kann es nicht glauben. Johnnys Vermutung muss falsch sein. Doch Frank nickt erneut und sieht nun aufs Meer hinaus.

»Es war ihre Idee. Ich wusste damals weder ein noch aus und hatte auch niemanden, mit dem ich reden konnte, der schon Ähnliches durchgemacht hat. Also beschloss sie, dass wir zusammenbleiben, bis einer von uns sich verliebt. Unsere Trennung war für sie kein Drama, sondern eine Nachricht.«

Nun ergibt alles auf einmal einen Sinn für mich. Ich mache einen Schritt auf meinen Bruder zu. Hoffnungsvoll und zugleich ängstlich blickt er mich an. Ich stelle die erste Frage, die mir einfällt.

»Wie hieß Simone wirklich?«

Frank lächelt ein wenig.

»Simon. Nicht besonders einfallsreich, ich weiß.« Er lacht kurz auf. »Er war so offen und direkt. Er hat mich einfach mitgerissen und auf einmal war es nicht mehr schlimm, dass ich auf Männer stehe. Es war wie aufatmen, wie ausbrechen, wie eine Haut abstreifen, die einfach nicht passt.« Sein Gesicht hellt sich auf, als er davon spricht.

»Und wie lange hat es gehalten?« Ich möchte alles wissen, will verstehen können, was in den letzten Jahren in Frank vorgegangen ist.

»Etwas mehr als ein Jahr. So lange war ich auch in Berlin. Als es aus war, bin ich ein wenig herumgezogen. Mein Job als Konditor war in vielen Hotels gefragt.« Ich nicke, denn davon bin ich überzeugt. Wenn ich vielleicht wichtige Dinge über meinen Bruder nicht wusste, aber dass er in seinem Beruf aufgeht, das kann ich sicher sagen.

»Meinst du nicht, deine Familie und deine Freunde haben die Wahrheit verdient?«, fragt ihn Johnny nun ernst.

Frank seufzt und zuckt mit den Schultern.

»Kleinstädte sind die Hölle, wenn man nicht der Norm entspricht.«

Doch Johnny schüttelt den Kopf.

»Die meisten Sorgen macht man sich umsonst, die Menschen kennen dich ein Leben lang. Du solltest ihnen wenigstens jetzt die Chance geben, dich so zu akzeptieren, wie du bist. Immerhin hat man mich und mein pink glitzerndes *Watermelon* hier auch mit offenen Armen aufgenommen.«

Johnny lächelt meinem Bruder aufmunternd zu und schließlich nickt Frank zustimmend. Dann sieht er Frederik und mich schüchtern an.

»Es tut mir leid.« Es ist nur ein Flüstern, doch es kommt aus seinem tiefsten Herzen. »Ich habe es einfach nicht geschafft, euch die Wahrheit zu sagen. Johnny hat recht. Ich wollte Frederik für mich, nicht nur als Freund, sondern als Partner.« Er wendet sich an seinen besten Freund, der immer noch stumm und stocksteif dasteht. Seine Miene verrät keine Gefühlsregung. »Natürlich habe ich im Laufe der Zeit mitbekommen, dass du dich für Mädchen interessiert hast und ich keine Chance bei dir habe. Aber ich konnte den Gedanken einfach nicht ertragen, dass ausgerechnet Livia das bekommt, was ich mir so sehr gewünscht habe.« Er schämt sich offensichtlich für seinen Egoismus und wagt es kaum, Frederik anzusehen. Dieser atmet tief ein und aus und braucht einige Anläufe, bis er etwas sagen kann.

»Ich habe es nicht gemerkt«, stößt Frederik dann hervor und schüttelt fassungslos den Kopf. »All die Jahre, in denen wir alles zusammen gemacht haben. Und ich habe es einfach nicht gecheckt! Was bin ich bloß für ein Freund?«

Er streicht sich die Haare nach hinten und sieht in den Himmel, als könne er dort eine Antwort darauf finden.

»Der Beste«, erwidert Frank mit brüchiger Stimme. »Ich hätte mich euch nie in den Weg stellen, niemals dieses Versprechen verlangen dürfen.« Er kommt noch einen Schritt auf uns zu und sein Gesichtsausdruck, sein ganzes Auftreten ist eine einzige Entschuldigung und drückt tiefstes Bedauern aus.

»Du hättest ehrlich sein sollen!« Frederiks Stimme ist bestimmt. Dann umarmt er meinen Bruder ohne ein weiters Wort.

»Oh, mein Gott, Martin, er ist es wirklich!« Die beiden Männer fahren überrascht auseinander. Als ich mich umdrehe, steht meine Mutter mit vor den Mund geschlagenen Händen da, den Arm meines Vaters um die Schultern. Beiden stehen Tränen in den Augen, als sie auf meinen Bruder blicken. Sie geht auf ihn zu, langsam, als würde er sich jederzeit als Fata Morgana entpuppen.

»Frank«, haucht sie, berührt ihn sachte an der Schulter, als sie ihn erreicht hat und zieht ihn dann in eine feste Umarmung. »Du lebst!« Nun brechen alle Dämme, sie weint hemmungslos, klammert sich an ihren Sohn und streicht ihm immer wieder über den Kopf, wie sie es schon gemacht hat, als er noch ein kleines Kind war. Mein Vater tritt zu ihnen und legt seine Arme um beide, nicht minder bewegt als Mama. Als sie sich nach einer gefühlten Ewigkeit wieder voneinander lösen, sieht mein Vater seinen Erstgeborenen ernst an.

»Warum hast du dich so lange Zeit nicht gemeldet? Warum bist du untergetaucht? Wir haben die Polizei eingeschaltet, aber nicht mal die konnten dich finden. Man hat uns gesagt ... man ging davon aus, dass du einem Gewaltverbrechen zum Opfer gefallen bist.« Seine Stimme ist rau und man merkt ihm deutlich an, wie ihn diese Worte mitnehmen.

»Ich war in Berlin, dann in Polen, den Niederlanden, Frankreich, Italien und zuletzt in Luxemburg.« Frank erzählt, ohne meinem Vater eine Antwort auf seine Frage zu geben. Meine Mutter nickt.

»In Polen hat die Polizei deine Spur verloren.«

»Das dachte ich mir schon.« Frank lächelt.

»Aber warum denn, Kind? Was ist denn passiert?« Flehend sieht meine Mutter meinen Bruder an, will wissen, warum sie glauben musste, er wäre tot.

»Ich wollte nicht, dass ihr mich findet. Ich wollte euch nicht enttäuschen.« Franks Stimme ist leise und auch ihm stehen Tränen in den Augen.

»Wegen Simone?« Mein Vater versucht die Beweggründe seines Sohnes zu verstehen.

»Ja! Nein!« Frank holt tief Luft und ich erkenne, dass er Johnnys Rat annimmt und unseren Eltern reinen Wein einschenken wird. »Ich muss euch etwas sagen. Simone heißt in Wahrheit Simon. Ich bin schwul.«

Meine Eltern sehen ihn für einen Augenblick nur an, als würden sie auf etwas warten. Dann wendet sich meine Mutter an meinen Vater.

»Ich kann nicht glauben, dass wir so unglaublich gescheitert sind. Was haben wir falsch gemacht?« Sie birgt ihr Gesicht an seiner Brust. Ich blinzle überrascht. Entsetzen breitet sich in mir aus.

»Mama!«, rufe ich laut.

»Nein, Livia!« Sie dreht sich zu uns und stoppt mich mit einer Handbewegung. Ihre Stimme ist tränenerstickt. »Unser Sohn ist schwul und hat sich tatsächlich nicht getraut, uns die Wahrheit zu sagen. Weil er dachte, wir würden ihn nicht so akzeptieren, wie er ist. Er ist abgehauen und untergetaucht, weil er Angst hatte, dass wir enttäuscht sind, nur weil er Männer liebt. Wir haben auf ganzer Linie versagt.«

Ich entspanne mich wieder, aber Frank sieht die beiden mit offenem Mund an.

»Was deine Mutter dir sagen will …«, schaltet sich nun mein Vater ein, doch Mama unterbricht ihn wieder.

»Ich liebe dich, Frank! Und dein Vater auch. Es ist uns scheißegal, ob du Frauen liebst oder Männer, oder beides, oder ob du lieber einen Frauenkörper hättest und ab jetzt Franka genannt werden willst. Enttäuscht wäre ich, wenn du gar nicht lieben könntest. Du kannst uns ausnahmslos alles sagen und bei uns immer so sein, wie du bist!« Sie sieht ihn eindringlich an und schüttelt ihn ein wenig an den Schultern.

»Danke, Mama!«, bricht es aus meinem Bruder heraus, ehe er sich nochmals von unseren Eltern in den Arm nehmen lässt.

Ich schlucke und spüre ein vertrautes Brennen in den Augen, als mir klar wird, wie sehr mein Bruder all die Jahre gelitten haben muss. Er hat nicht nur seine Liebe verheimlicht, er hat sich selbst verleugnet. Wortlos trete ich zu den dreien. Mama und Papa nehmen mich sofort in die Gruppenumarmung auf und als Frank merkt, dass ich neben ihm stehe, sieht er mich fragend an. Ich schenke ihm ein kleines Lächeln und schüttle den Kopf. Ich bin ihm nicht böse. Mein großer Bruder lebt und ist zurück. Das ist alles, was zählt.

Als ich mich wenig später umsehe, merke ich, dass Johnny uns diskret allein gelassen hat. Woher wusste er nur, was Franks Beweggründe waren? Doch ehe ich mir darüber Gedanken machen kann, fällt mein Blick auf das Ende des Bootssteges. Dort lehnt ein Mann an einem der Pfähle und starrt aufs Wasser. Die schlanke, hochgewachsene Gestalt ist mir so vertraut, dass ich seine Silhouette mit geschlossenen Augen zeichnen könnte. Auch ohne sie zu sehen, weiß ich, dass seine Augen dunkel sind, wie die See nach einem stürmischen Tag, weil ihn der heutige Tag bis ins Mark aufgewühlt hat. Und ich möchte nichts mehr, als ihm nahe zu sein.

»Ich schätze, er wartet auf dich.« Frank ist leise neben mich getreten und sieht auch zum Steg.

»Du bist doch die Überraschung des Tages«, erwidere ich, ohne Frederik aus den Augen zu lassen.

»Aber zwischen ihm und mir ist die Lage nun geklärt.« Er zuckt mit den Schultern und ich sehe ihn verblüfft von der Seite an.

»Was? Zwei Sätze, einmal auf die Schultern geklopft und schon ist wieder alles im grünen Bereich?«

Frank lacht.

»Du hast das Bier vergessen, aber das hole ich später mit ihm nach. Außer da hat er schon etwas Besseres zu tun. Meine kleine Schwester glücklich machen, zum Beispiel.«

Ich wende mich ihm zu und mustere sein Gesicht, um mich zu versichern, dass ich ihn richtig verstanden habe.

»Ist das dein Ernst?«

Er nickt bedeutungsvoll.

»Ich dachte immer, dass ich nicht will, dass ausgerechnet du ihn kriegst. Aber auf der anderen Seite: Welcher Bruder kann schon behaupten, dass die kleine Schwester mit dem Typen zusammen ist, den er ausgesucht hätte? So kann ich wenigstens sicher sein, dass ihr beide die beste Wahl getroffen habt.«

Einen Moment lang bin ich sprachlos. Frank gibt mir einen Kuss auf die Wange.

»Macht was draus!«

Nachdem er sich mit unseren Eltern auf den Weg nach Hause gemacht hat, gehe ich den Bootssteg entlang und bleibe neben Frederik stehen, den Blick auf die Ostsee gerichtet, die in der Sonne glitzert.

»Du hast vorhin nicht zu Ende erzählt.«

Er zuckt mit den Schultern und heftet seinen Blick auf die Wellen vor uns.

»Da gibt es nicht viel zu sagen. Frank hat mir seinen Standpunkt klargemacht und ich habe die Füße stillgehalten. Er war, er *ist* mein bester Freund und ich dachte mir, meine Gefühle für dich würden schon vergehen.«

»Und? Sind sie das?« Ich kann nicht verhindern, dass meine Stimme leicht zittert und wage es nicht, ihn anzusehen.

»Nein!« Mit diesem einen, fest ausgesprochenen Wort dreht Frederik sich zu mir.

»Aber du warst trotzdem zu feige. Obwohl er weg war.« Traurig spreche ich es aus, als wolle ich es dem Meer sagen.

»Liv!« Er flüstert meinen Namen fast und dreht mich sanft zu sich. »Du weißt selbst, dass wir die Gegenwart des anderen kaum ausgehalten haben, als er verschwunden ist. Er war immer wie ein Geist zwischen uns. Und ich habe nie daran geglaubt, dass er tot ist.«

Flehend sieht er mich an, eine stumme Bitte, ihn zu verstehen.

»Und in den letzten Wochen?« Ich sehe auf, verberge nicht, dass Tränen in meinen Augen stehen und der Schmerz über seine Zurückweisung tief sitzt. Seine Hände liegen immer noch auf meinen Schultern und die Berührung brennt sich durch den Stoff meines Shirts.

»Da habe ich versucht, so viel Zeit wie möglich mit dir zu verbringen, ohne mein Versprechen zu brechen. Und es war so schwer, die Anziehung zwischen uns zu ignorieren. Gott, als du nach deinem Einsatz im *Watermelon* noch ganz allein getanzt hast, da hätte ich um ein Haar alles über den Haufen geschmissen«, gibt er zu und sieht mich so voller Sehnsucht an, dass mein Herz sich zusammenzieht.

»Hast du mich deshalb gefragt, ob ich bei dir schlafen will?« Er nickt und fährt sich dann mit den Händen über das Gesicht.

»Ja und es war keine gute Idee. Dich unter der Dusche zu wissen und als du dann in der Küche standest ...« Er bricht ab und schüttelt nur den Kopf.

»Und die Nacht im *Fish and Sweets*?« Schon die Erinnerung daran verursacht mir eine Gänsehaut und ich mustere Frederik, gespannt, wie es ihm dabei geht. Er schluckt und seine Augen verdunkeln sich.

»Als wir festgestellt haben, dass wir eingeschlossen sind, war mir klar, dass der Abend nicht ereignislos verlaufen wird. Ich habe wirklich dagegen angekämpft, aber der Gedanke an diesen Typen, der dich im Auto mitgenommen hat, hat mich wahnsinnig gemacht. Also habe ich *Wahrheit oder Pflicht* vorgeschlagen, damit ich endlich Antworten bekomme. Als du dann diesen Defi-Test gemacht hast ... Ich hatte keine Kraft mehr, dir zu widerstehen. Also wollte ich mir diese eine Nacht erlauben, deine Nähe spüren, dich im Arm halten, wenn du einschläfst. Und es war einfach wunderschön. Aber am nächsten Morgen hat mich das schlechte Gewissen Frank gegenüber aufgefressen. Dich von mir zu stoßen, hat mein Herz genauso gebrochen wie deins. Aber ich konnte nicht anders.« Gequält blickt er erneut zum Horizont. Doch mich beschäftigt noch etwas ganz anderes.

»Aber vor ein paar Tagen hast du mir in die Augen gesehen und meine Frage, ob du mich wirklich nicht willst, mit *Ja* beantwortet.« Ich blinzle eine Träne weg, weil die Erinnerung an diesen Abend mir immer noch wehtut. Frederik wendet sich wieder mir zu.

»Und das war die größte Lüge meines Lebens«, versichert er mir dann. »Ich weiß bis heute nicht, wie ich das über meine Lippen bringen konnte. Livia, ich hab dir das nie erzählt, doch Frank und ich hatten Streit, bevor er nach Berlin gezogen ist. Ich wollte ihn noch mal umstimmen und das hat ihn wahnsinnig aufgeregt. Er meinte, dass er weg muss von hier, weil ihn in Sterenholm alles erdrücken würde und ich ihn einfach nicht verstehen könnte. Das hat mich natürlich getroffen, weil wir doch immer wie Brüder waren. Also wurde ich auch laut und habe ihm an den Kopf geworfen, dass er gar nicht weiß, was für ein Glück er mit seinen Eltern und dir hat. Als ich dich erwähnt habe, war er völlig außer sich. Das Letzte, was er mir sagte, bevor er ins Auto stieg, war, dass ich ihm versprechen soll, die Finger von dir zu lassen. Ich hatte immer das Gefühl, in Franks Augen nicht gut genug für dich zu sein. Und irgendwann habe ich das auch geglaubt. Dass du was Besseres verdient hast als mich.« Sanft wischt er mit seinem Daumen die Träne weg, die über meine Wange rollt. Und mit dieser liebevollen Geste verschwinden auch meine Zweifel an seinen Gefühlen.

»Ich wollte aber nie einen anderen als dich«, gestehe ich ihm leise. Und ernte dafür ein Strahlen in seinen Augen. Langsam kommt er näher.

»Und ich bin bei keiner meiner Freundinnen geblieben, weil ich in jeder dich gesucht habe, aber keine an dich rangekommen ist.« Er sagt es zärtlich und ich muss lächeln.

»Also doch wie bei Roger Cicero. *Sag ihr, sie kommt nicht an dich ran.*« Frederik lacht und dieser Ton lässt mein Herz hüpfen.

»Ja, aber bei mir ist es keine Ausrede, kein Beschwichtigen. Bei mir ist es ernst.« Unsere Blicke verhaken sich ineinander, halten einander fest. Und ich glaube ihm.

»Also hat mich mein Gefühl auf Romys Party nicht getäuscht?«, frage ich und er schüttelt den Kopf.

»Bitte, bleib in Sterenholm! Lass uns noch mal von vorne anfangen, lass uns alles nachholen, was wir verpasst haben.«

Frederik greift nach meiner Hand und ich verschränke meine Finger mit seinen.

»Und wie soll das gehen?«, will ich wissen,

»Ich würde vorschlagen, wir starten mit einer Verabredung.« Sein Kopf plant schon etwas, das sehe ich ihm an. Lächelnd nicke ich.

»Einverstanden!«

Und so stehen wir auf dem Bootssteg, auf dem wir unsere halbe Jugend verbracht haben und fühlen uns wie Teenager.

»Dann schreibe ich dir?« Fragend blickt er mich an und ich lächle.

»Tu das!«

Noch einmal streichelt er mit seinem Daumen über meinen Handrücken, dann lässt er mich los und geht.

# Kapitel 18

Die Nachricht von Franks Rückkehr verbreitet sich in Sterenholm wie ein Lauffeuer. In den ersten Tagen bekommen wir ihn kaum zu Gesicht, weil zig Leute sich mit ihm treffen wollen. Aber er kommt jeden Tag zu mir ins *Leckermäulchen* und probiert sich durch meine Torten und Kuchen. Bereits am dritten Tag hält er es jedoch nicht mehr im Gastraum aus und muss unbedingt meine Backstube sehen. Am Tag darauf steht er morgens an meiner Seite und hilft tatkräftig mit.

Als Stefan mir den Vertrag für Berlin schickt, greife ich zum Telefon und sage das Jobangebot ab. Nach den Ereignissen der letzten Tage kann ich mir nicht mehr vorstellen, Sterenholm zu verlassen. Er bedauert die Absage natürlich sehr, aber freut sich für mich, dass Frederik die Kurve doch in letzter Sekunde noch bekommen hat.

Bis zu Frederiks Nachricht dauert es fast eine Woche. Doch endlich ertönt das ersehnte Piepen.

»Wollen wir uns Samstagabend treffen?« Mein Herz macht einen Satz.

»Sehr gerne!«, tippe ich schnell.

»Du wirst um sechs abgeholt. Ich freue mich!«

»Erfahre ich, was wir machen? Damit ich mich richtig anziehen kann?«

»Das ist diesmal nicht wichtig! 😄«

Die Tage bis Samstag ziehen sich und schließlich stehe ich aufgeregt im Badezimmer. Ich bürste mein Haar kräftig durch, nachdem ich es frisch gewaschen habe und drehe es zu einem Dutt. Wenn ich ihn später öffne, werden sanfte Wellen über meine Schultern fallen. Dann schminke ich mich mit zittrigen Händen und betone meine Augen. Als es pünktlich um sechs klingelt, öffne ich strahlend die Tür und blinzle dann verwirrt. Vor mir steht Frank.

»Was machst du denn hier?« Auf meine verblüffte Aussage ernte ich ein amüsiertes Grinsen.

»Ich hole dich ab.« Er zwinkert mir zu und ich gebe einen überraschten Laut von mir.

»Hat Rick dich geschickt?« Misstrauisch ziehe ich die Augenbrauen zusammen. Was wird hier gespielt?

»Jaha!« Frank drückt mir ein Päckchen in die Hand. »Das soll ich dir geben.«

»Aha!« Ich schaue wohl ziemlich dumm aus der Wäsche, denn mein Bruder kann das Lachen nicht zurückhalten.

»Jetzt geh schon in dein Schlafzimmer und mach es auf. Ich warte.« Bestimmt schiebt er mich in besagten Raum.

Langsam verstehe ich überhaupt nichts mehr. Rasch öffne ich das Päckchen, in der Hoffnung, dadurch Klarheit zu bekommen. Drinnen finde ich Jeans-Hotpants, ein schwarzes Spitzentop und ein rotes Shirt. Moment mal, so eines hatte ich doch auch mal. Ich sehe mir die Sachen genauer an. Das sind meine!

»Frank?«, rufe ich nach draußen.

»Nun zieh dich schon um«, kommt nur zurück. Ich zucke mit den Schultern und tue, wie mir geheißen.

Als ich fertig bekleidet wieder in den Flur trete, reckt Frank die Daumen hoch und zieht mich mit sich ins Auto. Die ganze Fahrt über versuche ich etwas aus ihm rauszukriegen, doch er schweigt eisern. Schließlich kommen wir am Bauernhof in den Dünen an. Verlassen und dunkel liegt er vor uns. Frank fährt von der falschen Seite hin, doch ich berichtige ihn nicht. Irgendetwas geht hier vor.

»Los, komm!«, fordert er mich auf und steigt aus. Ich folge ihm. Das große Tor ist offen und Frank geht durch den Hof zur alten Scheune, wo der Indoorspielplatz entsteht. Er zieht die Tür auf und wir treten ins Dunkel.

»Was machen wir hier?« Plötzlich wird es hell. Lichter blinken, eine Diskokugel dreht sich und Musik ertönt. Cro singt *Whatever und* irgendwie ist das gerade auch mein Gedanke. Mit einem Mal tauchen von überall Leute auf und feiern.

»Das ist eine Party«, raunt Frank mir ins Ohr und beginnt zu tanzen. Seine Jacke hat er abgelegt und ich frage mich, was er da trägt. Das ist doch gar nicht mehr modern. Ich stutze. Rasch sehe ich an mir hinunter und dann auf die Menschen um uns. Alle tragen Klamotten, wie sie Anfang der Zweitausendzehnerjahre in waren. Nun kommen auch Lilly, Lexi, Mariella, Sylvie und Anna daher.

»Hey, Süße, du siehst toll aus!«, ruft Sylvie, die in einem bauchfreien Top steckt. Auch Lexi, die ein Kleid in blauem Metallic-Look trägt, nickt, so wie ihre Schwester, deren Top sehr transparent ist.

»Ja, ich beneide dich so um dieses Shirt«, pflichtet ihnen Mariella bei. Sie hat sich für ein gestreiftes Kleid entschieden, das ihre Schwangerschaft zusätzlich betont.

»Was ist denn hier los?«, frage ich meine Freundinnen. Anna - in Jeans, einem weißen Shirt ähnlich meinem und einer Lederjacke – zuckt mit den Schultern.

»Na, wir feiern Romys Geburtstag.« Endlich fällt der Groschen bei mir und Frederiks Worte ertönen in meinem Kopf. *»Wir fangen noch mal von vorne an und holen nach, was wir verpasst haben.«* Der nächste Song aus der Anlage ist *Bonfire Heart* von James Blunt und die anderen ziehen mich kreischend auf die Tanzfläche. Wir tanzen ausgelassen und wenig später wundere ich mich, wie textsicher ich bei *Das kann uns keiner nehmen* von Revolverheld noch bin.

Endlich sehe ich nun auch Frederik, der mit Frank quatscht, so wie früher immer. Er trägt Jeans, ein enges T-Shirt, das marineblau und weiß gestreift ist und eine Jeansjacke. Es ist das gleiche Outfit wie damals auf Romys Party und ich erinnere mich, dass auch ich dasselbe anhatte wie heute. Meine Mutter muss die Kisten mit meinen alten Kleidern im Keller durchwühlt haben. Es ist verrückt, wer an diesem Abend alles beteiligt war und was für ein extremer Aufwand das alles gewesen sein muss. Nur für mich. Ich lasse die anderen stehen und gehe zu Rick. Fast schüchtern stelle ich mich zu ihm.

»Hi!«

Nun haben wir einander bereits gestanden, wie viel wir einander bedeuten und trotzdem bin ich so nervös, dass ich schweißnasse Hände habe. Aber hatte ich die auf Romys Party nicht auch, als ich mit ihm gesprochen habe? Frederik sieht mich an und in seinen Augen blitzt etwas auf. Doch dann besinnt er sich offenbar wieder auf seine Rolle als Achtzehnjähriger.

»Hey, wie geht's?« Es klingt ganz beiläufig und ich lächle.

»Geht so. Frank hat mir vorhin meinen Becher weggenommen. Er meint, die Bowle ist zu stark für mich.« Wie mein Teenager-Ich verdrehe ich die Augen, genervt von der brüderlichen Sorge. Dieses Gespräch haben wir schon mal geführt und wie damals drückt Rick mir seinen Becher in die Hand.

»Hier, aber verrate es ihm nicht!« Er blickt verschwörerisch über seine Schulter. Ich trinke und das Gemisch ist genauso stark wie damals. Mit einem leisen Husten reiche ich Frederik den Becher zurück und er beginnt zu lachen. Sportfreunde Stiller verlangen *Applaus Applaus und* wir singen wie nebenbei mit. Erst dann merken wir, wie gut der Song zu uns passt. Unsere Blicke verhaken sich. Er kommt etwas näher, doch wir berühren uns nicht. Denn ich weiß, dass Frederik seinen Plan bis zum Ende perfektioniert hat. Also geht er nach dem Lied wieder zu Frank, während Anna zu mir kommt.

»Zwischen euch sind wohl schon damals die Funken geflogen, hm?« Auch sie hat einen Becher mit Bowle in der Hand und fühlt sich offenbar sehr wohl auf der Fake-Party. Ich schüttle den Kopf.

»Nein, zu diesem Zeitpunkt noch nicht. Aber bald.« Aufgeregt beginnt mein Herz laut zu schlagen, gespannt, wie es wird, wenn es anders wird als damals. Und dann kommt er. Der Moment, an dem Frederik und Frank sich zum Gehen wenden. Ich sehe die Bewegung der beiden Männer. Klavier und Gitarre beginnen. Leiser, sanfter Gesang erklingt. Keiner mag Faustmann singen *Eigentlich und* dann, genau in der

Sekunde wie damals, dreht Rick sich um. *Eigentlich bedeutest du mir nicht nichts.* Wir sehen einander an und wissen, dass es stimmt. Und ich weiß noch mehr, nämlich, dass er diesmal nicht mit Frank gehen wird. Diesmal wird er bleiben. Er verharrt. Ein leichtes Lächeln liegt auf seinen Lippen. Dann ist es Frank, der seinem besten Freund einen Schubs gibt und ihm aufmunternd zunickt. Frederik strahlt ihn an, dankbar, dass er seine Zustimmung noch mal zum Ausdruck bringt. Dann wendet er sich mir zu. Und der Lauf der Welt verändert sich. Er kommt durch den Raum, bleibt vor mir stehen und greift nach meinen Händen. Erneut spüre ich das Kribbeln, die Energie, die Spannung. Dann sieht er mir tief in die Augen, fragend, als würde er um Erlaubnis bitten, so wie er es damals wohl sicher getan hätte und ich nicke kaum merklich. Doch ihm ist es Antwort genug. Sanft streichelt sein Daumen über meine Wange und er legt seine Lippen zu einem unschuldigen Kuss auf meine. Ich versinke darin. Er und ich, das ist richtig. Sekundenlang sehen wir einander nur an. Dann küssen wir uns erneut und die Party um uns ist vergessen. Doch bald löst Frederik sich von mir.

»Ich muss dann mal wieder zu Frank. Und deine Mädels warten sicher auch auf dich.« Ich sehe ihn überrascht an. »Du willst doch nicht, dass wir eines dieser Pärchen sind, die ihre Freunde vergessen, nur weil sie jetzt zusammen sind, oder?«

Bei seinen Worten flattern die Schmetterlinge in meinem Bauch noch lebhafter als zuvor schon.

»Sind wir denn *zusammen*?« Ich male Gänsefüßchen in die Luft und muss grinsen. Auch auf Frederiks Gesicht erscheint ein Lächeln.

»Wenn du willst?«

»Ja, das will ich!« Als Beweis küsse ich ihn erneut.

»Gehen wir morgen Abend ins Kino?«, möchte er dann wissen und ich beginne zu lachen.

»Ziehst du das jetzt wirklich durch? Was kommt als Nächstes? Eine Einladung zum Eisessen?« Er lacht.

»Keine schlechte Idee.« Dann sieht er mich ernst an und streichelt über meine Arme. »Wir holen alles nach.« Seine Worte sind ein Versprechen und ich bekomme eine Gänsehaut.

»Aber falls du es nicht wusstest: Einige Leute schlafen nach der Party noch drüben im *Fish and Sweets*«, raunt er mir dann ins Ohr. »Hast du auch Lust zu bleiben?«

»Klingt gut!« Mit einem letzten Kuss lassen wir einander los.

Die Party läuft weiter und ich treffe viele alte Freunde, die damals auch auf der Party von Romy waren. Es ist schon spät, als die Letzten schließlich fahren und ich mich neugierig auf den Weg ins *Fish and Sweets* mache. Dort brennen unzählige Teelichter und in der Ecke der Küche ist wieder der Schlafplatz mit den Sitzsäcken aufgebaut. Rick kommt aus dem Lager und strahlt mich an, als er mich sieht.

»Oh, Mann, dieses Shirt hat mich damals schon an den Rand des Wahnsinns getrieben. Wie es dir ständig von der Schulter rutscht. Ich habe mich den ganzen Abend gefragt, was du drunter trägst.«

Ich lächle verführerisch. »Willst du nachsehen?«

»Mhm.« Er schnurrt es fast und kommt näher. »Und dir ist klar, dass diese Hot Pants viel zu wenig verhüllen?«

»Ist das eine Beschwerde?«, erwidere ich lachend.

»Eher die Feststellung, dass sie ohnehin nutzlos sind.« Damit lässt er keine Zweifel am weiteren Verlauf des Abends aufkommen.

»Bitte sag mir, dass wir die Einzigen sind, die hier übernachten«, flehe ich und er nickt.

»Ich finde, das war genug Publikum für heute.« Rasch überbrücke ich die Distanz zwischen uns und schmiege mich in seine Arme. Er zieht mich an sich, bis sich unsere Lippen finden und in einem endlosen Kuss miteinander verschmelzen.

»Liv«, flüstert er schließlich. »Ich muss dir noch etwas sagen.«

Fragend sehe ich ihn an.

»Ich liebe dich! Schon seit ich Mädchen nicht mehr doof finde«. Und alles ist perfekt.

# Kapitel 19

Kurz vor Mariellas Hochzeit holt mich Frederik am Abend vom *Leckermäulchen* ab. Als ich mich zu ihm umdrehe, nachdem ich den Laden abgeschlossen habe, hält er einen Seidenschal in Händen.

»Es ist eigentlich ziemlich warm heute.« Verwundert deute ich auf die Sonne, die vom Himmel lacht.

»Er soll dich auch nicht wärmen«, entgegnet mein Freund und ich schnappe kurz nach Luft.

»Willst du ihn später mit ins Bett nehmen?« Anzüglich grinse ich ihn an. Frederik beugt sich zu mir, um in mein Ohr zu flüstern.

»Nette Idee und ich komme gerne darauf zurück, aber nein, auch dafür ist er im Moment nicht. Es gibt eine Überraschung für dich.«

Mit hochgezogenen Augenbrauen sehe ich ihn an. »Du hast eine komplette Party für mich inszeniert. Was kann mich bitte jetzt noch überraschen?«

»Verrate ich nicht. Komm schon, dreh dich um.« Ich tue, wie mir geheißen. Vorsichtig verbindet er mir die Augen, geht dann um mich herum und küsst mich. Ich greife nach ihm und bekomme ihn schließlich an seinem Shirt zu fassen.

»Bringst du mich an einen romantischen Ort, wo wir ungestört sind und die ganze Nacht ohne Schlaf verbringen?«, flüstere ich an seinen Lippen.

»Das hatten wir doch schon«, erinnert er mich und ich höre das Lächeln in seiner Stimme. Dann führt er mich zu seinem Wagen, den er kurz darauf startet. Weit fahren wir nicht, dann steigen wir wieder aus. Ich höre, wie er ein Tor öffnet und stutze.

»Wir sind bei meinen Eltern«, stelle ich fest, denn das Quietschen des Schuppentors ist schon seit meiner Kindheit gleich, auch wenn meine Mutter meinem Vater seit Jahren in den Ohren liegt, dass er es ölen soll. Rick dreht mich herum und nimmt mir dann die Augenbinde ab. Vor mir stehen meine Eltern.

»Hallo, Liebes!«, begrüßt mich meine Mutter und ich sehe verwirrt zu Frederik, der nun neben ihnen steht.

»Liv, es tut mir unsagbar leid, dass du wegen Frank und mir so lange warten musstest. Wir waren dumm und haben erst viel zu spät begriffen, dass du ausbaden musst, was wir verbockt haben. Also habe ich mit deinen Eltern gesprochen, damit es jetzt schnell geht.«

Irgendwie habe ich das Gefühl, dass ich etwas verpasse oder einen Teil der Geschichte übersprungen habe. Aber Rick und mein Vater wechseln einen bedeutungsschweren Blick und dann steckt mein Freund seine Hand in die Tasche. Ich halte die Luft an, warte gespannt, was passiert, denn das kann ja wohl nicht das sein, wonach es gerade klingt und aussieht. Als Ricks Hand wieder zum Vorschein kommt, blinzle ich neugierig. Doch meine Mutter unterbricht meine Gedanken.

»Livia, es tut uns leid, dass wir dich diesbezüglich auch nie unterstützt haben. Irgendwie saß uns die Sache mit Frank sehr in den Knochen. Aber du bist eine kluge unabhängige Frau und deshalb wollen wir das jetzt nachholen.« Und ich verstehe wieder mal nur Bahnhof.

»Hier ist deine Überraschung!« Frederik deutet hinter mich. Überrascht fahre ich herum und stehe vor einem soliden Kleinwagen, der knallpink lackiert ist.

»Ich … aber …«, stottere ich und schlage die Hände vor den Mund. Frederik legt seinen Arm um meine Schulter und führt mich näher an den Wagen heran. Dann öffnet er seine Hand und legt den Schlüssel dazu in meine.

»Aber ich kann doch nicht …«

»Fahren?«, vervollständigt mein Vater meinen Satz. »Das werden wir ändern.«

Rasch fliegt mein Blick zu Rick.

»Deine ersten Fahrversuche waren ja sehr Erfolg versprechend und als ich deinen Eltern davon erzählt habe, waren wir uns einig. Das Auto ist von mir – nicht neu, aber von deinem Lieblingsmechaniker vollständig durchgecheckt und in deiner Lieblingsfarbe lackiert. Und im Handschuhfach liegt ein Gutschein für einen Führerschein-Crashkurs von deinen Eltern.«

»Und Mama und ich vertreten dich im Café, damit du ihn so schnell wie möglich einlösen kannst. Du brauchst ja nicht zu glauben, dass wir dich ewig herumkutschieren.« Auch Frank ist nun zu uns gestoßen und schlägt in dieselbe Kerbe wie Frederik und meine Eltern.

Ich schüttle den Kopf, unfähig, etwas zu sagen. Ehrfürchtig öffne ich die Autotür und setze mich auf den Fahrersitz. Am Rückspiegel baumelt eine kleine Schlumpfine und ich muss lachen, obwohl mir Tränen der Rührung in den Augen stehen.

»Ihr seid ja verrückt«, hauche ich dann.

»Verrückt nach dir!«, flüstert mir Frederik ins Ohr. »Aber ich dachte, das weißt du inzwischen schon.«

# Epilog
# Johnny

Ich bin seit Jahren Barkeeper und habe so ziemlich alle Stadien einer Beziehung gesehen. Ich erkenne alle Gefühle, wenn ich sie sehe. Von der verlassenen Ehefrau über den Ehemann, der fremdgeht, Ex-Partner, die sich wiedersehen, frisch Verliebte beim ersten Date bis zu dem magischen Moment, wenn zwei Menschen sich auf den ersten Blick ineinander verlieben. Meine beiden besten Freundinnen Sylvie und Lexi haben mich vor einiger Zeit ausgelacht, als ich sagte, ich erkenne Liebe, wenn ich sie sehe, auch wenn mir selbst die große Liebe verwehrt geblieben ist. Doch auch bei Sylvie und Georg hatte ich recht, wie zuvor schon bei Niko und Lexi.

Aber an diesem einen Nachmittag waren so viele verschiedene Arten von Gefühlen von allen beteiligten Seiten in meiner Bar, dass ich kurz vermutete, meine besondere Antenne verloren zu haben. Mit klopfendem Herzen sah ich zu, wie das Schicksal seinen Lauf nahm und ich war mittendrin. Die geladene Spannung zwischen Frederik und Livia habe ich ja schon bei Livias erstem Besuch in der *Fischkneipe* bemerkt und seither rätselte ich herum, wieso Frederik seine Gefühle so vehement unterdrückte. Ich hatte einiges über Frank, den verschollenen Bruder, erfahren und muss sagen, ich hatte nicht alles so verstanden, wie Frederik es mir erzählt hatte. Er kennt ihn einfach schon, seit er ein kleiner Junge war und hatte irgendwann aufgehört, zwischen den Zeilen zu lesen und auch die Informationen aus dem Hintergrund herauszufiltern. Ich hatte das Gefühl, den Mann zu kennen, von dem er da ständig erzählte. Deshalb begriff ich auch ziemlich schnell, wer da an der Jukebox stand und die beiden verhinderten Turteltauben in Salzsäulen verwandelte. Doch niemals, absolut niemals hätte ich mir träumen lassen, dass mich so derartig der Blitz trifft, als ich diese Mischung aus blondem Haar, blauen Augen, sportlicher Figur und unwiderstehlichem Lächeln auf den

Tresen zukommen sah. Erst dachte ich, dass irgendetwas mit mir nicht stimmt, denn wenn ich mich auf eine Sache bisher absolut verlassen konnte, dann auf mein Radar, wer in meinem Team spielt und wer auf Frauen steht. Doch bei diesem Mann wusste ich, dass er mit einer Frau liiert war und mit einer Frau Sterenholm verlassen hat und trotzdem sagte mein Bauchgefühl mir eindeutig, dass er es wert wäre, erneut mein Herz zu riskieren.

Doch das Gespräch zwischen Frederik und Frank brachte mich auf seine Spur. Und ich hatte recht. Erst wollte ich ihm noch die Chance geben, seiner Schwester und seinem besten Freund selbst zu erklären, was sein Problem mit ihren Gefühlen war, aber seine Angst war zu groß. Ich fühlte, dass ich ihm zur Seite springen musste, damit er auch hier in Sterenholm offen damit umgehen kann. Und wenn einer weiß, dass die Sterenholmer kein Problem mit schwulen Männern haben, dann bin das ich, der hier mitsamt seiner schillernden Kneipe einfach eingefallen und geblieben ist.

Nach der Versicherung seiner Mutter, dass sie zu ihm steht, egal wen er liebt, ließ ich das neu gefundene Familienglück allein und genehmigte mir im *Watermelon* allein ein Glas puren Wodka auf den Schrecken, dass ich mich verknallt habe.


Seither wartete ich darauf, dass ich den Mann, der mich in meinen Träumen verfolgt, wiedersehe. Natürlich entdeckte ich ihn da und dort von Weitem. Mal besuchte er Livia, mal aß er im *L&P und* ein anderes Mal ging er mit Romy spazieren.

Als Rick für Livia Romys Party nachstellte, half ich ihm natürlich tatkräftig und durfte – wie viele andere auch – dabei zusehen, wie die beiden endlich zueinanderfanden. Auch hier hat mich meine Antenne nicht getäuscht. Ein warmes Gefühl machte sich in meinem Herzen breit, denn wieder hat eine meiner Freundinnen ihr Glück gefunden. Natürlich sah ich Frank auf dieser Party, war jedoch – wie ich zu meiner Schande gestehen muss – zu feige, um zu ihm zu gehen. Dieser Abend gehörte Livia und Frederik. Ich wollte ihn nicht stören, nur weil ich mir vielleicht eine Abfuhr von Frank einfangen würde. Und so wartete ich weiter auf eine Gelegenheit, den Mann wiederzusehen, der mein Herz so überrumpelt hat.

Die Party ist nun schon einige Tage her und heute steht er vor mir. Gott sei Dank kann ich mich am Tresen abstützen, damit meine Knie nicht nachgeben. Normalerweise bin ich der abgeklärte Typ, der lockere Sprüche klopft und sein Gegenüber so zum Lachen bringt. Dann ist das Eis gebrochen und man kommt ins Gespräch. Doch diesmal raubt es mir den Atem. Mein Herz klopft, mein Mund ist trocken und meine Stimme streikt. Schließlich ermahne ich mich selbst und reiße mich zusammen.

»Hi, was darf ich dir bringen?«, frage ich so professionell wie möglich.

»Erst mal ein Bier. Aber man hat mir gesagt, dass ich unbedingt deine Cocktails probieren muss.« Lässig setzt er sich auf einen der Barhocker.

»Also ein Bier und die Karte.« Ich ernte ein Lächeln, das mich fast um den Verstand bringt. Himmel, dass mir das mal passiert, hätte ich auch nicht gedacht.

»Bleibst du länger in Sterenholm?«, frage ich wie nebenbei, als ich ihm das Gewünschte bringe. Frank sieht mich einen Moment an und nickt dann.

»Livia hat mir angeboten, dass ich bei ihr ins *Leckermäulchen* einsteigen kann. Da sie bald auch das *Fish and Sweets* beliefert, hat sie demnächst alle Hände voll zu tun. Außerdem werden es immer mehr Hochzeiten hier durch diese Eventagentur und beim filigranen Verzieren habe ich mehr Erfahrung als sie.«

Er nimmt einen Schluck und gibt mir so die Gelegenheit, das eben Gehörte zu verarbeiten.

»Das heißt … du bleibst ganz hier?« Ich kann es kaum fassen, doch Frank nickt.

»Ja, ich starte morgen mit der Arbeit. Wir machen kleine *Bonboniera*, als Gastgeschenke für eine Hochzeit, so wie es in Italien üblich ist. Die Braut will sie vorab probieren.«

Erneut lächelt er mich an. Ich merke, wie entspannt er ist im Vergleich zu seinem letzten Besuch hier.

»Mit deinen Eltern lief es besser als erwartet, oder?«, spreche ich das Offensichtliche an.

»Ja! Mir ist ein ganzer Steinbruch vom Herzen gefallen. Danke, dass du … meine Karten auf den Tisch gelegt hast.« Er sieht mich dankbar an, doch ich schüttle den Kopf.

»Ich habe es ja nur vor Frederik und Livia getan. Danach warst du es ganz allein. Ist zwischen euch dreien auch alles okay?«

Frank grinst und spielt mit dem Untersetzer.

»Ja, sie haben mir verziehen und inzwischen finde ich, dass die beiden perfekt zusammenpassen.«

Ich bin froh, dass die Sache zwischen Frederik, Livia und ihm geklärt ist. Doch eine Frage liegt mir schwer im Magen. Und ich will die Antwort darauf wissen, seit dieser Mann meine Bar betreten hat.

»Was sagt eigentlich dein Freund dazu, dass du jetzt in Sterenholm bleibst?« Meine Stimme klingt schüchtern. So kenne ich mich gar nicht.

»Es gibt keinen Freund«, kommt leise die Antwort. »Aber ich habe vor Kurzem jemanden getroffen, den ich gerne näher kennenlernen würde.«

Ein Faustschlag in meinen Magen. War ja klar, dass so einer nicht lang allein bleibt. Ich versuche, mir die Enttäuschung nicht anmerken zu lassen.

»Das freut mich«, bemühe ich mich zu sagen.

»Ja, mich auch.« Frank dreht sein Glas zwischen den Händen. »Es gab lange niemanden mehr, der mich interessiert hat.« Er stockt kurz, dann sieht er mich nervös an. »Er arbeitet hinter der Bar meines besten Freundes und scheint ein netter Kerl zu sein.«

Es dauert einen Moment, bis ich seine Worte begreife und ein Lächeln stiehlt sich auf meine Lippen.

»Scheint er das?« In meiner Stimme schwingt deutlich die Erleichterung mit. Frank entspannt sich ein wenig.

»Ja, ich glaube, man kann gut mit ihm reden. Und er hat anscheinend eine gute Antenne. Hat sofort durchschaut, dass ich an seinem Ufer zu Hause bin.« Grinsend zuckt er mit den Schultern.

»Das mit den Ufern war noch nie mein Spruch.« Ich lache. »Für einen Moment dachte ich ja, dass mein Radar nicht mehr funktioniert. Immerhin hatte ich von Frederik und Livia ja die Info, dass du auf Frauen stehst.«

Er hebt entschuldigend die Hände.

»Nun ja, sie wussten es ja auch nicht besser«, räumt er ein. »Aber du schon.«

Er sieht mich von schräg unten an. Seine langen Wimpern, seine blauen Augen und der warme Ausdruck darin besiegeln mein Schicksal. Ich bin hoffnungslos verloren.

Dann räuspert er sich. »Hättest du Lust, mal mit mir was zu trinken?«

Mein Herz macht einen Hüpfer. Ich weiß, wie dämlich ich jetzt sicher aussehe, denn viel zu oft habe ich mich über diesen grenzdebilen Gesichtsausdruck frisch Verliebter lustig gemacht. Und trotzdem würde ich diesen Moment für nichts in der Welt eintauschen.

»Sehr gern! Da gibt es nur ein Problem: Der einzige Laden, in dem es wirklich gute Drinks gibt, ist meiner«, scherze ich. Frank sieht interessiert auf.

»Was ist aus dem Leuchtturm geworden?«

»Der hat im Winter geschlossen. Es wird derzeit ein Käufer für das ganze Anwesen gesucht. Mal sehen, ob ich dann wieder Konkurrenz bekomme.«

»Oh!« Er ist überrascht. »Und was machen wir mit diesem Problem?«

Ich überlege einen Augenblick.

»Also erst mal bringe ich dir die Karte und du sagst mir, welcher Cocktail deinen Geschmack trifft«, schlage ich vor.

Frank blättert kurz und lacht, als er die Namen liest.

»Ich hätte gerne einen *Be my baby.*« Er sieht mir tief in die Augen, sodass ich schlucke.

»Hast du morgen Abend Zeit?«

»Für den Cocktail?«, fragt Frank verwirrt und ich nicke.

»Hol mich um sieben hier ab und du kriegst deinen Cocktail.«

»Abgemacht!« Er leert sein Bier und zückt seine Geldbörse. Abwehrend hebe ich die Hände.

»Du bist eingeladen.« Doch er legt einen Geldschein auf den Tresen.

»Morgen darfst du mich einladen«, verspricht er und hebt grüßend die Hand.


Am nächsten Tag bin ich so nervös, dass mir der Cocktailshaker aus der Hand fällt. Das ist mir seit zehn Jahren nicht mehr passiert. Ich schließe für einen Moment die Augen und atme tief durch. Frederik kommt aus dem Lager und tritt lachend neben mich.

»Na, aufgeregt?« Ich zucke nur mit der Schulter, was so gut wie alles heißen kann. Er klopft mir freundschaftlich auf den Rücken.

»Kann ich verstehen. Die Hansens sind eine Klasse für sich.« Er zwinkert mir zu.

Ich erspare mir jeden Kommentar, weil mir für kluge Sprüche heute einfach die Nerven fehlen. Rasch fülle ich den Cocktail in einen To-go-Becher und verschließe ihn mit dem Deckel. Dann packe ich ihn in den Picknickkorb, in dem neben einigen Fischbrötchen von Frederik auch schon ein zweiter Becher wartet.

Plötzlich erfüllt Spannung den Raum und ich weiß auch ohne mich umzudrehen, dass Frank das Lokal betreten hat. Pünktlich auf die Minute.

»Wird schon schiefgehen«, raunt Frederik mir zu und begrüßt seinen besten Freund.

»Hi«, sage ich schließlich, als Rick sich in die Küche trollt und das Feld uns überlässt. Frank kommt noch einen Schritt näher.

»Hi! Und? Wo wollen wir hin? Gibt es eine Pop-up-Bar?«, scherzt er, doch ich entdecke, dass seine Hände zittern, ehe er sie lässig in die Taschen seiner Jeans steckt. Das beruhigt mich wiederum.

»Besser!« Ich grinse und deute ihm, mit mir zu kommen. Vor dem *Watermelon* schlage ich den Weg Richtung Strand ein. Frank geht neben mir und seine bloße Anwesenheit verursacht mir eine Gänsehaut. Bei einem der Strandkörbe mache ich halt und stelle den Korb ab. Frank sieht sich überrascht um.

»Ein Strandkorb?«

Sein Gesichtsausdruck ist so komisch, dass ich mir das Lachen nicht verbeißen kann, ehe ich ihn aufkläre.

»Du warst eine Weile weg, deshalb weißt du es vielleicht nicht. Aber in Sterenholm spielen seit ein paar Jahren Strandkörbe immer eine ganz besondere Rolle in Sachen Gefühle.«

Frank lächelt. Offenbar gefällt ihm meine Wortwahl.

»Na, dann ist das wohl der perfekte Ort für ein erstes Date, oder?« Er macht es sich in den gestreiften Polstern bequem. Die Worte *erstes Date* klingen noch einige Sekunden in meinen Ohren nach. Ich öffne den Picknickkorb und reiche ihm ein Fischbrötchen.

»Von Frederik?«, erkundigt sich Frank und ich nicke. »Wer passt eigentlich heute auf deine Bar auf?«

»Rick! Er meinte, dass er uns etwas schuldet. Außerdem lässt er mich ziemlich hängen, seit er mit Livia zusammen ist. So pünktlich wie in letzter Zeit hat er sonst nie Schluss gemacht.«

Frank lacht und hebt entschuldigend die Hände. »Ja, sie muss eben früh raus, um zu backen und da ist die Nacht schon mal kurz.«

»Du meinst, dass ich sie deshalb so oft aus Ricks Wohnung kommen sehe?« Ich zwinkere ihm zu. Frank legt den Kopf schief.

»Das hat wohl eher damit zu tun, dass sie dort wohnt.« Überrascht blicke ich auf.

»Ach nein! So viel zu *langsam angehen lassen*«, spotte ich.

»Ich glaube, Ricks Worte waren, dass er alles nachholen will. Von langsam hat niemand was gesagt.« Wir müssen beide lachen und Franks entspannter Umgang mit der Beziehung von Frederik und Livia beruhigt mich.

»Außerdem hat Liv mir damit das Leben gerettet«, meint er theatralisch und fasst sich an die Brust.

»Inwiefern?«, will ich wissen.

»Nach meiner Rückkehr habe ich natürlich bei meinen Eltern gewohnt, aber in meinem Alter ist das keine Dauerlösung. Also ist Livi zu Rick gezogen und hat mir ihre Wohnung überlassen.« Bei seinen Worten stockt mir der Atem.

»Dann meinst du es ja wirklich ernst, dass du in Sterenholm bleibst«, rutscht es mir heraus. Frank lässt sein Brötchen sinken.

»Ich meine alles, was ich sage, ernst!« Er hält einen Moment inne, um seine Worte noch zu unterstreichen. »Ja, ich bleibe. Meine Familie hat mir sehr gefehlt. Wir hatten immer ein sehr enges Verhältnis. Auch wenn man das vielleicht nicht glaubt, wenn man bedenkt, dass ich abgehauen bin, weil ich Angst hatte, dass sie meine sexuelle Orientierung verurteilen könnten.«

Er versucht, sich vor mir zu rechtfertigen, doch inzwischen sollte ihm klar sein, dass das absolut nicht nötig ist. Ich verstehe bestens, wieso er so gehandelt hat.

»Mach dir keinen Kopf, das Outing ist für niemanden wirklich einfach. Zuallererst muss man mal selbst akzeptieren, dass man vielleicht etwas anders als die große Masse ist, aber trotzdem normal. Die einen Männer stehen auf Blondinen, die anderen auf Schwarzhaarige und manche eben auf Männer.«

Frank lacht. »Ja, wenn man es so locker sehen kann. Simon hat mir gut durch die erste Zeit geholfen. Ich habe gelernt, zu mir zu stehen und offener damit umzugehen, wer ich bin. Es war einfach mit ihm und aufregend. Aber mir hat das gewisse Etwas gefehlt. Ein *für immer* konnte ich mir nicht vorstellen.«

Er erzählt es wie einen Film, den er kürzlich gesehen hat.

»Willst du das denn?«, frage ich leise und wage nicht aufzublicken.

»Ich denke schon. Nach Simon hatte ich einige kurze Geschichten laufen, aber das erfüllt mich nicht. Ich möchte etwas Beständiges, jemanden, der jeden Tag mit mir einschläft und aufwacht, bei dem ich es nicht erwarten kann, ihm davon zu erzählen, wenn etwas Gutes passiert ist oder wenn mich etwas nervt oder einfach nur Tratsch. Mit dem ich um die Fernbedienung streiten kann, wenn ich mal wieder eine Wiederholung von *Doctors Diary* gucken will und er aber einen Krimi schauen will.« Er stockt einen Moment und sieht mich schüchtern an. »Sorry, das war jetzt vielleicht etwas zu viel fürs erste Date.« Ich schweige einen Moment.

»Nein, das ist schon in Ordnung. Karten auf den Tisch ist doch fair. Dann weiß man gleich, was dem anderen wichtig ist. Aber ich fürchte, das, was du suchst, kann ich nicht sein für dich.« Enttäuschung macht sich in seinem Gesicht breit und ich spreche rasch weiter.

»Ich würde auch lieber Marc Meier sehen als einen Tatort.« Überrascht sieht Frank auf und ich lächle ihn warm an.

»Dann streiten wir einfach aus einem anderen Grund«, schlägt er vor und sein Blick huscht zwischen meinen Augen und meinen Lippen hin und her. Langsam verringere ich die Distanz zwischen uns, möchte sichergehen, dass er das jetzt wirklich will, so sehr will wie ich. Doch ich bin wohl zu vorsichtig, denn die letzten Zentimeter überbrückt er und haucht mir einen Kuss auf den Mund. Es ist nur eine kurze Berührung, doch genug, um meine Welt auf den Kopf zu stellen. Fragend sieht er mich danach an, doch statt einer Antwort lege ich erneut meine Lippen auf seine und das Gefühl von zu viel Brausepulver in meinem Bauch schwappt über mich hinweg. Frank kuschelt sich eng an mich und wir knutschen wie die Teenager im Strandkorb.

Nach einer Weile lächelt Frank mich an.

»Hast du mir nicht einen Cocktail versprochen?«

Ich angle nach den beiden Bechern.

»Was hattest du noch mal bestellt?«, erkundige ich mich gespielt ernst.

»Einen *Be my Baby*.« Dann deutet er auf meinen Becher. »Und wie heißt deiner?«

»*Yes!*« Wir grinsen einander an.

»Heißt das, wir sehen uns wieder?«, fragt Frank und ich nicke.

»Unbedingt! Nur sind unsere Arbeitszeiten leider nicht sehr kompatibel. Sonst könntest du abends im *Watermelon* vorbeikommen und wenn ich schließe, machen wir noch einen Strandspaziergang.« Ich warte ab, wie er auf meinen Vorschlag reagiert.

»Das klingt gut. Schlaf wird überbewertet.«

Ich strahle ihn an. »Nächstes Wochenende ist eine große Hochzeit in Sterenholm. Und auf meiner Einladung steht plus eins. Hättest du Lust?«

»Dein Plus eins zu sein?«, fragt er lächelnd. Ich nicke, ohne seine Augen mit meinem Blick loszulassen.

»Ich schätze, dann wissen auch die Letzten in der Stadt, dass ich auf Männer stehe.«

»Ist das ein Ja?«, frage ich hoffnungsvoll.

»Ja, das ist ein Ja. Ich komme gerne mit!« Er kuschelt sich erneut in meinen Arm und ein wohliges Gefühl macht sich in mir breit.

Die Sonne ist schon untergegangen, doch wir sitzen noch lange im Strandkorb und reden. Und es ist wie heimkommen.

Frank macht ernst und sitzt schon zwei Tage später bei mir am Tresen, bis ich um eins die übrigen Gäste vor die Tür setze. Dann hilft er mir wie selbstverständlich, klar Schiff zu machen und wir spazieren Hand in Hand am Strand entlang und lauschen dem Rauschen des Meeres. Genießerisch schließt er die Augen. Er hat mir bereits verraten, wie sehr er als Küstenkind das Meer vermisst hat.

Am Hafen bleibe ich vor meinem Hausboot stehen und Frank kann gar nicht glauben, dass ich tatsächlich *auf* der Ostsee wohne. Ich verspreche, ihm meine Quietschente bald zu zeigen, doch an diesem Abend bringe ich ihn nach Hause und verabschiede mich an der Tür mit einem Kuss.

Die Hochzeit am Wochenende ist die emotionale Achterbahn, die ich erwartet habe, wenn eine schwangere Sizilianerin heiratet und ihre komplette Familie bis zu Cousinen zweiten Grades anwesend ist. Es wird viel geweint, umarmt, sich versichert, wie sehr man sich liebt und dann wieder geweint. Während der Zeremonie ist Frank leider noch beruflich im Einsatz, denn da Livia ja Brautjungfer ist, trägt er die Verantwortung für die Anlieferung der Hochzeitstorte und der übrigen Backwaren.

In der Kirche ertönt leise Orgelmusik, als zuerst Daniel mit seiner Mutter den langen Gang entlanggeht, gefolgt von den beiden Trauzeugen Lukas und Frederik. Dann wird es still, als Lilly als Erste in ihrem wunderschönen Kleid in Gelb durch die Türe tritt. Ihr folgen Lexi in Rot, Sylvie in Blau, Livia in Pink und Anna in Grün. Bis sich das Tor ein letztes Mal öffnet und Mariella am Arm ihres Vaters zu Wagners *Treulich geführt* die Kirche betritt. Ein Raunen geht durch die Reihen. Sie sieht fantastisch aus. Das Kleid kann ihren Babybauch zwar nicht mehr verstecken, aber dafür strahlt sie mit dem Kronleuchter um die Wette. Ihr Blick ist auf Daniel geheftet, ebenso wie seiner auf sie. Wenig später erklärt der Pfarrer sie zu Mann und Frau und ich freue mich sehr für die beiden.

Nach der Trauung stehen vor der Kirche Brot und Getränke bereit, ehe die Hochzeitsgesellschaft zum Essen in den großen Saal des Hotels *Strandblick* weiterzieht. Ich jedoch mache mich in der Zwischenzeit auf den Weg, um Frank abzuholen, der sich in seiner Wohnung rasch umgezogen hat. Der schwarze Anzug steht ihm ausgezeichnet und ich brauche einen Moment, ehe ich ein »Wow« hervorbringe. Rasch legt er seine Lippen auf meine und bedankt sich so für das Kompliment.

Als wir vor dem Eingang des großen Saales stehen, in dem die Feier stattfindet, spüre ich Franks Nervosität. Vorsichtig trete ich hinter ihn und raune ihm ins Ohr: »Wir können auch wieder gehen, wenn du noch nicht bereit bist.«

Ich merke, wie sein Körper auf mich reagiert, fühle den Schauer, der ihm beim Hauch meines Atems den Rücken hinunterläuft. Dann wirft er mir einen schüchternen Blick über seine Schulter zu und seine Hand tastet nach meiner. Ich ergreife sie und verschränke meine Finger mit seinen. Es ist, als würde ich an eine Batterie angeschlossen. Auch Frank entspannt sich etwas.

»Ich bin bereit«, sagt er dann mit fester Stimme und lächelt mich an. Dann gehen wir Hand in Hand in den Saal. Und es passiert …

Nichts!

Alle, ausnahmslos alle – sogar Mariellas erzkatholische Verwandtschaft aus Sizilien – sehen uns genauso an wie die anderen Paare, die hereinkommen und ihren Platz in der Tischordnung suchen.

Für die Überraschungen des Abends sorgen dann andere. Livia zum Beispiel, die den Brautstrauß fängt und dann mit Frederik eng umschlungen tanzt, ehe die beiden so heiß zu knutschen beginnen, dass jemand ruft, sie sollen sich doch bitte ein Zimmer nehmen. Frank grinst mich nur an und raunt mir dann zu: »Ich freue mich ja sehr für die beiden, aber mit dem Heiraten können sie sich schon noch etwas Zeit lassen.«

Enorm überrascht war auch Mariellas Trauzeuge Lukas, der offenbar während der Trauung sehr auf seine Aufgabe konzentriert war. Denn als er an unseren Nebentisch kommt, wo er mit den Brautjungfern zusammensitzt, fällt sein Blick auf seine Tischnachbarin und ihm entfährt ein verblüfftes: »Anna!?«

Doch die schönste Überraschung des Abends ist für mich, als Frank mich fragt, ob er heute Nacht bei mir übernachten kann.

Und ein neuer Abschnitt meines Lebens beginnt.

# Playlist Dünenherzen

Brothers in arms - Dire Straits
I love it (I don't care) - Icona Pop feat. Charly XCX
Kein Mann für eine Frau - Roger Cicero
Gegen die Strömung - Udo Lindenberg & Jennifer Rostock
Little help - The BossHoss feat. Mimi & Josy
Blame it on me - George Ezra
Salvation - The strumbellas
Narcotic - Liquido
Männer sind Schweine - Die Ärzte
Savage love - Jawsh 685 x Jason Derulo
Wenn sie dich fragt - Roger Cicero
Die Liste - Roger Cicero
So geil Berlin - Roger Cicero
Iko Iko - Justin Wellington feat. Small Jam
Girls just wanna have fun - Cindy Lauper
Woman - John Lennon
Hey boy - Sia
Männer - Herbert Grönemeyer
Kinder an die Macht - Herbert Grönemeyer
Mädchen - Lucilectric
Shut up and dance - Walk the moon
A Thousand Years - Christina Perry
Perfect - Ed Sheeran
Love me like you do - Ellie Goulding
Eigentlich - Keiner mag Faustmann
Bitch - Meredith Brooks
Cry to me - Solomon Burke
Ich Idiot ließ dich gehen - Roger Cicero
Ein Herz kann man nicht reparieren - Udo Lindenberg feat.
Inga Humpe
Whatever - Cro
Bonfire Heart - James Blunt
Das kann uns keiner nehmen - Revolverheld
Applaus Applaus - Sportfreunde Stiller

**Für Informationen zu Lesenachschub aus der kleinen Stadt an der Ostsee folgt mir auf:**

<u>Homepage</u>: www.KarinWimmerAutorin.jimdofree.com

<u>Facebook</u>: Karin Wimmer - Autorin

<u>Instagram</u>: Karin.Wimmer.Autorin

**Eure Karin**

# Strandkorbflüstern
### Karin Wimmer

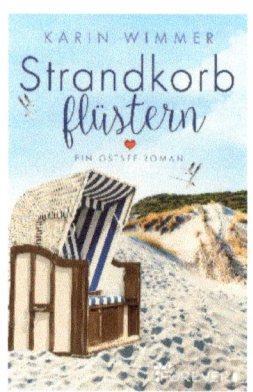

Alexandra hat ihr Leben durchgeplant: Haus, Hochzeit
und Kinder mit Langzeitfreund Robert. Und so nebenbei
noch irgendwann die Diplomarbeit schreiben. Doch dann
verliert Alexandra ihren Praktikumsplatz, weil die Diplomarbeit eben noch immer nicht fertig ist, und erwischt Robert
auch noch mit ihrer besten Freundin im Bett. Aufgelöst und
plötzlich völlig planlos fährt Alexandra zu ihrer Zwillingsschwester, die eine kleine Pension mit Restaurant an der
Ostsee führt. Dort kommt sie erst mal unter und lernt Koch
Niko kennen. Der ist nicht nur witzig und gutaussehend,
sondern auch sehr nett. Wir sind nur Freunde, sagt sich Alexandra, aber Niko bringt ihr Herz ganz schön ins Stolpern.
Doch er ist viel jünger und außerdem ist sie ja frisch getrennt. Und schon beginnen Warnleuchte im Kopf und
Schmetterlinge im Bauch zu streiten …

* 385 Seiten
* ISBN Print: 978-3-755-711-179
* Verlag Print: BoD
* ISBN E-Book: 978-3-95818-488-6
* Verlag E-Book: Forever by Ullstein

# Strandkorbsehnsucht
## Karin Wimmer

Ein Sommer an der Ostsee liegt hinter Lexi. Ein Sommer mit Niko, der alles verändert hat. Doch bevor sie sich auf ihre neue Liebe einlassen kann, muss sie erst ihr Leben in den Griff bekommen. Und das bedeutet: Neue Wohnung, neuer Job und endlich ihre Diplomarbeit fertig schreiben. Voller Tatendrang stürzt sich Lexi in ihre Aufgaben. Doch sie hat Sehnsucht. Nach Niko, nach salziger Meeresluft, nach Sand unter den Füßen und gemütlichen Stunden im Strandkorb. Zwischen Unfällen, Notfällen und Zwischenfällen merkt Le-xi, dass man im Leben nicht alles haben kann. Oder doch?

- 248 Seiten
- ISBN Print: 978-3-752-610-284
- Verlag Print: BoD
- ISBN E-Book: 978-3-958-185-791
- Verlag E-Book: Forever by Ullstein

# Hausbootküsse
## Karin Wimmer

Sylvie wagt einen Neuanfang, packt ihre Siebensachen zusammen und tritt eine Stelle in der Eventagentur ihrer Freundin an der Ostsee an. Wie gerne möchte sie ihr altes Leben mit all seinem Schmerz und den Problemen endlich hinter sich lassen. Vor allem als sie Georg in Sterenholm trifft, der die Schmetterlinge in ihrem Bauch aus ihrem jahrelangen Winterschlaf erweckt. Aber es gibt noch Versprechen aus der Vergangenheit, die es einzulösen gilt. Und so sehr sie sie sich wünscht, dass Georg mehr als nur ein Freund wird – wie kann er in ihr Leben passen, in dem eine neue Liebe noch keinen Platz haben darf?

- 292 Seiten
- ISBN Print: 978-3-753-427-065
- Verlag Print: BoD
- ISBN E-Book: 978-3-958-186-194
- Verlag E-Book: Forever by Ullstein

# Meersalzträume
### Karin Wimmer

Maria Gabriella Mancuso, kurz Gabi, ist irgendwo falsch ab-
gebogen: Eigentlich wollte sie immer schon in die Medien-
branche, doch nun hängt sie in der Gastronomie fest. Und
auch ihre Beziehung zu Langzeitfreund Daniel ist eher einge-
fahren als aufregend. Als eine Fernsehshow mit dem berühmten Koch Lukas Behrens eine Assistentin sucht, sieht sie ihre
Chance gekommen und wirft ihr bisheriges Leben über den
Haufen. Sie reist mit der Crew die Küste entlang und plötzlich ist von der langweiligen Gabi nichts mehr übriggeblie-
ben. Mariella, wie sie am Set genannt wird, genießt ihr neues
Leben in vollen Zügen. Doch während sie mit Lukas flirtet,
schleicht sich immer wieder Daniel in ihre Gedanken und
bringt ihr Herz durcheinander. Und aus heiterem Himmel
steht Mariellas Leben wieder Kopf …

- 264 Seiten
- ISBN Print: 978-3-754-346-945
- Verlag Print: BoD
- ISBN E-Book: 978-3-958-186-460
- Verlag E-Book: Forever by Ullstein